George Harpole ist Mitte dreißig und arbeitet schon eine Weile an der St. Nicholas-Schule, als er auf den Direktorenposten befördert wird. Für ein halbes Jahr soll er die Geschicke der Lehranstalt leiten. Bald stellt er fest: Die eigentliche Herausforderung ist das, was außerhalb des Klassenzimmers passiert. Denn dort gilt es, sich durch ein kompliziertes Beziehungsgefüge zu hangeln. Auch die Zusammenarbeit mit den Kollegen erweist sich als schwieriger als gedacht. Ganz zu schweigen vom Umgang mit den Eltern. Zum Glück gibt es auch Lichtblicke: Die hübsche Mrs Foxberrow etwa, ihres Zeichens überzeugte Reformpädagogin. Und den ein oder anderen Schüler natürlich …
›Die Lehren des Schuldirektors George Harpole‹ ist in England ein Kultbuch. Aus Briefen, Tagebucheinträgen und Beobachtungen entsteht bei J. L. Carr ein äußerst unterhaltsamer Roman, der in Erinnerungen an die eigene Schulzeit schwelgen lässt – und zeigt, wie es ist, auf der anderen Seite zu stehen.

J. L. Carr wurde 1912 in der Grafschaft Yorkshire geboren und starb 1994. Nachdem er jahrelang als Lehrer gearbeitet hatte, gründete er 1966 einen eigenen Verlag und verfasste acht Romane. ›Ein Monat auf dem Land‹ (DuMont 2016) war 1980 für den Booker-Preis nominiert. Bei DuMont erschienen außerdem ›Wie die Steeple Sinderby Wanderers den Pokal holten‹ (2017) und ›Ein Tag im Sommer‹ (2018).

J. L. Carr

Die Lehren des Schuldirektors George Harpole

Aus dem Englischen
von Monika Köpfer

DUMONT

Von J. L. Carr sind bei DuMont außerdem erschienen:

Ein Monat auf dem Land
Wie die Steeple Sinderby Wanderers den Pokal holten
Ein Tag im Sommer

Oktober 2020
DuMont Buchverlag, Köln
Alle Rechte vorbehalten
Copyright © 1984 by Bob Carr
Die englische Originalausgabe erschien 1972 unter dem Titel
›The Harpole Report‹ bei Martin Secker & Warburg Ltd, London.
© 2019 für die deutsche Ausgabe: DuMont Buchverlag, Köln
Übersetzung: Monika Köpfer
Umschlaggestaltung: Lübbeke Naumann Thoben, Köln
Umschlagabbildung: Papierflieger © prill/istockimages
Satz: Angelika Kudella, Köln
Gesetzt aus der Adobe Caslon
Druck und Verarbeitung: CPI books GmbH, Leck
Gedruckt auf säurefreiem und chlorfrei gebleichtem Papier
Printed in Germany
ISBN 978-3-8321-6550-5

www.dumont-buchverlag.de

Für Sally

»Das vierte Thema ist vielleicht das wichtigste – es sind die Lehrer selbst. Sie verkörpern das Schulsystem, und doch gibt es so gut wie keine systematischen Erkenntnisse über sie. Daher ist jede noch so kleine Information über diese Spezies willkommen …

Wer sind diese Menschen, die bereit sind, sich ganz der Erziehung unserer Kinder zu widmen? Warum nehmen sie all das auf sich, und was passiert mit ihnen, wenn sie es tun?

… Auch ist – im Detail – wenig darüber bekannt, womit Lehrer ihre Zeit verbringen, wenn sie einmal Fuß gefasst haben. Es bräuchte einen Naturkundler wie Gilbert White, der eine Art ›Naturgeschichte der Schule‹ schreibt. Ich gehe davon aus, dass dies im kommenden Vierteljahrhundert eines der anthropologisch inspirierendsten Forschungsgebiete sein wird – intensive, kleinteilige Feldforschung in einzelnen Schulen und Klassenzimmern, gepaart mit den reichhaltigen zwischenmenschlichen Beziehungen, die dort stattfinden.«

Michael Young
Gründer der Zeitschriften *WHERE?* und *WHICH?*

(Abdruck des folgenden Zitats mit freundlicher Genehmigung des Autors und des Verlags Routledge & Kegan Paul Ltd)

»Den Tod des Geistes müssen wir fürchten. Nur das zu glauben, was uns beigebracht und uns zu glauben gelehrt wurde, zu wiederholen, was uns zu sagen gelehrt wurde, nur zu tun, was von uns erwartet wird, wie Marionetten zu leben, das Vertrauen in die eigene Unabhängigkeit und die Hoffnung auf Besserung zu verlieren – das ist der Tod des Geistes.«

Tokutomi Roka

Ich wurde damit beauftragt, diesen unabhängigen Bericht über das, was Mr G. Harpole widerfuhr, zu schreiben, und möchte betonen, dass es Mr Harpole selbst war, der mich – als älteren Kollegen und erfahreneren Schuldirektor – bat, meine Eindrücke von diesem vergangenen Schulhalbjahr zu schildern, mit dem seine Karriere endete.

Er hat mir erlaubt, sein »Tagebuch« (ein privates Arbeitstagebuch) einzusehen, und mir auch Einsicht in wichtige Dokumente seiner Korrespondenz gewährt. Zwar wurde mir, wie nicht anders zu erwarten, der Zugang zu den Akten des lokalen Schulamts verweigert, doch hat mir Mr Harpole Kohledurchschläge seiner geschäftlichen und privaten Briefe zur Verfügung gestellt; auch war es mir möglich, gewisse Vorfälle anhand von Auszügen aus dem offiziellen Schulprotokollbuch und den Tagebüchern der Grundschüler, die darin tägliche Aufsatzübungen betreiben, näher zu beleuchten. Und so spricht jeder mehr oder weniger für sich selbst.

Kurzum, bei diesem Bericht handelt es sich nicht um eine von mir selbst gewählte Aufgabe, aber ich wurde in gewisser Hinsicht dafür entschädigt. Während ich mich bemühte, ein wenig Ordnung in diese Angelegenheit zu bringen, wuchs nicht nur meine Sympathie und meine Bewunderung für einige jener, die darin verwickelt waren, sondern auch für andere, mir unbekannte Menschen: isolierte, versprengte Trupps, die an vorderster Front des

englischen Schulsystems, inmitten dichten Gefechtsstaubs, verzwei-
felt versuchen, die Stellung zu halten.

Und man bedenke auch Folgendes: Eine Schule ist eine kom-
plexe Institution. Kinder und Lehrer, Verwaltungsbeamte und
ihre Untergebenen, Hausmeister, Köchinnen, Schulärzte, Schul-
inspektoren, Mitglieder des Schulbeirats. Und Eltern. Sie alle ra-
ckern sich ab, unzählige Zahnräder, die mehr oder weniger gut
ineinandergreifen. Wundert es einen da, wenn – wie im Falle
Harpoles – es im Getriebe bisweilen quietscht und hakt oder,
schlimmer noch, ein Hauptlager den Geist aufgibt?

ARTHUR S. CHADBAND, REKTOR DER
TAMPLING ST. NICHOLAS PRIMARY SCHOOL
(MITGLIED DES KÖNIGLICHEN GARTENBAU-
INSTITUTS, MITGLIED DER KÖNIGLICHEN
HISTORISCHEN GESELLSCHAFT),
AN P. TUSKER, B. SC., VERWALTUNGSASSISTENT
SCHULAMT

Bezug nehmend auf Ihr Schreiben vom Vierten dieses Monats, worin Sie Ihrer Sorge Ausdruck verleihen, es könnte in
den wenigen Wochen meiner Dienstfreistellung, die mir der
Grafschafts-Bildungsausschuss und meine Vorgesetzten nicht
zuletzt aufgrund Ihrer freundlichen Unterstützung gewährt
haben, an der Tampling St. Nicholas Primary School Schwierigkeiten geben, hoffe ich, Sie beruhigen zu können.

Obgleich Mr Harpole gerade einmal Anfang dreißig ist,
kann ich Ihnen bescheinigen, dass er ein außergewöhnlich zu-
verlässiger, gewissenhafter und fleißiger Angestellter der hiesigen Schulbehörde ist. Seine Arbeit mit der Begabtenklasse
war überaus erfolgreich. In der Tat schneiden unsere Schüler

bei der Aufnahmeprüfung für eine weiterführende Schule überdurchschnittlich gut ab, bisweilen liegen unsere Ergebnisse um
zwanzig Prozent über dem Durchschnitt unserer Grafschaft.

In einer Beziehung teile ich indes Ihre Befürchtungen –
dass es im Kollegium zu einer gewissen Aufsässigkeit kommen könnte, wenn ein noch recht junges Mitglied unverse-
hens in eine höhere Position befördert wird. Jedoch gibt es an
meiner Schule – gewiss erinnern Sie sich an unsere diesbezügliche (und von mir als sehr wertvoll empfundene) inoffi-
zielle Unterhaltung – nur einen Störfaktor, und das ist Mrs
Grindle-Jones, die, wie ich leider zugeben muss, einen Groll
gegen mich hegt, weil sie sich übergangen fühlt, nachdem wir
Mr Harpole mit der frei gewordenen Lehrerstelle mit Personalverantwortung der Besoldungsgruppe I betraut haben. Gleichwohl habe ich mir bezüglich dieser Entscheidung nichts vorzuwerfen (wie ich mir seit dem Zeitpunkt, da ich Sie traf,
immer wieder sage), und ich bin froh, dass sich meine Vorgesetzten meiner Einschätzung angeschlossen haben – dass es
nicht korrekt gewesen wäre, wenn Mrs Grindle-Jones als Frau
des Schuldirektors einer Nachbarschule während meiner tem-
porären Abwesenheit Zugang zu vertraulichen Dokumenten
gehabt hätte.

Zu guter Letzt seien Sie versichert, dass ich engen Kontakt
zu meiner Schule halten werde. Genau wie ich Mr Harpole
versprochen habe, stehe ich ihm mit meiner dreißigjährigen
Erfahrung als Rektor der Tampling St. Nicholas jederzeit te-
lefonisch zur Verfügung.

Ich hoffe, Sie, Ihre Frau und Ihre beiden Kinder haben
einen erquicklichen, erholsamen Urlaub auf der Isle of Man
verbracht.

Die übertriebene Art und Weise, mit der Chadband seine Dank-
barkeit bezeugt und sich bemüht, eine etwas persönlichere Verbin-
dung zu dem Beamten aufzubauen, indem er auf Tuskers Fami-
lienurlaub anspielt, zeigt, dass er nach wie vor befürchtet, seine
langersehnte Flucht an einen Ferienort an der Südküste könnte
doch noch verhindert werden. Auch wenn es vordergründig um
Harpole geht, möchte er Tusker mit diesem Brief vor allem in
Erinnerung rufen, dass die Tampling St. Nicholas ein Juwel un-
ter den lokalen Bildungsinstitutionen ist.

Chadband lässt daher durchblicken, er habe sich durch das Ein-
richten verschiedener Leistungsklassen, gezielte Förderung und
kluges Prognostizieren von Prüfungsaufgaben den exzellenten
Ruf erworben, dass seine Grundschulabsolventen ihren begabten
Konkurrenten aus benachbarten Institutionen regelmäßig die be-
gehrten Plätze an weiterführenden Schulen vor der Nase weg-
schnappen.

SCHULPROTOKOLLBUCH

Ich, Mr (George) Harpole (Besoldungsgruppe I / Lehrerstelle mit Personalverantwortung), habe heute interimsmäßig
die Leitung dieser Schule übernommen, für die Dauer der
Beurlaubung des Rektors, Mr A. S. Chadband (Mitglied des
Königlichen Gartenbauinstituts, Mitglied der Königlichen
Historischen Gesellschaft), zu Zwecken der beruflichen und
persönlichen Weiterbildung.

Das Schulpersonal setzt sich folgendermaßen zusammen:

Vierte Klasse – Emma Foxberrow, M.A. (Cambridge):
   akademischer Abschluss (ohne Lehrerausbildung;
   zusätzlich geschaffene Stelle)

Dritte Klasse – (Mrs) Rita Grindle-Jones:
geprüfte Assistenzlehrerin
Zweite Klasse – Pintle, James Albert:
geprüfter Assistenzlehrer
Erste Klasse – Croser, Sidney:
geprüfter Assistenzlehrer (in der Probezeit)
»Zurückgebliebenen«-Klasse – Grace Tollemache:
Assistenzlehrerin (ohne pädagogische Ausbildung)
Mr Edwin Ezra Theaker: Hausmeister

TAGEBUCH

Mein erster Tag als stellvertretender Rektor an unserer Schule. Zu meinem Leidwesen hat sich nichts ereignet, was meines Eingreifens bedurft hätte. Mir ist bereits jetzt bewusst, wie sehr ich das turbulente Treiben in einem Klassenzimmer vermissen werde, und ich hoffe, dass die Begabtenklasse nicht unter meiner Abwesenheit leidet und meine bisherige Arbeit weiterhin Früchte trägt. Das Schulamt hat sich ziemlich zurückhaltend hinsichtlich des personellen Neuzugangs geäußert – eine Hochschulabsolventin –, sodass man sich entweder auf das fatale Nachlassen der Disziplin oder einen rudimentären Unterricht gefasst machen muss (nach dem Motto »Schlagt eure Schulhefte auf und notiert euch folgende Sätze, die ich vor soundso vielen Jahren zu Papier brachte«). Ich werde in den kommenden Monaten ein väterliches Auge auf sie haben.

Wie dem auch sei, ich habe mir die Zeit vertrieben, indem ich den Inhalt der Schubladen von Mr Chadbands Schreibtisch neu ordnete. Ich habe Ediths neues farbiges Studioporträt in die Schublade mit meinem Briefpapier getan, damit ich einen Blick auf sie erhasche, wann immer ich Notizpapier oder ein Kuvert benötige. Mr Chadbands Zertifikat vom Hygieneinstitut habe ich einstweilen abgenommen und durch einen Bilderrahmen mit Sir H. Newbolts grandiosem Gedicht *»Vitai Lampada«* (auf samtenem Hintergrund) ersetzt, eine Arbeit, die ich im Kunstkurs am College angefertigt habe. Am inspirierendsten finde ich folgende Zeilen:

> »Der Wüstensand durchtränkt und rot,
> 's Geschütz steckt fest, der Oberst tot,
> Der Fluss des Todes ist übergetreten,
> doch ein Ruf lässt die Soldaten sich erheben:
> ›Auf, auf Kameraden! Gebt euer Bestes!‹«

Habe heute zum ersten Mal die Morgenandacht angeleitet und ein Lied zum Erntedank, *»Fair Waved The Golden Corn«*, sowie *»Forth in Thy Name, O Lord«* ausgewählt. Enttäuscht bemerkte ich, dass unser Neuzugang nicht mitsang; erst bei folgender Liedzeile stimmte sie ein:

> »Bewahre mich vor den Fallstricken auf meinem Weg.«

Und zwar mit übertrieben lauter Stimme, um sogleich wieder zu verstummen. Die Kinder waren so verdutzt, dass sie ebenfalls zu singen aufhörten und die neue Lehrerin mit unverhohlener Neugier anstarrten.

Mrs Grindle-Jones betätigt das rechte Pedal für meinen Geschmack ein wenig zu forsch, unentwegt hält sie es durchgedrückt, und ich finde es auch irritierend, dass sie beim Hereinkommen und Hinausgehen der Kinder seit nunmehr drei Jahren den ewig gleichen »Hyazinthen-Walzer« spielt. Nicht nur, dass die Musik längst ihren ästhetischen Gehalt eingebüßt hat, auch fällt es den Kindern schwer, im Dreivierteltakt zu bleiben.

Kurz nach Unterrichtsschluss schaute Mr Tusker, B.Sc., vorbei, um sich zu erkundigen, ob bei uns alles in Ordnung sei. Ich beruhigte ihn, er könne sich auf mich verlassen und dass bestimmt auch weiterhin alles reibungslos verlaufen werde, bis der Rektor seinen Dienst wieder aufnehme. Ehe er sich wieder zum Gehen anschickte, zögerte er und sagte dann in bedeutungsvollem Ton: »Nur damit Sie es wissen, Harpole: Wir vom Schulamt werden in diesem kommenden Halbjahr ein überaus aufmerksames Auge auf die Tampling St. Nicholas haben.«

Das fängt ja gut an. Harpole sollte offizielle Einträge ins Schulprotokollbuch so kurz und sachlich wie möglich halten. Mag es auch vor fremden Augen mit einem Schloss geschützt sein, so ist es doch Eigentum seines Arbeitgebers und kann jedes aufgezeichnete Wort auf Verlangen entweder von diesem oder aber von streitsüchtigen Eltern gegen Harpole verwendet werden. Weil die Seiten nummeriert sind, ist es Harpole nicht möglich, unüberlegte Einträge zu entfernen. Daher ist er gut beraten, wenn er beim Dokumentieren heikler Vorkommnisse in seinem eigenen Interesse jedes Wort auf die Waagschale legt.

Es ist durchaus bemerkenswert, dass er anders als Chadband nicht von »meiner Schule«, sondern »unserer Schule« spricht und hervorhebt, dass er sich Gedanken über die Auswahl der Kirchenlieder macht. Allerdings steht zu hoffen, dass er künftig eine etwas raffiniertere Auswahl trifft, zum Beispiel könnte er mal an einem Sommertag ein Weihnachtslied singen lassen oder »Summer Suns are Glowing« im tiefsten Winter. Nicht nur lieben Kinder derlei Abweichungen von der Routine, sondern wäre damit auch das

Kollegium gewarnt, dass unter der beherrschten Oberfläche Har-poles ein gewisser Hang zur Exzentrik lauert und man ihn nicht unterschätzen sollte.

2

TAGEBUCH

Eine bescheidene Neuerung. Nachdem ich lange der Meinung war, wir Engländer seien allzu zurückhaltend in der Liebe zu unserem Vaterland, habe ich den Hausmeister, Mr Theaker, angewiesen, jeden Morgen um 8.50 Uhr den Union Jack am Fahnenmast zu hissen. Dies würde nicht nur den Patriotismus bestärken, sondern auch Nachzügler zur Eile mahnen, ist die Fahne doch weithin sichtbar.

Als ich Mr Theaker diese Anweisung erteilte, stellte er sich taub, und als ich sie wiederholte, sagte er, die Flagge sei »verschlissen«, sie sei »durch die Salzluft vergammelt« und »im Müll gelandet«. Daher habe ich umgehend ein Antragsformular ans städtische Schulamt geschickt, damit man uns eine neue Fahne schickt.

TUSKER AN HARPOLE

Meine Bürokraft hat mich informiert, dass erst vor sieben Jahren, kurz vor dem Besuch des Vorsitzenden des Grafschaftsrats, eine neue Nationalflagge an Ihre Schule gesandt wurde. Man sollte doch meinen, dass ein solches Utensil bei normalem Einsatz und gebührender Pflege noch in gebrauchsfähigem Zustand sein müsste, daher würde ich Sie bitten, kurz zu erläutern, warum Sie eine zweite Fahne benötigen.

THEAKER AN HARPOLE
(auf dem Schreibtisch hinterlassene Notiz)
Ich habe bei der Hausmeistergewerkschaft zur Sprache gebracht, was Sie mir gesagt haben, dass ich jeden Morgen die
Fahne hochziehen soll, und die von der Gewerkschaft werden
sich mit dem Schulamt beraten, damit wir wissen, was zu unseren Aufgaben gehört und was nicht.

(nicht unterschrieben)

TUSKER AN HARPOLE
Heute hat sich der für Arbeitszwistigkeiten Verantwortliche
von der Gewerkschaft für Transport und allgemeine Dienst-
leistungen an mich gewandt und sich beschwert, Sie hätten
Ihren Hausmeister, Mr E. E. Theaker, angewiesen, jeden Morgen die Flagge zu hissen.

Ich möchte Sie darauf aufmerksam machen, dass der lokale
Schulausschuss folgende Aufgaben- und Tätigkeitsbereiche für
Hausmeister festgelegt hat: a.) Wartung der Heizung, b.) Ge-
währleistung der Sauberkeit und c.) der Sicherheit, und dass
weitere Aufgaben nur dann übernommen werden müssen, wenn
es die Zeit dieser Männer zulässt. In Anbetracht dieser Stellen-
beschreibung werden Sie gewiss einräumen, wie unbedacht Ihr
Ansinnen war, und ich erwarte Nachricht, welche Schritte Sie
unternehmen werden, um diese ärgerliche Angelegenheit aus
der Welt zu schaffen.

Im Übrigen haben Sie meine Frage, warum Sie eine zweite
Flagge benötigen, noch nicht beantwortet.

TAGEBUCH

Fühle mich niedergeschlagen und entmutigt. Habe mich von der Idee, jeden Morgen die Fahne hissen zu lassen, verabschiedet, weil sie mir bislang nur einen Sack voll Probleme eingebracht hat. Habe ans Schulamt geschrieben, dass die alte Flagge wiederaufgetaucht ist und sich in tadellosem Zustand befindet, und dass ich meine Anweisung an Theaker zurückgenommen habe.

Harpole hat sich in diesem Kampf für die Flagge nicht gerade mit Ruhm bekleckert. Im Grunde war es eine gute Idee, denn das morgendliche Fahnenhissen hätte sicher für ein wenig Heiterkeit gesorgt, das den Kindern bestimmt gefallen hätte. Durch seinen Rückzieher hat Harpole das Gesicht verloren, und zwar gegenüber allen Beteiligten. Erstaunlicherweise scheint er nicht bemerkt zu haben, dass Tusker, obgleich er die Nachricht von Harpoles Anweisung an den Hausmeister nicht gerade mit Begeisterung aufgenommen hat, ihn auch nicht direkt dafür tadelte. Ganz offensichtlich weiß dieser Beamte vom Schulamt, dass der Patriotismus, genau wie die Religion, ein Minenfeld ist, auf das sich nur Dummköpfe beherzt vorwagen.

TAGEBUCH

Sehr gefreut hat mich heute der Besuch von Lucinda Bulls Vater, einem Schrotthändler. Er meinte: »Als ich gehört hab, dass die Kinder keine Fahne kriegen, hab ich gedacht, sie sollen doch einfach die hier nehmen. Hab sie, seit ich beim Militär war.«

Ohne zu zögern, nahm ich sein Angebot in dem Glauben an, dass seine Großzügigkeit frei von irgendwelchen Hintergedanken sei. Was sich als Irrtum entpuppte. Er fügte hinzu, seine Frau lasse fragen, wie lange Lucinda noch in der »Zurückgebliebenen«-Klasse sein müsse, weil ein paar Bengel sie gehänselt hätten. Ich versicherte ihm, er brauche sich keine Sorgen zu machen, Lucinda sei in der Klasse 2x gut aufgehoben, da sie dort beim Lernen ihr eigenes Tempo anschlagen könne.

Das schien ihn nicht sonderlich zu beruhigen, denn er fragte, was er und seine »bessere Hälfte« tun könnten, »um sie da rauszukriegen«, und dass, wenn ich ihm das sagen könnte, sie bereit wären, ihr Nachhilfeunterricht zu bezahlen. Ich wusste nicht, was ich darauf antworten sollte, denn ein Kind, das in der Klasse 2x ist (der »Zurückgebliebenen«-Klasse), »kommt da nicht raus«, es sei denn, es verlässt die Grundschule, um in die 1c (die »Zurückgebliebenen«-Klasse der Hauptschule) zu wechseln.

Kaum war er gegangen, kam Titus Fawcett aus der vierten Klasse und meinte, er habe gehört, wir hätten eine Fahne bekommen, und er würde sie gern jeden Morgen hochziehen. Es sei auch gar nicht nötig, es ihm vorzumachen, fügte er hinzu, weil die neue Lehrerin, Miss Foxberrow, es ihm gezeigt habe, die sei nämlich bei den Pfadfinderinnen gewesen und verstehe was vom Knotenmachen.

MITTEILUNG VON HARPOLE
ANS KOLLEGIUM

Ich würde Ihnen gern zwei geringfügige Abweichungen von der Routine vorschlagen und rechne fest mit Ihrer Unterstützung:

1. Alle männlichen Kollegen sollen ab sofort darauf verzichten, sich mit »Sir« ansprechen zu lassen. Dieser archaische Ti-

tel ist einer ungezwungenen Beziehung zwischen uns und den Kindern hinderlich. Obgleich sie diese Anrede als eine der Regeln akzeptieren, die an der Schule nun einmal gelten, erweckt sie den Eindruck, wir unterschieden uns von anderen Männern. Desgleichen sollten die weiblichen Lehrkräfte darauf verzichten, sich von den Schülern mit »Miss«, »Frau Lehrerin« oder »Ma'am« ansprechen zu lassen.

2. Nachdem ich einen aufschlussreichen Artikel in der aktuellen Wochenausgabe des *Teacher* gelesen habe, schlage ich vor, uns vom Gebrauch des Rohrstocks zu verabschieden, und erwarte von jedem Kollegen und jeder Kollegin, der oder die ihn inoffiziell noch einsetzt, meinem Beispiel zu folgen. Mir fällt beim besten Willen nichts ein, was der Beziehung zwischen Lehrer/Kind/Eltern größeren und nachhaltigeren Schaden zufügen könnte.

Harpole scheint aus dem Scheitern seines beherzten Einsatzes für das Hissen der Flagge nichts gelernt zu haben. »Geringfügige Abweichungen von der Routine« – was für eine großartige Untertreibung! In einer Schule, an der Prinzipien gelten, die in den Zwanzigern auf der Höhe der Zeit waren, als Chadband seine pädagogische Ausbildung erhielt, und zwar von Männern, deren berufliche Praxis zu Beginn des Jahrhunderts geformt wurde, kommen Änderungen, wie Harpole sie vorschlägt, einer Revolution gleich.

Harpole hätte sich besser bei Tusker abgeschaut, wie man umsichtig vorgeht, und diesen Vorstoß lieber nicht schriftlich unternommen. Es wäre bei Weitem klüger gewesen, ein wenig abzuwarten, bis sich die Wogen geglättet hätten, um seine Ideen dann bei einer Tasse Tee im Lehrerzimmer vorzubringen.

Außerdem hätte er sich davor hüten sollen, es manchen Schul-

ämtern gleichzutun, deren Anzeigen, mit denen sie um weibliche
Lehrkräfte werben, klingen, als wollten sie biologische Untersu-
chungsobjekte einkaufen.

Die 2x – die »Zurückgebliebenen«-Klasse? Wenn sogar Mr Bull,
ein Schrotthändler, dieses plumpe, herabwürdigende System durch-
schaut, wird Harpole, der studierte Pädagoge, es wohl kaum auf-
rechterhalten können …

PINTLE AN HARPOLE
(handgeschriebener Zettel)

Meine Klasse und alle Kinder, die mit mir in Kontakt kommen, werden mich weiterhin mit »Sir« ansprechen. Streiks,
Demonstrationen, Widerstand gegen die Staatsgewalt, porno-
grafische Theateraufführungen und Techtelmechtel ohne Trau-
schein – all das ist dieser Auflösung der sozialen Ordnung geschuldet, die ich nicht zu unterstützen gewillt bin.

Ich bin ein Lehrer der alten Schule und weigere mich, auf
dieser Welle des nationalen Sittenverfalls zu schwimmen. Daher bin ich nicht gewillt, Ihrer Anweisung zu folgen, sondern
werde die Angelegenheit derweil meinen Arbeitgebern zur
Kenntnis bringen und sie um eine Handlungsanweisung bezüglich Ihres Vorstoßes bitten.

TAGEBUCH

… Bin zu Pintles Klassenzimmer geeilt und habe ihm versichert, dass es sich bei meiner Mitteilung lediglich um einen
Vorschlag handelt, und er möge, wenn er eine solche Abneigung gegen diese wirklich unbedeutende Veränderung ver-
spürt, sie ganz einfach ignorieren. Außerdem hoffte ich ihn

durch meine Versicherung, ich hätte großen Respekt vor jemandem, der offen seine Meinung sagt, beschwichtigen zu können und dass die Sache damit erledigt sei. Dennoch ließ ich ihn wissen, dass der Rohrstock, was mich betrifft, der Vergangenheit angehört und ich dies den Kindern bei unserer nächsten Versammlung mitteilen werde.

Während ich zum ersten Mal in diesem Jahr zum Kricketplatz radelte, um am Fangnetz ein paar Schläge zu üben, traf ich Miss Foxberrow, unseren Neuzugang. Sie schien in ein voluminöses Schotten-Cape gehüllt zu sein, doch ehe ich sie genauer in Augenschein nehmen konnte, verfing sich meine Krickettasche im Fahrradlenker und brachte mich zu Fall. Habe das Training am Fangnetz auf nächste Woche verschoben.

MR ALEXANDER FESTING
AN HARPOLE

Meine Tochter Martha hat mich informiert, Sie hätten den Kindern verkündet, dass Sie nicht länger über einen Rohrstock verfügen. Ich bitte Sie dringend, dies zu überdenken. Wenn man wie ich in einer städtischen Siedlung wie dem Muttler Council Estate wohnt, kommen einem tagtäglich und zunehmend Beispiele von äußerster Verderbtheit zu Ohren, und schuld daran sind unsere freizügige Gesellschaft, die von unserer sogenannten Regierung begünstigt wird, und das schludrige Strafmaß, das unsere sogenannten Gerichte verhängen.

Als Schotte kann ich mit allergrößter Überzeugung sagen, dass mich die Schläge mit dem Riemen, die mir in der Schule und zu Hause von meinem gottesfürchtigen Vater verabreicht wurden, davor bewahrten, in die Animalität abzugleiten, mit der das Heranwachsen das männliche Geschlecht besudelt. Es ist schon bedauerlich genug, dass die Züchtigung Erwachsener mit der Rute nicht mehr praktiziert wird, aber nun auch noch unseren Kindern die Angst vor der Rute zu nehmen, geht entschieden zu weit.

Ich hoffe sehr, dass Sie Ihren Entschluss nochmals überdenken.

HARPOLE AN FESTING

Wenngleich ich Ihre Meinung in dieser Angelegenheit respektiere, kann ich Ihre Überzeugung, dass der Rohrstock eine nachhaltige Lösung für irgendwelche Probleme sei, leider nicht teilen. Ich stimme Ihnen zu, dass er in gewissen Fällen auf den ersten Blick schnell Abhilfe zu schaffen scheint, doch meiner Erfahrung nach bewirkt er schlussendlich lediglich, dass Staub unter den Teppich gekehrt wird – und zwar in der Regel unter den Teppich von jemand anderem. Tatsächlich ist ein Experte aus Yorkshire der Ansicht, dass in Gegenden, wo an Schulen noch der Rohrstock zum Einsatz kommt, die Rate der Gewalttaten unter Jugendlichen sehr viel höher ist als anderswo.

Dennoch vielen Dank, dass Sie mir geschrieben haben, denn ich schätze es sehr, wenn sich Eltern für den Alltag an unserer Schule interessieren.

Eine von Harpoles Stärken scheint es zu sein, dass er stets umgehend und besonnen die Briefe von Eltern beantwortet. Das ist gar nicht so verbreitet, wie man meinen sollte. In Wirklichkeit pflegen einige Rektoren nie auf Briefe von Eltern zu reagieren, und zwar aus unterschiedlichsten Gründen – von Faulheit über die Unfähigkeit, den eigenen Schreibtisch in Ordnung zu halten, bis zum Groll darüber, dass der Absender das Prinzip der beinahe gottgleichen Unfehlbarkeit ihrer Person angezweifelt hat. Darüber hinaus gibt es auch jene grausamen Vertreter dieser Zunft, die nicht nur nicht zu antworten geruhen, sondern auch das arme Kind des Briefschreibers in Sippenhaft nehmen und es tyrannisieren, sodass die anderen Eltern von ihren verängstigten Kindern angefleht werden, bitte niemals einen Brief zu schreiben, es sei denn, er triefe vor sklavischer Lobhudelei.

HARPOLE AN SEINE VERLOBTE
EDITH WARDLE

… Mir wurde ganz anders, als Mrs Teale, meine Vermieterin, mich bat, ein Zuhause für ein weiteres ihrer vermaledeiten Kätzchen zu finden. Um ehrlich zu sein, ist es kein guter Zug von ihr, den Umstand auszunutzen, dass ich an einer Schule tätig bin. Und da ich seit vergangenem Herbst bereits acht Kätzchen unterbringen musste, wird es von Mal zu Mal schwerer. Zumal die Eltern ihren Kindern verboten haben, eines anzunehmen, selbst wenn es als Preis gedacht ist. Diesmal handelte es sich um einen kleinen rötlich getigerten Kater mit keckem, selbstbewusstem Blick und einem vorzüglich gewählten Namen, wie ich ausnahmsweise einmal anerkennen muss – »Ruhmreicher Apollon«!

Wie auch immer, zu guter Letzt ist es mir gelungen, ihn in die Obhut der Gaskins zu geben, die im Muttler Estate wohnen. Ein paar Tage danach fragte ich Polly Gaskin, wie es Apollon gehe. »Oh, er heißt jetzt Fluff«, antwortete sie. »Und Mum hat gemeint, dass er sich ein bisschen zu sehr aufplustert, genau wie Dads Bruder Fred. Deshalb ist sie mit ihm zum Tierarzt gegangen, damit der ihm die Flausen austreibt.«

3

TAGEBUCH

Heute Morgen sind mit der Post die Ergebnisse der Grund-
schulabschlussprüfung eingetroffen, aber ich habe beschlossen,
sie nicht bei der morgendlichen Versammlung zu verkünden,
so wie Mr Chadband es immer getan hat. Stattdessen habe
ich einen Brief an die Eltern verfasst, in dem ich ihnen mitteilte, dass der lokale Schulbildungsausschuss über die Schul-
art bestimmt habe, die für die jeweiligen Kinder die geeignets-
te sei – die Melchester Grammar für die begabteren Jungen,
die Melchester High School für die begabteren Mädchen oder
aber (für den Rest) die Melchester Secondary Modern –, und
handschriftlich auf den hektografierten Briefen vermerkt, um
welchen Typ es sich bei ihrem Kind handelt. Doch offenbar
haben die meisten Schüler nach Ausgabe der Briefe heimlich
den Umschlag geöffnet, denn als ich an der Garderobe vorbeikam, bemerkte ich, dass Daphne Ellis ungewöhnlich blass
war und einige Jungen um George Fenwick herumstanden, der
sich mit Tränen in den Augen abgewandt hatte. Auch hörte
ich, wie ein Junge sagte: »Das ist nicht fair, George. Wir wissen
alle, dass du besser bist als ich, und ich habe bestanden und du
nicht.«

Das Gefühl, das mich überkam, war alles andere als schön.

Oh, ja – ein Mädchen, das »ungewöhnlich blass war«! Selbst dem unerschütterlichsten Befürworter dieses Systems, bei dem die Kinder im Alter von elf Jahren auseinandergerissen und auf getrennte Schulen geschickt werden, muss sich das Herz auf die Größe einer Walnuss zusammenziehen, wenn er eine Schülerin derart erbleichen sieht!

SCHULPROTOKOLLBUCH

Von unseren Grenzfällen bei der Abschlussprüfung (drei Jungen und drei Mädchen), die zu einem Auswahlgespräch an der Melchester Grammar (die Jungen) bzw. der High School (die Mädchen) gingen, wurden zwei Jungen angenommen, aber alle drei Mädchen abgelehnt.

TAGEBUCH

Habe gehört, wie Mrs Grindle-Jones im Lehrerzimmer damit angab, die Mount Pleasant Prep. School (die ihre beiden Kinder besuchen) habe bei der Abschlussprüfung »wieder einmal sehr erfolgreich« abgeschnitten. Offenbar wurden die Grenzfälle von der Mount Pleasant Prep. School, zwei Jungen und vier Mädchen, zu Auswahlgesprächen eingeladen, woraufhin ein Junge von der Grammar School und alle vier Mädchen von der High School aufgenommen wurden. Es ist zum Verrücktwerden, dass alle Mädchen von der Mount Pleasant Prep. eine weiterführende Schule besuchen dürfen, von unseren Mädchen hingegen keins.

Als ich die Kinder fragte, wie die Auswahlgespräche abgelaufen seien, stellte sich heraus, dass die Jungen zunächst Mr Muttler (dem Besitzer der Tamplinger Garnfabrik und Vorsitzenden des Aufsichtsrats der Tamplinger Grammar und High School) einen Text vorlesen mussten. Sodann wurden sie zum Rektor bestellt, der sie unter anderem fragte, ob sie die verschiedenen Möglichkeiten kennen, wie man einen Kricketschlagmann »outen« könne (die Kinder schwören, dass er »outen« sagte, ohne den letzten Laut zu verschlucken, wie es bisweilen seine Gewohnheit ist, wenn er in seinen Yorkshire-Dialekt zurückfällt), und wer ihr Lieblingsschauspieler sei. Die Mädchen, die bei Miss Layer-Marney, der Rektorin der High School, vorsprechen mussten, wurden von dieser lediglich gefragt, womit sich ihre Väter den Lebensunterhalt verdienen und in welcher Gegend von Tampling sie wohnen.

HARPOLE AN DEN SCHULAMTSLEITER VON MELCHESTERSHIRE

Wäre es Ihnen vielleicht möglich, mir mitzuteilen, welche Kriterien und welches Benotungssystem bei den Auswahlgesprächen mit den Grenzkandidaten für den Übertritt an eine weiterführende Schule zur Anwendung kommen? Ich frage deshalb, weil mir eine merkwürdige Diskrepanz aufgefallen ist – dass nämlich in den letzten drei Jahren nur acht Prozent der Mädchen, die wir zu einem Vorstellungsgespräch an die Mädchen-High-School schickten, zugelassen wurden, wohingegen von unseren Jungen sechzig Prozent einen Platz an der Grammar School bekamen.

TUSKER AN HARPOLE

Wie mir zur Kenntnis gebracht wurde, haben Sie bei der Grafschaftsverwaltung schriftlich um vertrauliche Informationen angesucht. Ich darf Sie darauf hinweisen, dass sämtliche Briefe von Schulen an offizielle Stellen zuerst an mein Büro geschickt werden müssen und dass die Entscheidung, ob sie dann weitergeleitet werden, allein in meinem Ermessen liegt. Ihren Vorstoß erachte ich als eklatante Missachtung meiner Autorität.

OBERSCHULAMTSLEITER
AN HARPOLE

Die Information, um die Sie gebeten haben, ist vertraulich. Doch seien Sie versichert, dass eine mögliche Abweichung bei der Zahl der Plätze, die jeweils von der Grammar und der High School angeboten werden, rein zufälliger Natur ist.

TAGEBUCH

Eine diskrete Nachforschung meinerseits hat ergeben, dass in den letzten drei Jahren fünfzehn Mädchen von der Mount Pleasant Prep. School zu einem Auswahlgespräch gebeten und alle fünfzehn aufgenommen wurden. Diese Diskrepanz von zweiundneunzig Prozent zwischen der Zahl der zugelassenen Schülerinnen der Prep. und der von unserer Schule lässt in meinen Augen absolut keinen Zweifel zu, dass wir es hier mit einem ungebührlichen Fall von gesellschaftlichen Vorurteilen zu tun haben.

HARPOLE AN J. R. MACDONALD DACRE, SOZIALDEMOKRATISCHER GRAFSCHAFTS-RATSHERR FÜR DEN BEZIRK TAMPLING SOUTH

Gewiss werden Sie meine Beunruhigung teilen, wenn ich Ihnen zur Kenntnis bringe, dass in den letzten drei Jahren nur acht Prozent der Grenzfälle unter unseren Schülerinnen ein Platz an der Mädchen-High-School angeboten wurde, während die Grenzkandidatinnen von der Prep. School zu hundert Prozent angenommen wurden. Finden Sie nicht auch, dass diese Sachlage aus Gründen der Fairness gegenüber den Eltern und Kindern Ihres Bezirks nach einer Untersuchung verlangt? Ich wäre Ihnen sehr verbunden, wenn Sie mein Schreiben streng vertraulich behandelten.

DACRE AN HARPOLE

Offenbar haben Sie sich diesbezüglich bereits an die Grafschaftsverwaltung gewandt. Da Sie nicht den offiziellen Dienstweg eingehalten haben, können Sie von mir nicht erwarten, dass ich mich in einer bereits anhängigen Sache einschalte. Im Übrigen gab es bislang noch von niemandem irgendwelche Klagen, jedenfalls sind mir noch keine zu Ohren gekommen.

HARPOLE AN DACRE

Wenn es bislang noch keine Klagen gab, liegt das daran, dass noch niemand diese Diskrepanz bemerkt hat. Im Übrigen sind die Eltern der meisten Kinder an unserer Schule keine großen Briefeschreiber. Umso mehr müssen sie sich darauf verlassen können, dass die Volksvertreter ihre Interessen wahrnehmen.

Ich hätte eigentlich gedacht, dass Sie aufgrund der von mir dargelegten Fakten dieser Angelegenheit nachgehen würden, bei der es sich möglicherweise um skandalöse soziale Ausgrenzung handelt.

Bitte behandeln Sie dies STRENG VERTRAULICH.

Auf diesen Brief gibt es anscheinend keine Antwort.

TAGEBUCH

Habe zufällig aufgeschnappt, wie Mrs G.-J. erwähnte, ihre Kinder hätten zur selben Zeit die Mount Pleasant Prep. School besucht wie die Tochter des Ratsherrn Dacre …

TUSKER AN HARPOLE

Mir wurde zur Kenntnis gebracht, dass Sie sich schriftlich mit einem Grafschafts-Ratsherrn austauschen, und zwar in einer Angelegenheit, die auch Ihre Schule betrifft. Das ist eine Ordnungswidrigkeit, und sowohl der Oberschulamtsleiter als auch meine Person nehmen Ihren neuerlichen Vorstoß sehr ernst. Muss ich Ihnen abermals sagen, dass die Kommunikationswege genau festgelegt sind, dass diese strikt eingehalten werden müssen und unter keinen Umständen davon abgewichen werden darf?

Ich möchte noch hinzufügen, dass es sowohl dem Schulamtsleiter der Grafschaft als auch mir widerstrebt, zur gleichen Schlussfolgerung zu gelangen wie womöglich andere – dass Sie Unregelmäßigkeiten beim Auswahlverfahren andeuten wollen.

War im »Fusilier« und habe zufällig Shutlanger getroffen, den
Rektor der Grammar School, und ganz nebenbei den Ratsherrn Dacre erwähnt. »Dieser faule Scheißkerl!«, rief er aus.
»Der ist genauso wenig Sozialdemokrat wie mein Allerwer-
tester. Er hat sich einfach nur als einer ausgegeben, um einen Posten als Gewerkschaftssekretär zu ergattern, wo er
den lieben langen Tag auf seinem Hintern sitzen und sich
vom Nichtstun in seinen diversen hohen Ämtern ausruhen
kann – als Friedensrichter, Mitglied des Beirats der Grammar
und der High School und des Krankenhauses, und wer weiß
welche Spitzenposten er noch an sich gerafft hat, auf denen er
mit einem Minimum an Hirnschmalz ein Maximum an hei-
ßer Luft produzieren kann. Sein Vater war 1924, dem Jahr der
sozialdemokratischen Morgenröte, Streckenwärter bei der
Eisenbahn und hat ihn auf den Namen James Ramsay Macdonald Dacre taufen lassen. Diese Farce ist bislang offenbar
noch niemandem aufgefallen!«

Man ist hin- und hergerissen zwischen Bewunderung für Har-
poles donquijotischen Feldzug für die Gerechtigkeit auf derart
feindlichem Terrain, der, selbst wenn er von Erfolg gekrönt sein
sollte, ihm persönlich nur zum Nachteil gereichen kann, und Er-
staunen über seinen kindlichen Glauben, kommunalen Verwal-
tungsbeamten Informationen abringen zu können, die ihnen mög-
licherweise selbst schaden.

Er sollte besser früh als spät lernen, dass es unmöglich ist, den
Kampf mit Beamten zu gewinnen, die sich hinter ihrer Amts-
autorität verschanzen, und ein hoffnungsloses Unterfangen, Hilfe
von gewählten Volksvertretern einzufordern (die selbst eben diese
Beamten umschmeicheln müssen, auch wenn es nur um die Geneh-

migung einer neuen Türklinke für einen Bewohner der Sozialsied-
lung ihres Wahlkreises geht).

HARPOLE AN EDITH WARDLE

Heute kam von unten ein mächtiger Lärm, den, wie ich kurz
darauf feststellte, Mrs Teale veranstaltete, die hysterisch herum-
kreischte, weil offenbar der gasbetriebene Heißwasserboiler
nicht aufhörte, Dampf auszuspeien. Da das Gerät mit kleinen
Münzen betätigt wird und ich daher annahm, es würde sich,
wenn kein Nachschub käme, von allein beruhigen, beschloss ich,
der Sache keine weitere Aufmerksamkeit zu schenken. Doch
als Mrs Teale schließlich namentlich nach mir rief, rannte ich
nach unten, riss die Badezimmertür auf und erblickte meine
Vermieterin, die (gottlob) in eine Dampfwolke eingehüllt war.

»Tun Sie doch etwas, stoppen Sie ihn, Mr Harpole!«, schrie
die einfältige Frau wieder und wieder. »So tun Sie doch etwas,
ehe er mein Haus in die Luft sprengt!«

Schnell lief ich in mein Zimmer hinauf, um den Rollgabelschlüssel zu holen (ein recht teures Werkzeug, das mein
Vater mir letztes Jahr zu Weihnachten geschenkt hat), kletterte auf den Badewannenrand (je ein Fuß links und rechts aufgestellt) und versuchte mich so gut wie möglich vor dem heißen Dampf zu schützen, den der Boiler ausspie. Doch ehe ich
dazu kam, an irgendetwas herumzuschrauben, ließ das Ding
ein jämmerliches Keuchen vernehmen, und still war es! Ich
rief Mrs Teale zu, sie möge einen Klempner kommen lassen,
worauf sie vom Flur her antwortete, ja, das werde sie tun und
ich könne nun getrost herauskommen, sie sei jetzt wieder in
einem respektablen Aufzug …

THEAKER AN HARPOLE

(auf dem Schreibtisch hinterlassene Notiz)

Diese Mrs Foxberrow vermurkst mir die Einrichtung, nämlich benutzt sie die Kante vom Türpfosten, um die Spitzen aus den Federhaltern rauszuziehen.

(nicht unterschrieben)

TAGEBUCH

Habe Miss Foxberrow in ihrem Klassenzimmer einen Besuch abgestattet, um ihr den patentierten Federhalterspitzen-Rauszieher zu bringen, den ein Verlagsvertreter zu Demonstrationszwecken dagelassen hat. Von drinnen drangen laute Geräusche an mein Ohr, und als ich eintrat, sah ich mehrere Kinder zwischen den Schreibtischen auf dem Boden herumkrabbeln, die muhende Geräusche von sich gaben. Ich beugte mich über eines der Kinder und fragte: »Was machst du denn da, Liebes?«

»Ich mache vor, wie eine Kuh auf einer Weide grast«, kam prompt die Antwort, und bei näherem Hinsehen bemerkte ich, dass es Miss Foxberrow war, das Gesicht vollständig hinter ihren Haaren verborgen, sodass ich nur ein Auge erkennen konnte, das mich ansah wie ein wildes Tier aus dem Unterholz. Schnell versicherte ich ihr, dass es eigentlich nicht meine Art sei, Kolleginnen mit »Liebes« anzusprechen.

»Oh«, sagte sie. »Dann nennen Sie also nur Ihre männlichen Kollegen so?«

»Was machen Sie denn da auf dem Boden?«, fragte ich, indem ich ihre Anspielung geflissentlich überging.

»Wir malen heute ein Bild von unserer Freundin, der Kuh«, erklärte sie. »Und wie man in progressiven pädagogischen

Kreisen weiß, erreicht man nur ein schales Ergebnis, solange es der Lehrperson nicht gelingt, eine Beziehung zwischen den Künstlern und dem Sujet aufzubauen, und ist es ein unbefriedigendes Unterfangen, solange sie es nicht vormacht.«

»Nun, wenn das so ist«, erwiderte ich, »aber warum malt Titus Fawcett seine Kuh leuchtend rot?«

»Na gut«, sagte sie, »wenn das jetzt in ein großes Palaver ausartet, stehe ich wohl besser auf.« Und das tat sie, wenngleich mit einem theatralischen Seufzer. Dann hielt sie das Blatt mit Fawcetts roter Kuh hoch und sagte: »Hört her, Kinder. Mr Harpole gefallen unsere großartigen Bilder nicht. Vielleicht erklärt er uns ja, warum er sie nicht mag, denn schließlich sind wir ja hier, um jeden noch so kleinen Wissenskrümel aufzupicken, stimmt's?«

Da ich ihr exaltiertes Getue außerordentlich irritierend fand, forderte ich sie in scharfem Ton auf, mich auf den Flur hinauszubegleiten. »Ich hoffe, Sie haben nicht irgendetwas Ungentlemanhaftes im Sinn, Mr Harpole«, sagte sie, während sie mir folgte. Statt darauf einzugehen, deutete ich auf Fawcetts Bild und erklärte: »Falls es Sie interessiert: Es ist nicht die Farbe, gegen die ich Einwände habe, sondern das hier.« Ich deutete auf das Euter, das so groß war, dass es den Boden berührte. »Das ist überaus obszön.«

»Nun, wenn das alles ist, was Sie stört, sage ich Titus, er soll ihr eben einen Rock malen.« Da sie sich noch immer weigerte, ernsthaft über die Sache zu diskutieren, gab ich zu bedenken, eine derartige Laxheit könne Mädchen wie etwa Henrietta Billitt auf komische Ideen bringen.

»Blödsinn! Wenn man bedenkt, in welchem Loch sie lebt, in diesem ländlichen Elendsquartier mit Hinterhofklo, in der sich acht Menschen zwei Schlafzimmer teilen, ist anzunehmen, dass sie mehr über die menschliche Anatomie weiß als wir beide zusammen. Und da Sie nun mal dieses Thema aufgebracht haben: Neulich lautete das Motto des Malunterrichts ›Unsere Mutter und unser Vater‹, und da hat Titus seine Eltern splitterfasernackt gemalt und gemeint, wenn ich gewollt hätte, dass er seine Mutter und seinen Vater in Anziehsachen malen soll, hätte ich das eben sagen müssen.«

Worauf ich erwiderte, mir wäre es lieber, sie würde konventionellere Themen wählen wie zum Beispiel Elfen, Raumschiffe und solche Dinge. Und als ich ihr dann den Zeichenfederentferner hinhielt, meinte sie leichthin: »Oh, dann hat Theaker also gepetzt? Nun, richten Sie ihm doch bitte aus, wir brauchen seinen Türpfosten ohnehin nicht mehr, weil wir, seit ich neulich einen Artikel im *Times Educational Supplement* gelesen habe, keine Zeichenfedern mehr benutzen; sie hemmen nämlich den Ideenfluss der Kinder. Und was Theaker anbelangt – gibt es unter der wachsenden Schar aus dem Schulwesen geflohener Lehrer, die sich mit einem Wissenschaftsstipendium über Wasser halten, nicht zufällig jemanden, der das anthropologische Forschungspotenzial von Hausmeistern erkannt hat? Sie sollten den entsprechenden Einrichtungen einen Wink über seinen Aufenthaltsort geben.«

Als ich wortlos davonging, rief sie mir hinterher: »Oh, Sie sind wieder ganz hergestellt? Dann haben Sie sich also von Ihrem Sturz vom Fahrrad neulich erholt, als diese riesige Tasche Sie zu Fall brachte?«

Ich muss schon sagen, dafür dass sie eine junge, unerfahrene Lehrerin ist, leidet sie nicht gerade unter mangelndem Selbstvertrauen. Ich fürchte, sie sorgt für Unruhe an unserer Schule.

EMMA FOXBERROW

AN FELICITY FOXBERROW

Felix, mein Liebling,

bin hundemüde und bis zu den Haarspitzen mit Klebstoff zugekleistert, deswegen nur ein paar Zeilen. Nein, ich werde nicht zur Fuchsjagd nach Hause kommen. An den Wochenenden ist mit mir nicht mehr viel anzufangen. Du musst der blutrünstigen Bande allein die Stirn bieten, so gut Du kannst. Schreien nützt nichts – tritt notfalls ordentlich zu.

Der Leiter dieser Schule ist irgendwie nicht von dieser Welt. Ständig steht er mit einer kleinen Taschenuhr in der Hand da, die (zusammen mit einem großen Orden) an einer Silberkette befestigt aus seiner Westentasche hängt, und wirft nacheinander bedeutungsvolle Blicke auf die Uhr und auf mich. Gestern habe ich versucht, meine Schüler in einen geistigen Zustand zu versetzen, der dazu angetan ist, kindliche Meisterwerke hervorzubringen, als er hereinplatzte, völlig entgeistert in die Runde schaute und rief: »Wo ist eure Lehrerin? Ruhe! Wo ist eure Lehrerin?« Dann hat er mich zur Schnecke gemacht, oder sagen wir, er hat es probiert, aber sein Versuch endete damit, dass er mich kleinlaut bat, doch bitte nicht auf dem Boden herumzukriechen, nicht dass er persönlich etwas dagegen hätte, aber das Schulamt und seine Vorgesetzten usw. …

Bitte sag Mummy doch, sie soll mir eines dieser Tigerfelle, die auf dem Speicher herumliegen, schicken – ich brauche es, wenn wir »Daniel in der Löwengrube« durchnehmen.

TAGEBUCH

Während ich den Unterrichtsplan der Lehrer für die kommende Woche durchsah, bemerkte ich, dass Miss Foxberrow »Unser Freund, der Bulle« zum Thema der nächsten Malstunde gewählt hat. Ihr Versuch, mich zu provozieren, ist so kindisch und offensichtlich, dass ich ihn einfach ignorieren werde.

Harpole ist derart schlecht gerüstet, um der Frage »Was ist ein gutes und was ist kein gutes Bild?« nachzugehen, dass er einem leidtun kann! Der früher allseits anerkannte Maßstab für die gelungene bildliche Darstellung einer Kuh – »Sie sieht so aus, wie ich glaube, dass eine Kuh auszusehen hat« – ist durch die zunehmende kulthafte Verehrung kindlicher Kunst in Verruf geraten. Wie kann es sein, dass Harpole, obwohl die einschlägigen Sonntagsbeilagen diesen neuen ganzheitlichen Erziehungsansatz längst verbreitet haben, nichts davon weiß? Nach Picasso sind drei Augen auch in Ordnung.

TAGEBUCH

Heute hat die Stadträtin Mrs Blossom unsere Schule besucht und den Wunsch geäußert, jede einzelne Klasse zu besichtigen. Als wir aus Mrs Grindle-Jones' Klassenzimmer herauskamen, nahm sie mich beiseite und meinte, es wäre doch nett, wenn die Kinder aufstünden, wenn sie den Raum betrete, und im Chor »Guten Tag, Frau Stadträtin« sagten.

Da ich als amtierender Rektor das Gefühl hatte, ihr diesen Wunsch nicht abschlagen zu können, ging ich vor ihr her in Miss Foxberrows Klassenzimmer, wo mein Ansinnen aufgenommen wurde, als wäre es das eines Trottels.

Mrs Blossom muss dies gespürt haben, denn der klägliche

Chor aus halbherzig gemurmelten Begrüßungen schien sie keineswegs zu befriedigen, bestand sie doch darauf, einen Blick ins Klassenbuch zu werfen. Unglücklicherweise entdeckte sie, dass, wiewohl fünfundvierzig Schüler als anwesend verzeichnet waren, es in Wahrheit nur vierundvierzig waren. Also strich Mrs Blossom die ›45‹ durch und malte mit roter Tinte die Zahl ›44‹ daneben, um die Änderung sodann zu paraphieren, ehe sie mich bat, dies im Protokollbuch zu vermerken.

Als wir den Raum vier betraten, begrüßte Miss Tollemache sie mit »Hallo, Annie« und erklärte mir eifrig, sie seien seinerzeit zusammen in derselben Klasse gewesen und hätten in derselben Woche Geburtstag. Ihrer beleidigten Miene nach zu urteilen kam dies bei der Stadträtin nicht besonders gut an, die, als wir wieder auf dem Flur waren, sagte: »Mag ja sein, dass wir in derselben Schule waren, aber ich kann mich nicht an sie erinnern; ihrem Aussehen nach muss sie mindestens fünfzehn Jahre vor meinem Eintritt die Schule verlassen haben. Vielleicht hat sie mich ja mit meiner Mutter verwechselt …«

HARPOLE AN EDITH WARDLE

Beim Nachhauseradeln ist mir zweimal die Kette herausgesprungen, und ich beschloss, als ich endlich ankam, das Hinterrad zu justieren. Als ich meinen Rollgabelschlüssel nicht an seinem üblichen Platz fand, dachte ich zunächst, ich hätte ihn auf dem Gasboiler im Badezimmer von Mrs Teale liegen lassen. Doch dort war er nicht, und mir kam in den Sinn, dass der Klempner, der den Boiler repariert hat, den Schlüssel aus Versehen mitgenommen haben musste. Doch als ich ihn anrief und ihn nachzuschauen bat, meinte er, die Mühe, in seinem Werkzeugkasten nachzusehen, könne er sich sparen, weil auf dem Boiler garantiert kein Rollgabelschlüssel gelegen habe, und was ich ihm da eigentlich unterstellen wolle? Nun, ich wusste ganz genau, wo ich ihn liegen gelassen hatte, und selbst am Telefon entging mir sein triumphierender Unterton nicht. Ich weiß nicht, ob ich es dir schon erzählt habe, aber mein Vater hat mir den Rollgabelschlüssel vor ein paar Jahren zu Weihnachten geschenkt, und ich kann mich noch gut daran erinnern, wie er meinte, dass es sich dabei um eines der nützlichsten Werkzeuge handelt, die ein Mann besitzen könne. Du wirst daher bestimmt verstehen, Liebste, warum mich sein Verlust so wurmt …

4

RUNDSCHREIBEN VON HARPOLE
ANS KOLLEGIUM
Ich wäre Ihnen sehr verbunden, wenn in diesem Schuljahr
jeder von Ihnen einmal die Morgenandacht anleiten könnte.
Ich schlage folgende Termine vor:

12. Mai: Mr Croser
26. Mai: Mrs Grindle-Jones
9. Juni: Mr Pintle
23. Juni: Miss Foxberrow
7. Juli: Miss Tollemache

Dies ist in der Tat eine interessante und erfreuliche Neuerung. Harpole weiß bestimmt, dass der sicherste Weg für einen Schuldirektor, seine Beliebtheit erodieren zu lassen, ist, tagaus, tagein um 9.15 Uhr vor den Lehrern und Schülern zu erscheinen, um seines pastoralen Amtes zu walten, zu einer Uhrzeit, zu der die allgemeine Laune auf dem Tiefstand ist. Indem er andere Lehrer dazu ermuntert, hin und wieder als Fürsprecher gegenüber dem Allmächtigen aufzutreten, sichert Harpole sich womöglich widerwillige Nachsicht gegenüber seinen eigenen unzulänglichen Fürbitten.

Da es mir immer noch nicht gelungen ist, die Anzahlung für den Ford zusammenzukratzen, den ich so unbedingt haben möchte, bin ich heute zusammen mit unserer Fußballmannschaft mit öffentlichen Verkehrsmitteln zu ihrem letzten Nachholspiel gegen die Northend Primary Mixed gefahren. Merkwürdigerweise taten Fred Judd und Mrs Trott, die beide dem Lokalausschuss der Lehrergewerkschaft angehören und mit demselben Bus nach Hause fuhren, als hätten sie mich nicht gesehen. Später am Abend fragte ich Shutlanger, den Rektor der Grammar School (der, seit seine Frau mit einem »großen Kerl aus der Oberstufe« davongelaufen ist, seine Abende im »Fusilier« zubringt), bei einem Glas Rum, ob seiner Ansicht nach unsere Berufsehre Schaden nehmen könne, wenn ich die Kinder mit dem Bus zu außerschulischen Aktivitäten begleite.

Wenn der Alkohol ihm zu Kopf gestiegen ist, seine Oxford-Fassade bröckelt und er in den Yorkshire-Dialekt seiner Kindheit zurückfällt, habe ich Mühe, ihm zu folgen. Aber wenn ich mich nicht täusche, hat er sinngemäß geantwortet: »Na ja, können Sie sich vorstellen, dass der Doktor seine verdammten Kassenpatienten mit 'nem Doppeldecker ins Krankenhaus kutschiert?«

Mehr schien er nicht dazu zu sagen zu haben, denn er begann mir zum wiederholten Mal zu erzählen, dass er sieben Pfund bei der Pferdewette verloren hatte. (»So ein verdammter Klepper«, nuschelte er mehrmals.)

Ich dachte darüber nach, dass Mr Chadband sicher nie Schüler zu einem Fußballspiel in einem Linienbus begleitet hatte; es interessierte ihn nie, ob meine Schüler gewonnen oder verloren hatten. Und doch war er beim Schulamt hoch angesehen. Wie oft hat er mir erzählt, dass er schon mit siebenundzwanzig zum Rektor befördert wurde (wobei er sozusagen in das Schulhaus einheiratete)! Ich denke, ich werde in Zukunft Crosers Ausrede, er kenne sich nur mit Rugby League Football aus, nicht gelten lassen und darauf bestehen, dass er die Jungs zu Auswärtsspielen begleitet, und selbst erst am Zielort zu ihnen stoßen.

Natürlich schadet Harpole dem öffentlichen Ansehen seines Berufs nicht, wie immer es um dieses auch bestellt sein mag. Im Gegenteil, umringt von kleinen Jungs, die stolz ihre schlackernden Fußballtrikots herzeigen, als wären es Kriegstrophäen, und mit ihren schrillen Stimmen prahlerisch verkünden, wie viele Tore sie zu schießen gedenken, präsentiert er sich den mitreisenden Steuerzahlern im besten Licht – ein Angestellter des öffentlichen Diensts, die Ärmel hochgekrempelt, bei der Arbeit.

Indem er seine Freizeit opfert – da er an einer Grundschule tätig ist, bleibt ihm ja nichts anderes übrig, als seine eigene freie Zeit zu opfern –, tut Harpole mehr für das Ansehen seines Berufsstands als all die heiße Luft, die bei sämtlichen Gewerkschaftstreffen im Umkreis von vierzig Meilen hinausgeblasen wird.

Aber abends im Pub zu sitzen und Rum zu trinken, also wirklich! Wobei er diese fragwürdige Aktivität vielleicht nur erwähnt hat, um zu zeigen, dass er gar nicht so langweilig ist, wie er auf den ersten Blick wirkt, sondern auch eine unkonventionellere, um nicht zu sagen exzentrische Seite hat.

Stadträtin Mrs Blossom hat schon wieder unsere Schule besucht, um sich zu erkundigen, ob alles in Ordnung ist.

Sie sagte, sie sei sich sicher, dass ich es schaffen würde, und ohnehin wisse ja jeder, dass sie hoffe, Mr Chadband werde demnächst in den Ruhestand gehen, denn ein bisschen frisches Blut werde »uns allen« bestimmt guttun. Alte Männer wie er und Mr Blossom würden »uns junge Leute« doch nur behindern.

Und ob ich nicht auch fände, dass kostenloses Mittagessen und Kindergeld abgeschafft gehörten. »Großbritannien ist ein Land von Faulenzern«, sagte sie. »Wenn es nach mir ginge, würde ich einige von denen, die wie die Made im Speck von der Fürsorge leben, sterilisieren lassen, so wie man es mit den Katern macht. Aber ich bin sicher, Sie stimmen mir zu.« Was ich, ohne zu zögern, tat. Doch kaum war sie weg, wurde ich von Reue übermannt, weil ich in Wahrheit die Ansichten von Mrs Blossom ganz und gar nicht teile.

Heute Morgen hat Mrs Grindle-Jones mich gebeten, ihre frei stehende Tafel zu begutachten. Sie beschwerte sich, nicht ganz grundlos, dass sie in ihrem Alter eigentlich nicht mehr gezwungen sein sollte, ein solch schweres Gerät jeden Morgen aufzustellen, zumal ihr Arzt sie gewarnt habe, Bandscheibenvorfälle würden sich zu dieser Jahreszeit in seiner Praxis häufen. Außerdem habe Mr Grindle-Jones sie darüber aufgeklärt, dass, sollte sie sich beim Aufstellen der Tafel verletzen, dies als Arbeitsunfall gewertet werde und sie beim Schulamt Schmerzensgeld geltend machen könne. Ich untersuchte die Tafel genauer und stellte fest, dass mir noch nie ein solches Exemplar untergekommen ist: Sie besteht aus zwei schwarzen Holztafeln, die links und rechts auf eine riesige Stahlplatte ge-

nietet sind, sodass sich, wenn man sie aufklappt, drei Tafeln
ergeben. Außerdem entdeckte ich ein kleines schmiedeeiser-
nes Wappen:

WHITEHOUSE, TIPTON, STAFFS
NEW PATENT BLACKBOARD 1853

Dann versuchte ich, das Ding hochzuheben, und stellte fest,
dass es in der Tat sehr schwer ist. Ich versprach Mrs Grindle-
Jones, es dem Schulamt zu melden und darum zu bitten, ihr
Klassenzimmer mit einer neuen Tafel auszustatten, einem die-
ser Modelle auf Rollen, wie sie ihrem Vernehmen nach an Mr
Grindle-Jones' Schule gang und gäbe sind.

TUSKER AN HARPOLE
Mit Erstaunen habe ich Ihren Antrag für eine neue Tafel zur
Kenntnis genommen. Darf ich Sie auf Folgendes hinweisen:
a) Der Stichtag für die Anschaffung von Einrichtungsgegen-
ständen und Unterrichtshilfen für das kommende Geschäfts-
jahr war der 28. Februar.
b) Mir ist aufgefallen, dass Sie den fraglichen Gegenstand
als »schwer« bezeichnen, aber nicht als »unbrauchbar«. Die
Inventarbestimmungen der Grafschaft sehen den Austausch
von Gegenständen, die noch brauchbar sind, nicht vor.

TAGEBUCH
Ich habe Mrs Grindle-Jones Tuskers Brief gezeigt und sie
gebeten, weitere achtzehn Monate durchzuhalten, denn dann
würden ihre Geduld und ihr Verständnis gewiss mit einer

neuen fahrbaren Tafel belohnt werden. Doch ihre Reaktion war alles andere als verständnisvoll.

MR GRINDLE-JONES AN HARPOLE
Streng vertraulich
Meine Frau hat mir von der Zwickmühle berichtet, in der Sie stecken. Ich möchte bitte nicht zitiert werden, aber dass sie so unter dem alten Inventar zu leiden hat, ist die direkte Folge davon, dass der arme alte Chadband einfach nicht mit der Zeit geht. Wie dem auch sei, es kann nicht sein, dass die Gesundheit meiner Frau beeinträchtigt wird, indem man von ihr verlangt, tagtäglich dieses prähistorische Monument aufzustellen, zumal ich zufällig weiß, dass mehrere frei stehende Tafeln aus meiner Schule in Sinderby-le-Marsh, die vor einigen Jahren ausrangiert wurden, jetzt in einem kleinen Schuppen hinter dem Schulamt lagern. Ich würde vorschlagen, Sie beantragen, dass Ihnen das leichteste Modell unter diesen Exemplaren zur Verfügung gestellt wird.

HARPOLE AN TUSKER
Ich bedaure, nicht gewusst zu haben, dass der Stichtag für die Beantragung von Inventar bereits verstrichen ist und dass ich Sie abermals belästigen muss.

Wie man mir sagte, lagern mehrere ältere und nicht mehr gebrauchte Tafeln in einem Schuppen hinter dem Schulamt. Wäre es vielleicht möglich, eine davon gegen unser in die Jahre gekommenes, äußerst schweres Exemplar auszutauschen? Falls Sie einverstanden sind, werde ich Mr Theaker bitten, sie abzuholen.

THEAKER AN HARPOLE
(auf Schreibtisch hinterlassene Notiz)

Zu diesem Irgendwohinfahren-und-Sachen-Abholen sagt die Gewerkschaft, ich soll Sie informieren, dass so was nicht meine Aufgabe ist, und wenn, dann soll ich es nur unter großem Protest machen. Der Mann von der Gewerkschaft hat gesagt, Sie sollen ein Formular unterschreiben, auf dem steht, dass Sie die Haftung übernehmen, falls meiner Person unterwegs ein Unfall passiert, weil ich vom Schulamt nicht versichert bin.

TAGEBUCH

Bin zum Schulamt geradelt und habe, da Mr Tusker nicht da war, Mr Minchin, den Bürogehilfen, gebeten, mir die überschüssigen Tafeln zu zeigen. Zu meinem großen Verdruss weigerte er sich und fügte unnötigerweise hinzu, wir Lehrer glaubten wohl, sie hätten beim Schulamt nichts anderes zu tun, als sich von uns herumkommandieren zu lassen, außerdem wisse er *nichts* von irgendwelchen Tafeln und werde ohne Mr Tuskers ausdrückliche Anweisung *nichts* unternehmen. »Gut«, sagte ich, »dann seien Sie wenigstens so freundlich, mir Ihren Schlüssel zu leihen, dann sehe ich eben selbst im Schuppen nach, ob es dort irgendetwas Brauchbares gibt.« Als er mir auch diesen winzigen Gefallen ausschlug, sagte ich, er solle bitte schön die ganze Angelegenheit vergessen und Mr Tusker gegenüber nichts erwähnen. Fühlte mich gedemütigt und niedergeschlagen.

TUSKER AN HARPOLE

Mein Sachbearbeiter hat mich informiert, Sie hätten Zugang zum Gerätelager verlangt, was er Ihnen zu Recht abgeschlagen hat.

Bitte merken Sie sich, dass ich es nicht dulde, wenn Rektoren meinen Sachbearbeitern Aufträge erteilen. Und merken Sie sich bitte auch, dass dergleichen Anträge künftig schriftlich formuliert und über den üblichen Dienstweg eingereicht werden müssen.

TAGEBUCH

Habe gestern Abend Shutlanger, der wieder einmal einen ziemlichen Rausch hatte, im »Fusilier« angetroffen und ihm die Geschichte mit der Kreidetafel erzählt. »Ach, diese widerlichen Kümmerlinge (womit er Mr Tusker und Mr Minchin meinte), hatte mit denen anfangs auch Krach. Aber seit ich dieselbe Sprache spreche wie sie, verstehen wir uns bestens.« Dann kritzelte er etwas auf die Rückseite eines abgelaufenen Wettscheins und sagte: »Hier, schreiben Sie das genau so ab, schicken Sie es dann diesen Mistkerlen und warten Sie einfach ab, was passiert.« Dann erzählte er mir, er hätte elf Pfund gewonnen, nachdem er auf ein Pferd namens »Pretty Polly« gewettet hatte. Seit ich ihn das letzte Mal gesehen habe, hat sein Tariq-Ali-Schnauzbart erhebliche Fortschritte gemacht.

HARPOLE AN TUSKER

Ich möchte gern folgenden Unfall melden. Als ich gestern eine ungewöhnlich schwere Tafel aufstellen wollte, habe ich mir den Rücken verzogen. Gegenwärtig halten sich meine Beschwerden noch in Grenzen und hindern mich nicht daran, meinen Arbeitsplatz aufzusuchen, aber der Anwalt von der Gewerkschaft hat mich gewarnt, dass derlei Verletzungen schnell zu partieller oder kompletter Berufsunfähigkeit führen können und ich solle bei meinen Vorgesetzten beantragen, den Unfallhergang mittels des entsprechenden Versicherungsformulars an das Ministerium zu berichten, für den Fall, dass es zu einem späteren Zeitpunkt nötig sein sollte, eine Entschädigungsforderung zu stellen. Ich habe einen entsprechenden Eintrag im Schulprotokollbuch vorgenommen.

TAGEBUCH

Zu meiner Überraschung stand Tusker heute um 9.15 Uhr auf der Matte und sagte, er wolle die eisengerahmte Tafel inspizieren. Es kostete ihn sichtlich Mühe, sie anzuheben, denn er musste dabei schnaufen, meinte aber: »Ich verstehe nicht, warum so ein Aufhebens deswegen gemacht wird: Meines Erachtens ist das Gewicht ganz normal für eine Tafel.«

»Nun, Mr Tusker«, erwiderte ich scherzend, »dann lassen Sie Ihre Füße ruhig, wo sie sind, wenn Sie sie wieder abstellen.«

Er ging nicht auf meinen Ton ein, ließ die Tafel aber behutsam sinken und setzte sie unbeholfen auf dem Gestell ab. Diesem großen Gewicht nicht gewachsen, klappte es augenblicklich zusammen und riss eine Vase mit Bartnelken sowie eine Schachtel mit Kreide mit sich, die sich über den Boden ergoss, woraufhin Mr Tusker überraschend behände zur Seite sprang.

»Nun gut, wenn Sie darauf bestehen«, sagte er mürrisch, »kann diese Tafel durch eines der Exemplare ersetzt werden, die in meinem Schuppen lagern. Machen Sie einen entsprechenden Vermerk im Protokollbuch. Dennoch verstehe ich nicht, warum so ein Aufhebens um eine so triviale Sache gemacht wird und warum man mich mit derartigen Nebensächlichkeiten behelligt. Die Bezeichnung ›leitende Position‹ scheint heutzutage keine andere Bedeutung mehr zu haben, außer dass sie mit einem höheren Gehalt verbunden ist.«

Tusker muss die Tatsache, dass er sich um ein Haar verletzt hätte, ganz schön erschüttert haben, wenn er sich so offen über den Ausdruck »leitende Position« mokiert (die von Amtsinhabern, die sich ihrer mangelnden Verantwortung bewusst sind, oftmals in »Funktionsstelle« umgewandelt wird). Womit er recht hat, aber schuld daran, dass diese Stellenbezeichnung in den meisten Fällen nur auf dem Papier zutrifft, sind viele der Inhaber dieser Positionen selbst, die sich von Magengeschwür zu Magengeschwür an jedes noch so kleine Fitzelchen Macht klammern, bis sie mit fünfundsechzig (häufig uneinsichtig) zusammenbrechen und an irgendeinem Kurort das Zeitliche segnen.

Natürlich muss man Tusker zustimmen: Die Sache mit der Tafel hätte gar nicht erst an ihn herangetragen werden dürfen. Aber wie das Peter-Prinzip besagt, werden Führungskräfte in fast allen Verwaltungsapparaten, die etwas Staub angesetzt haben, so lange befördert, bis sie auf eine Position gelangen, auf der sie sich als vollends inkompetent erweisen. Und so versucht Tusker sich dafür zu rechtfertigen, nicht die wirklich wichtigen Aufgaben anzupacken, dass belangloser Kleinkram ihn angeblich davon abhält.

Dankenswerterweise kann man ja immer irgendwelche Dinge, die zwar auf einer niedrigeren Hierarchieebene erledigt werden könnten, denen man sich aber gewachsen fühlt, an sich raffen. Harpole hätte sich an die Bürokraft, die fürs Teekochen zuständig

ist, wenden sollen (meistens hört diese Spezies auf den Namen
Perce oder Em), dann hätte er längst seine Tafel, ohne dass es an
die große Glocke gehängt worden wäre.

TAGEBUCH

Eine Frau namens Flora vom Schulamt hat mich angerufen.
Sie sagte, sie sei zwar nur das Mädchen für alles, aber ein Vög-
lein habe ihr gezwitschert, dass ich eine Tafel brauche, und sie
habe eine in dem Lorbeerbusch hinter dem Schuppen depo-
niert. »Samstagmorgen wäre eine gute Zeit, sie sich zu schnappen, aber sagen Sie ja nichts zu ›Sie-wissen-schon-wem‹«, fügte sie hinzu.

HARPOLE AN EDITH WARDLE

… und ich bin froh, dass Du Dich so für meinen Rollgabelschlüssel interessierst und immer wieder danach fragst, ich
habe nämlich erst vorgestern Nacht wieder darüber nachgedacht, als ich nicht schlafen konnte, und bin zu dem Schluss
gekommen, dass der Klempner ihn »gefunden« hat. Das haben die Soldaten im Krieg immer gesagt, wenn sie zum Ausdruck bringen wollten, dass sie einen Gegenstand, auf den sie
es abgesehen hatten, an einen Ort schafften, der dem Besitzer
unbekannt, für sie selbst aber sehr günstig gelegen war … Also bin ich gestern zum Polizeirevier gegangen und habe das
Werkzeug als »verloren gegangen« gemeldet, um nicht wegen
übler Nachrede belangt zu werden.

Der diensthabende Polizist war alles andere als hilfsbereit
und setzte eine beleidigte Miene auf.

»Also gut«, sagte er widerwillig, »dann muss ich das wohl

aufnehmen. Wo haben Sie ihn verloren?« Als ich sagte, es sei im Badezimmer meiner Vermieterin gewesen, sah er mich an, als hätte er es mit einem Geisteskranken zu tun. »Wollen Sie etwa behaupten, Ihre Vermieterin hätte ihn gestohlen?«, fragte er, noch streitsüchtiger als zuvor, worauf ich antwortete: »Ich behaupte gar nichts. Ich habe Ihnen die offenkundigen Tatsachen dargelegt und erwarte von der Polizei, dass sie mir beim Auffinden des Gegenstands hilft.«

»Gut, ich habe den Verlust aufgenommen«, sagte er, »und jetzt muss ich mich wieder dem *Verbrechen* zuwenden. Wir lassen Sie es wissen, *falls* Ihr Werkzeug bei uns abgegeben wird.«

5

TAGEBUCH

Heute Morgen war Mr Festing da und beschwerte sich unangemessen heftig, Croser habe seiner Tochter Martha beigebracht, dass der Kirchturm in Chesterfield eine Krümmung habe, während er im vergangenen Sommer, als sie mit der ganzen Familie auf dem Weg in den Urlaub in Rhyl durch Chesterfield gekommen seien, Martha und ihrer Mutter erklärt habe, dass das eine optische Täuschung sei: In Wirklichkeit sei der Turm genauso gerade wie jeder andere Kirchturm auch, das hätten die Gesetze der Mathematik bewiesen. Indem er Martha dazu gebracht habe, an seiner Klugheit zu zweifeln, habe Croser seine väterliche Autorität untergraben.

»Aber es ist allgemein bekannt, dass dieser Kirchturm krumm ist«, erwiderte ich. »In Arthur Mees Enzyklopädie wird er sogar in der Rubrik ›Schiefe Kirchtürme‹ erwähnt, und die Leute aus Chesterfield sind stolz auf dieses Alleinstellungsmerkmal und weisen Fremde, die sich in ihr Städtchen verirren, gern auf Ähnlichkeiten zum Schiefen Turm von Pisa hin. Als die Gemeinde plante, ihn abzureißen und einen neuen Turm zu errichten, wollten die Ladenbesitzer das um jeden Preis verhindern, weil er Busladungen voll Touristen aus allen Winkeln der Midlands anzieht. Und diverse Steuerzahler haben Leserbriefe an die Zeitungen geschrieben, der Kirchturm sei ein guter Anknüpfungspunkt, um mit Urlaubern ins Gespräch zu kommen.« (Genau wie der Pier von Wigan für dessen Einwohner.)

»Das ist doch alles Quatsch«, unterbrach mich Mr Festing wütend. »Ich habe es *wissenschaftlich* untersucht, und es ist, wie ich sage, er *sieht* nur krumm *aus*.« Dann forderte er, dass ich Croser zwinge, seine Aussage zurückzunehmen und den Kindern zu erklären, dass der Turm in Wahrheit gerade ist. Als ich mich weigerte, bekam er einen Wutanfall, drohte, sich über mich zu beschweren, denn es könne nicht angehen, dass die Autorität eines Vaters durch ein paar verdammte Parasiten untergraben werde, die sich »Beamte« nennen und sich auf Kosten der Steuerzahler einen faulen Lenz machen …

Unter einem Vorwand suchte ich das Gespräch mit Croser, erzählte ihm von der Begebenheit und versicherte, ich hätte die Angelegenheit für ihn geregelt. Doch statt dankbar zu sein, sagte er leichthin: »Nun, wenn er glaubt, der Kirchturm von Chesterfield ist gerade, dann sollte er mal besser sein Oberstübchen untersuchen lassen. Alle Welt weiß, dass er seine Familie tyrannisiert, man muss sich nur seine arme Frau anschauen, die er wie einen Fußabstreifer behandelt. Es würde mich nicht wundern, wenn er sich demnächst vor einem Reisebüro postiert und alle, die eine Kreuzfahrt buchen wollen, davor warnt, weil es sein kann, dass sie über den Rand der Erde hinaussegeln.«

Croser geht mir auf die Nerven.

HARPOLE AN EDITH WARDLE

… Ich habe Shutlanger, den Rektor der Grammar School, im »Fusilier« angetroffen, wo er wie üblich dem Alkohol frönte. Dennoch erzählte ich ihm von Festings Beschwerde und fragte ihn, was er davon halte. Aber er ging gar nicht darauf ein. Stattdessen sagte er: »Am Ende geht es immer nur um Sex. Mehr sag ich nicht zu diesem verdammten Puff.« Dann erzählte er mir in so deutlich vernehmbarem wie weinerlichem Flüsterton, die ganze Stadt wisse, dass Miss Cluff, die kürzlich zur Rektorin der Monkspath-Dorfschule (mit zugehörigem Wohnhaus) ernannt wurde, diese Stelle nur bekommen habe, weil sie Mr Tuskers »Konkubine« sei, und dass er sie jeden Freitagnachmittag zwischen 15 und 15.45 Uhr mit seinem Besuch beehre, nicht ohne zuvor die Kinder zu einer zusätzlichen Pause in den Hof hinauszuschicken.

Das ist natürlich vollkommen lächerlich, denn Miss Cluff ist nicht mehr die Jüngste und außerdem stramme Baptistin. Allem Anschein nach ist Shutlanger zu Ohren gekommen, was ganz Tampling weiß, nämlich dass der Bursche aus der Oberstufe, mit dem seine Frau durchgebrannt ist, inzwischen einen Platz an der London School of Economics ergattert hat – einer Institution, die ja nicht gerade bekannt dafür ist, Störenfriede wie ihn aufzunehmen …

TAGEBUCH

Heute habe ich mir Miss Tollemaches Anwesenheitsliste angesehen und einige schwerwiegende Fehler in den Aufstellungen entdeckt. Laut ihren Einträgen war Lucinda Bull, die im Krankenhaus ist, die ganze Woche anwesend. Ferner gab es eine Differenz von neunundzwanzig zwischen der Gesamtzahl der als halbtags anwesend angegebenen Schüler und der tatsächlichen individuellen Anwesenheit, und bei der Summe der wöchentlichen Anwesenheit belief sich die Fehlerquote auf siebzehn Prozent. Und um das Durcheinander komplett zu machen, waren manche Schülernamen gleichzeitig als anwesend und nicht anwesend markiert.

Es kostete mich einige Zeit, eine detaillierte Aufstellung ihrer Fehler anzufertigen, da ich sämtliche Listen bis zum Beginn des Halbjahrs überprüfte. Dann legte ich meine Analyse in ihr Klassenbuch, damit sie sie, wenn sie es am nächsten Morgen aufschlug, gleich finden würde. Offenbar haben manchen Lehrer nicht begriffen, dass es sich bei der Anwesenheitsliste um ein offizielles Dokument handelt.

EMMA FOXBERROW
AN FELICITY FOXBERROW

Wenn Du glaubst, ich würde all Deine Fragen beantworten, hast Du dich getäuscht, Felix. Das Leben verschont dich ebenso wenig wie andere. Schaff Du erst einmal Deine Hochschulreife, dann wirst Du die ausstehenden Antworten erhalten. Und übrigens irrst du dich, wenn du glaubst, ich würde in einem Irrenhaus arbeiten. Die meiste Zeit geht hier alles seinen gewohnten Gang. Ich erzähle dir aber nur von den skurrilen Vorfällen. Wie zum Beispiel von dem gestrigen.

Kurz vor Schulbeginn hörte ich aus dem Klassenzimmer nebenan ein Heulen, und als ich hinging, sah ich Miss Tollemache (um die fünfzig und aus einer vornehmen ortsansässigen Familie stammend) hinter ihrem Schreibtisch stehen und in ihr Klassenbuch starren, während sie ein seltsames Wehklagen von sich gab. Ich schob ihr den Stuhl heran und drückte sie sanft darauf, doch ihr Geheul ließ kein bisschen nach. Da ich mir nicht anders zu helfen wusste, rief ich jemanden von der alten Garde (Pintle) zur Hilfe, damit er was unternimmt. »Ah«, meinte er, »so was habe ich kommen sehen. Sie ist jetzt in diesem Lebensabschnitt, Sie wissen schon.«

Dann kam G. Harpole hereingestürmt und tigerte auf und ab. »Seien Sie doch bitte still!«, flehte er sie an. »Denken Sie doch an die Kinder.«

Als Nächstes streckte Mrs Grindle-Jones den Kopf herein, zog ihre grauen Augenbrauen hoch und fragte: »Soll ich die Glocke betätigen? Es ist fünf vor neun.« Und natürlich rief G. H. – die Routine muss schließlich eingehalten werden, mag alles ringsherum zusammenstürzen –: »Ja, läuten Sie, läuten Sie!«

Nun, als ihm bewusst wurde, dass gleich circa vierzig Zeugen mit aufgesperrten Augen und Ohren hereingelassen würden, ging er schnell zu Miss Tollemache, nahm das Blatt Papier, das auf dem Klassenbuch lag, hielt es ihr vor die Nase, als wäre es Riechsalz, und riss es mit einer dramatischen Geste in Stücke. Und – o Wunder! – sofort ebbte ihr Schluchzen ab und wich einem sanften Schniefen.

»Ist schon gut, Miss Tollemache«, gurrte er. »Beruhigen Sie sich doch bitte. Sie können die Sache ruhig weiter so handhaben wie bisher.«

Alles sehr mysteriös! (Fortsetzung folgt …)

TUSKER AN HARPOLE

Ich habe von einem Mitglied Ihres Kollegiums, Miss Grace Tollemache, eine Mitteilung erhalten. Darin deutet sie an, dass sie daran denkt, den Dienst zu quittieren, da sie das Gefühl habe, bei der Ausübung ihrer Pflichten – und jetzt zitiere ich – »den übermenschlichen Anforderungen, die Mr Harpole an uns stellt, nicht standhalten zu können, und das setzt mir sehr zu«.

Ich möchte Ihnen Folgendes zu bedenken geben:

a) die hohe Wertschätzung, die der Grundschulbeirat Miss Tollemaches Arbeit seit dreißig Jahren entgegenbringt, und die Tatsache, dass dabei auch die hervorragenden Verdienste um das öffentliche Wohl durch ihren Vater, den Grafschafts-Ratsherrn J. W. Tollemache, Berücksichtigung finden.

b) den Umstand, dass es unmöglich wäre, eine zum jetzigen Zeitpunkt frei werdende Stelle neu zu besetzen.

Unter den gegebenen Umständen würde ich Sie bitten, einen Termin mit meinem Sekretär zu vereinbaren, um mir detailliert Bericht über den bedauernswerten Vorfall zu erstatten.

TAGEBUCH

War auf dem Schulamt und habe Mr Tusker versichert, ich hätte jegliche Andeutungen, die Miss Tollemache emotional aufgewühlt haben könnten, zurückgenommen. Dennoch wies er mich an, eine diesbezügliche schriftliche Erklärung zu verfassen und einen Abzug davon in ihrem Klassenbuch zu hinterlegen. Habe sein Büro in niedergeschlagener Stimmung verlassen, waren seine letzten Worte doch, dass das Schulamt wohl kaum zukünftige frei werdende Rektorenstellen mit je-

mandem besetzen würde, der »ein Brimborium wegen irgend-
eines nebensächlichen Bürokrams macht und damit engagier-
te Lehrer vergrault«.

Ich war sehr beeindruckt von Mr Tuskers Schreibtisch. Kein
einziges Dokument lag herum, mal abgesehen von denen im
randvollen Ausgangskorb. Ich kam nicht umhin, ihn mit meinem Schreibtisch zu vergleichen, wo sich die neuen Probleme
sehr viel schneller häufen, als ich die alten loswerden kann.

*Hier fühlt sich Harpole zu Recht ziemlich ungerecht behandelt.
Sicher, er hätte besser daran getan, Miss Tollemache bei geeigneter
Gelegenheit beiseitezunehmen und sie freundlich auf ihre zwei-
felhafte Arithmetik anzusprechen, als sie mit einer Aufzählung
ihrer geballten Inkompetenz zu überfallen. Es wäre vielleicht sogar weniger nervenaufreibend für ihn gewesen, über ihre dürftige
Buchführung hinwegzusehen und sich stattdessen damit abzufin-
den, einmal wöchentlich klammheimlich ihr Klassenbuch zu kor-
rigieren.*

*Genau wie Miss Foxberrow es in ihrem lebendigen Bericht
beschreibt, könnte Pintle mit seiner aus dem Ärmel geschüttelten
Einschätzung recht haben; dann wäre Harpole gut beraten, Miss
Tollemache in Ruhe zu lassen, solange es nur die Anwesenheitsliste
ist, die unter ihrer Arbeit leidet. Da diese ärgerlichen Dokumente
heutzutage ohnehin nur noch von untergeordneter Bedeutung sind
und früher oder später ganz aus dem Schulalltag verschwinden
werden (den sie schon viel zu lange aufhalten), könnte Harpole
die Einträge getrost manipulieren, ohne Angst haben zu müssen,
dass man ihm auf die Schliche kommt – zumal Tusker selbst die
Anwesenheitsliste als »nebensächlichen Bürokram« bezeichnet hat.
(In jedem Falle wird Harpole den Brief an Miss Tollemache sorg-
sam abgelegt haben …)*

Im Übrigen sollte er nicht neidisch auf Tuskers Schreibtisch sein. Wenn die Probleme vor Harpoles Tür abgeladen werden, ist dies ein Zeichen dafür, dass andere auf seine Kompetenz vertrauen, sie auch lösen zu können. Im Gegensatz dazu leidet Tusker einfach nur unter Papyrophobia* (die Betroffenen tun so, als wäre ein aufgeräumter Schreibtisch eine Tugend, während sie es in Wahrheit nur nicht ertragen, an die Arbeit erinnert zu werden, die zu erledigen sie unfähig sind). Und die Beschreibung seines Ausgangskorbs lässt lediglich vermuten, dass Minchin, Tuskers Bürokraft, ein Ablagefanatiker ist (totales Aufgehen in der Ablage, auch wenn die zu den Akten gehörenden Vorgänge noch nicht abgeschlossen sind).

* Siehe Peter-Prinzip

6

… ich schlängelte mich gerade durch das Gewühl der Schüler in Richtung Lehrerzimmer, um meinen Pausentee einzunehmen, als zwei kleine Mädchen aus Crosers Klasse an mich herantraten und mich um meine Einwilligung baten, einen Wohltätigkeitsbasar abzuhalten, dessen Erlös an die Armen gehen sollte. Ich sagte Ja, das könnten sie gern machen, doch als ich weiterging, folgten sie mir den Korridor entlang und fragten: »Wann?« und »Wo?« Und: »Dürfen wir in die einzelnen Klassen gehen und um Spenden bitten?« Und ob ich ihnen bei der Festlegung der Preise helfen würde?

Bis ich ihnen erklärt hatte, was zu tun ist, und ihnen die entsprechenden Anweisungen erteilt hatte, ertönte auch schon wieder die Innenglocke, ehe kurz darauf die große Messingglocke die Kinder ins Schulgebäude zurückströmen ließ. Das war äußerst bedauerlich, zumal ich dem Kollegium von unserem großartigen Sieg über die Melchester Goodge Road Primary hatte erzählen wollen, eine Grundschule, die nicht nur über ein doppelt so großes Reservoir an Spielern verfügt, sondern in deren Nähe sich auch eine Rehabilitationseinrichtung für Familien befindet (weswegen sie zahlreiche Spieler in ihren Reihen haben, die mit beispielloser Wildheit zu Werke gehen).

Wie dem auch sei, man muss ja jede Gelegenheit nutzen, um die Kinder zu einer guten Tat zu ermutigen, aber bestimmt kannst du dir vorstellen, wie ich mich fühlte, als ich bei meinem Eintreten ins Lehrerzimmer sah, dass sich das Kollegium (bis auf Mr Pintle) eingehüllt in dicken Zigarrenrauch in seinen Lehnsesseln räkelte. Ich ließ demonstrativ die Tür offen stehen und wedelte den Qualm vor meinem Gesicht weg, während ich mir Tee einschenkte – wobei niemand Anstalten machte, mir eine Tasse anzubieten, so wie Mr Chadband es immer erwartet hatte.

»Du liebe Güte!«, sagte Mrs G.-J. »Kann es sein, dass die schon wieder drinnen sind? Wie schnell die Pausen doch verfliegen!«

Gestern Abend war ich bei dem monatlich stattfindenden geselligen Beisammensein einer Wohltätigkeitsorganisation, dem Royal & Ancient Order of Buffaloes, eingeladen und gab ein paar Lieder, allesamt klassische Vertonungen rund um die Seefahrt, zum Besten – »*Trade Winds*«, »*Sea Fever*« und »*The Fighting Temeraire*« –, die offenbar Anklang fanden.

MITTEILUNG AUS GEGEBENEM ANLASS,
BITTE HERUMGEHEN LASSEN
Ich wäre Ihnen sehr verbunden, wenn Sie das Lehrerzimmer sofort nach Läuten der Innenglocke verlassen würden, denn genau das ist ihr Sinn und Zweck. Bis die Pausenhofglocke ertönt, sollten alle Lehrer an der Tür ihres Klassenzimmers stehen und sicherstellen, dass die Schüler nicht über die Gänge stürmen und der Unterricht wieder ruhig aufgenommen wird.

Scheint, als wäre Harpole genau wie Satan für tausend Jahre
gefesselt, und zwar an den durch Chadband vorgegebenen Trott.
Dabei sollte Harpole doch wissen, dass Lehrer nur widerwillig
Mahnungen in Form von Rundschreiben befolgen. Er hätte sich
ganz einfach in Stellung bringen können, indem er ins Lehrer-
zimmer hineingeschneit wäre und »Ja, ja, die Ernte ist groß, aber
es gibt nur wenig Arbeiter« oder einen anderen einfältigen Bibel-
spruch in die Runde geworfen hätte. Und wenn er den Kindern
Weisungen erteilt, wie man einen Basar abzuhalten hat, erzieht
Harpole sie nur zu willigen Sklaven. Eine Schule ist keine Fa-
brik. Ihr Daseinszweck ist es, Gelegenheiten zu bieten, Erfahrun-
gen zu sammeln.

MRS SUSAN BYRD AN HARPOLE

Da wir in Bälde nach Tampling ziehen werden, suche ich für
unsere neunjährige Tochter Elspeth eine geeignete Schule. Das
örtliche Schulamt hat mir drei Schulen vorgeschlagen, die geo-
grafisch günstig liegen, und ich schreibe jede einzelne an.

Ich bin Mitglied im Schulberatungsgremium und würde
Sie bitten, mir folgende Fragen zu beantworten:

a) Wie alt ist Ihr Gebäude?

b) Gibt es Innentoiletten mit dazugehörigem
   Waschbeckenbereich?

c) Wie hoch ist der Prozentsatz der Kinder, die in den
   letzten drei Jahren für den Übertritt in die High
   School ausgewählt wurden?

d) Wird an Ihrer Schule noch körperliche Züchtigung
   angewandt?

e) Haben Sie einen Eltern-Lehrer-Beirat?

Sie werden mir gewiss zustimmen, wie wichtig es ist, eine gute Schule für das eigene Kind ausfindig zu machen.

R. W. JUDD, REKTOR, TAMPLING NORTH END,
AN HARPOLE

Ich nehme an, Sie haben ebenfalls diese vor Frechheit strotzende Anfrage von einer Mrs Byrd erhalten, die alles Mögliche wissen will. Ich habe ihr geantwortet, dass alle Schulen hier gleich gut sind, alle werden sie von pädagogischen Experten geführt, und ich gehe davon aus, Sie werden es ebenso halten.

Diese modernen Eltern können echte Nervensägen sein, ständig stecken sie ihre Nase in Dinge, die sie nichts angehen. Was hat sich Tusker eigentlich dabei gedacht, dass er ihr unsere Adressen gegeben hat? Ich werde dieses Thema bei unserem nächsten Rektorentreffen anschneiden.

TAGEBUCH

Heute hatten wir Besuch von einer recht eigenwilligen Person. »Hallo!«, sagte sie strahlend. »Ich bin Sue Byrd.« Sie trug ein rot-schwarz-oranges Sporthemd, das wie das eines Fußballers aussah und unter dem ein Gutteil ihrer Beine hervorlugte, und hatte zwei Kordeln mit Flitterzeug um die Hüften gebunden. Sie erklärte mir, in einer Elternzeitschrift namens *WHERE?* sei eine Liste mit Schulen abgedruckt gewesen, und nun wolle sie herausfinden, welche davon für ihre neunjährige Tochter Elspeth am geeignetsten sei.

»Um ehrlich zu sein«, sagte sie, »als ich Ihre Antworten las und sah, wie alt das Gebäude ist und dass es nur Außenklos gibt, dass man den Kindern an Ihrer Schule gelegentlich noch eine klebt, hatte ich sie mehr oder weniger schon abgehakt. Dann dachte ich, ich könnte mir wenigstens mal ansehen, wie Sie unterrichten.«

Das würde ihr, erklärte ich, keinen unverzerrten Eindruck verschaffen, denn wenn eine fremde Person anwesend sei, würde eine künstliche Situation im Klassenzimmer entstehen (eine Formulierung, die ich auf einem Fortbildungsseminar aufgeschnappt hatte und mir gottlob rechtzeitig einfiel).

»Oh«, erwiderte sie, »das macht nichts. Ich brauche mir einen Menschen nur anzuschauen und weiß alles, was ich wissen muss.«

Darauf erwiderte ich bestimmt, dass Lehrer genau wie Ärzte, Zahnärzte und alle anderen gut ausgebildeten Menschen es nicht für notwendig erachteten, sich von möglichen Kunden inspizieren zu lassen.

»Da gibt es bessere Analogien«, konterte sie kess. »Anwälte und Richter haben schließlich auch nichts dagegen, wenn man ihnen bei der Arbeit zusieht, ebenso wenig wie Metzger oder Schmiede. Außerdem können Eltern einen Arzt oder Zahnarzt selbst ausprobieren, bevor sie ihn auf die eigenen Kinder loslassen.«

Von dieser Warte hatte ich die Angelegenheit bislang noch nicht betrachtet und musste ihr insgeheim zustimmen. Es gibt in der Tat nur wenige Berufe, zum Beispiel Lokführer, Höhenarbeiter und Stadtschreiber, bei denen sich eine nähere Inspektion ihres Tuns ausschließt. Gleichwohl blieb ich unnachgiebig, worauf sie ging und verkündete, ihr nächster Besuch gelte einem Mr Judd, dessen Schulgebäude, wie man ihr gesagt habe, »aus dem 20. Jahrhundert stammt«.

Gerade als ich nach Hause gehen wollte, platzte Mr Pintle außer sich vor Wut und mit vorwurfsvoller Miene herein. Er nehme, wie immer zu dieser Jahreszeit, die Normannen durch und sei daher im Unterrichtsmaterialienlager gewesen, um das Wikinger-Langschiff (bestehend aus dreitausendfünfhundert Streichhölzern) zurückzustellen und die Pappkarton-Burg hervorzuholen. Doch das Vorratslager sei leer und die Burg (die er in seinem ersten Jahr auf dem College gebaut habe) verschwunden. Ich ging mit ihm hin, und tatsächlich gab es in dem kleinen Vorratsraum keinerlei Unterrichtsgerätschaften mehr; stattdessen waren nur Bürsten, Wischmopps und andere Putzutensilien zu sehen, außerdem ein Schülerschreibtisch und ein alter Armsessel.

Während ich ungläubig die Sachen anstarrte, kam Theaker um die Ecke gebogen. Er war sichtlich überrascht, fing sich aber sogleich wieder und verkündete trotzig, noch ehe ich dazu kam, ihn zur Rede zu stellen: »Na ja, da war sowieso nur Gerümpel drin.«

»Gerümpel!«, rief Pintle aus, zum ersten Mal fast sprachlos.

»Was macht dieser Schreibtisch hier?«, fragte ich und ging auf das Stück zu, das mir der Dreh- und Angelpunkt des Ganzen zu sein schien.

»Den brauche ich für meinen Papierkram.«

»Aber Sie haben doch gar keine Schreibtischarbeit zu erledigen!«

»Doch, seit ich diesen Schreibtisch habe, schon«, erwiderte er mit selbstgefälliger Miene. Dann reichte er mir einen Packen Papier mit den Namen und Adressen der Lehrer, der durchschnittlichen Anzahl an Milchflaschen, die im vergangenen Jahr geliefert worden waren, der jeweiligen Anzahl von Stühlen, Schreibtischen und Tafeln, die in jedem Klassenzimmer vorhanden sind, und so weiter. »Und ich habe gerade erst angefangen, die Namen der Kinder aufzuschreiben«, sagte er.

»Diese Informationen braucht kein Mensch!«, entgegnete ich scharf. »Und falls doch, dann sind sie ja bereits bei mir hinterlegt.«

»Aber jemand könnte darauf zugreifen wollen, wenn Sie in Ihren großen Ferien sind«, entgegnete er.

Mir fiel auf, dass er auf einem Blatt notiert hatte: »Schreibtisch von Raum drei in Raum vier geschafft.«

»Wer will denn *so was* wissen?«, fragte ich. »Sie haben bestimmt genauso lang gebraucht, das aufzuschreiben, wie es zu machen.«

»Das belegt, dass ich es getan habe«, beharrte er dickköpfig. »Nun, da es auf dem Papier steht …«

»Aber ich kann mich doch davon überzeugen, dass Sie es getan haben«, sagte ich erschöpft. »Wir sind doch nicht in der Fremdenlegion, wo wir uns von Wüstenfort zu Wüstenfort Signale senden müssen.«

»Was haben Sie mit meinem normannischen Bergfried gemacht?«, fragte Pintle stöhnend.

Theaker, der diese kryptischen Worte nicht verstand, fuhr unbeirrt fort: »Außerdem brauche ich jetzt eine Assistentin.«

»Wie bitte?«, rief ich aus. »Nun, da Sie einen Schreibtisch haben, brauchen Sie eine Assistentin? Nein, ganz bestimmt nicht! Sie können Ihre Arbeit sehr wohl allein schaffen.«

»Aber nicht, wenn ich auch noch diesen Papierkram erledigen muss.«

Als mir klar wurde, dass ich im Begriff war, das Gesicht vor Pintle zu verlieren, straffte ich die Schultern und sagte ruhig, aber bestimmt: »Ich erwarte, dass dieser Raum bis morgen früh um neun Uhr geleert und alles, was davor darin war, wieder dort ist.« Und um einer weiteren Diskussion vorzubeugen, drehte ich mich auf dem Absatz um und überließ es Pintle, seine Festung allein zurückzuerobern.

Harpoles Entrüstung ist übertrieben. Theaker übt sich nur in einer milden Version von Peters altbekanntem Prinzip – in einer Hierarchie werden Beschäftigte so lange befördert, bis sie auf einen Posten gelangen, wo sie vollends inkompetent sind. Mehr noch: Dieses Prinzip ist eine tragende Säule des Bildungssystems. Tusker zum Beispiel, einst ein vielleicht ausgezeichneter Physiklehrer, ist jetzt, nachdem er bis zu seiner eigenen Inkompetenz-Ebene aufgestiegen ist, ein gut besoldeter drittklassiger Manager.

HARPOLE AN EDITH WARDLE

… Nachdem vierzehn Tage vergangen sind, ohne dass Mrs Teale eine Andeutung gemacht hat, dass irgendwelche Ermittler wegen meines verschwundenen Rollgabelschlüssels da gewesen seien, begab ich mich entrüstet aufs Polizeirevier. Der Sergeant begrüßte mich, als hätte er mich noch nie zuvor gesehen. »Was können wir für *Sie* tun?«, fragte er mich kalt. Als ich ihn an meinen Verlust erinnerte, sagte er leichthin: »Ah ja, dieser läppische Gegenstand, stimmt! Bislang hat ihn noch niemand abgegeben.«

Enttäuscht zog ich von dannen, denn er hatte mir gezeigt, wer am längeren Hebel saß, und weidete sich an seinem Triumph. Hätte ich doch nur in sarkastischem Ton erwidert: »Nun, Sie erwarten doch nicht, dass das Werkzeug hereinspaziert und sich ergibt, oder?«

7

RUNDBRIEF ANS KOLLEGIUM
Als kleine Neuerung würde ich vorschlagen, dass jeder Lehrer mit seiner Klasse einen Ausflug unternimmt, um das Interesse der Kinder an der Welt um uns herum anzuregen. Daraus könnte dann jeweils ein kleineres Projekt entstehen, kleine illustrierte Büchlein angelegt oder Modelle konstruiert werden oder dergleichen.

Beachten Sie bitte, dass derlei Ausflüge durch die modernsten Erziehungstheorien befürwortet werden. Lassen Sie mich bitte wissen, welches Ziel Sie ins Auge fassen.

RUNDBRIEF MIT ANTWORTEN
»Zurückgebliebenen«-Klasse / Miss Tollemache:
    Das Ratsherr-Tollemache-Altenheim
Erste Klasse / Mr Croser: Woburn Abbey
Zweite Klasse / Mr J. A. Pintle: Muttler & Son-
    Garnfabrik
Dritte Klasse / Mrs Rita Grindle-Jones: Kathedrale
    von Barchester
Vierte Klasse / Emma Foxberrow: Zusammenfluss
    von Elver und Alder

AUSZÜGE AUS DEN WOCHENPLÄNEN
UND KLASSENBÜCHERN

Miss Tollemache: Ziel des Bildungsausflugs –
den Nationalstolz zu fördern

Mr Croser: Ziel des Bildungsausflugs – sich anzuschauen,
wie die Reichen leben; beim Besuch des dortigen Zoos
die Evolution zu studieren

Mr Pintle: Ziel des Bildungsausflugs – die Schüler auf
ihr zukünftiges Arbeitsleben vorzubereiten

Mrs Grindle-Jones: Ziel des Bildungsausflugs –
den Kindern zu demonstrieren, wie sich die
Herrlichkeit Gottes in der Handwerkskunst der
Menschen auf Erden offenbart

Emma Foxberrow: Ziel des Bildungsausflugs –
Spaß zu haben (siehe Paulerburys *Education for
a Free Society*, S. *137–139*)

ÜBUNG IM FREIEN SCHREIBEN
VON EUNICE COWPER (DRITTE KLASSE)

Am Freitag hat unsere Lehrerin Mrs Grindle-Jones mit uns
den Ausflug zur Kathedrale von Barchester unternommen, auf
den wir uns schon lange gefreut hatten. Auf der Hinfahrt haben ein paar Jungs hinten im Bus zu singen angefangen, aber
unsere Lehrerin hat's ihnen verboten, sie hat gemeint, wir
fahren nicht zu einem Fußballspiel, sondern zu einem Got-
teshaus. Es war sehr schön in dem Bauwerk. Ein paar Jungs
wollten wissen, ob sie den Kirchenturm hochsteigen dürfen,
und unsere Lehrerin hat Nein gesagt. Ein paar andere Jungs
haben gefragt, ob sie zur Krippe runtergehen dürfen, aber unsere Lehrerin hat wieder Nein gesagt. Ein Geistlicher in einem

langen schwarzen Mantel hat uns das wunderschöne Grab von dem berühmten Bischof gezeigt, der 1924 die Armee gegen die Schotten angeführt und sie in einem großen Gemetzel besiegt hat. Er hat uns auch das schöne Denkmal von Lord de la Saville gezeigt, der das große Gemetzel gegen die Lancasters 1432 gewonnen hat. Dann wurden wir zu einer hübschen Sakristei geführt, wo uns ein anderer Herr mit dem Namen C.P.R. Smith einen langen und ausgezeichneten Vortrag über die Geschichte von allem gehalten hat. Dann sind wir wieder nach Hause gefahren. Diesmal haben die Jungs nicht zu singen versucht.

EMMA FOXBERROW AN
FELICITY FOXBERROW

Danke, Liebes, für den Gummistiefel, der zuverlässig mit der Post angekommen ist. Nein, ich bin nicht im Begriff, den Verstand zu verlieren. Ich habe nur einen Stiefel gebraucht, weil ich nur einen verloren hatte. Und nun, da ich in Sachen Gummistiefel wieder komplett bin, kann ich mich auf die Suche nach dem verlorenen machen! Ich habe ihn auf der von G. Harpole angeordneten pädagogischen Expedition verloren. Ich bin mit meinem Trupp losgestapft auf der Suche nach dem Zusammenfluss von Elver und Alder, den beiden mächtigen Strömen, die unser Land bewässern, um schließlich den Atlantischen Ozean zu bilden. Dieses Ziel habe ich zum einen auserkoren, weil abgesehen von den Kerlen bei der Amtlichen Landesvermessung niemand je so einen Ort zu sehen bekommt, und zum anderen, weil auf einem so kurzen Ausflug die Wahrscheinlichkeit, dass jemandem schlecht wird, äußerst gering ist. Die Begeisterung der Kinder hielt sich in Grenzen, zumal sie wussten, dass Croser mit seiner Klasse den Zoo und Vergnügungspark in Woburn besuchen wollte, aber ihre Stimmung hellte sich auf, als ich ihnen sagte, sie dürften einen Zettel mit einer Botschaft in eine Flasche stecken und diese zu Wasser lassen. Außerdem habe ich ihnen einen Preis versprochen, nämlich den Tigerkopf, den Mummy mir geschickt hat, und zwar bekommt ihn das Kind, das vom entferntesten Ort eine Antwort auf seine Flaschenpost erhält, zum Beispiel von den Fidschi-Inseln oder aus Japan.

Der erste Zwischenfall wurde, wie nicht anders zu erwarten, von einer Bullenherde verursacht. »Wie nicht anders zu erwarten« deshalb, weil es in Lehrerkreisen allgemein bekannt ist, dass Bullen Schulgruppen zu überfallen pflegen, die es wagen, sich abseits von Hauptstraßen zu begeben. Wie auch immer, jedenfalls habe ich meinen Gummistiefel auf dem Schlachtfeld verloren.

Unser Ausflugsziel war ein Reinfall – zwei schlammige Gräben, die sich widerwillig dazu herablassen, sich zu einem etwas breiteren schlammigen Graben zusammenzuschließen. Also habe ich versucht, die Angelegenheit mit einem Schuss Romantik anzureichern, und den Kindern gesagt, sie sollen der Reihe nach vortreten, sich vor dem Flussgott verneigen und, bevor sie ihre Flaschenpost hineinschmeißen, ausrufen: »O du großer Geist des Elver und Alder, erhöre mein Flehen und trage meine Botschaft auf dem Busen deiner Fluten in weite Ferne.« Und ehrlich, ein solches Flaschensammelsurium hast du noch nie im Leben gesehen. Eine lebendige Sozialstudie von Tampling Süd – Parfümflakons, Limoflaschen, Medikamentenflaschen vom Nationalen Gesundheitsdienst (eine Menge davon) und Bierflaschen. Und sie bewegten sich kaum von der Stelle. Sie dümpelten nur träge herum. Im Übrigen war mir nicht klar, was es heißt, eine Horde aus fünfundvierzig Kindern in Schach zu halten, und du kannst dir vielleicht vorstellen, wie lange ich gebraucht habe, diese Armada wieder in ruhige Gewässer zu steuern …

ÜBUNG IN FREIEM SCHREIBEN
VON TITUS FAWCETT

… das Beste war, als wir von großen Kühen angegriffen wurden, die waren wirklich riesig, wie die in *Daktari*. Alle Kinder sind schreiend weggerannt und ich auch. Aber Miss Foxberrow ist stehen geblieben und hat ihnen mit ihrem Regenschirm gedroht, und ich habe geschrien: »Hey Jungs, kommt her, wir müssen Miss Foxberrow helfen, sonst wird sie gleich zu Tode getrampelt wie in einem Stierkampf!«, und alle sind wieder zurückgekommen, allen voran Henrietta Billitt, und dann haben wir uns im Kreis um unsere Anführerin herum aufgestellt. Dann hat Miss Foxberrow ihren Schirm hochgerissen und »Attacke!« gerufen, und wir haben einen Gegenangriff gestartet wie die amerikanische Kavallerie in *Wagon Train*. Und Henrietta Billitt ist neben mir losgestürmt, und die Kühe sind abgehauen, und als wir sie durch einen Sumpf verfolgt haben, hat Miss Foxberrow einen Gummistiefel verloren und ihn nicht mehr gefunden. Den ganzen Rückweg musste sie auf einem Bein hüpfen, und ich habe sie gestützt, und Miss Foxberrow hat uns gelobt, weil wir so tapfer waren, und gemeint, das wird sie bis zu ihrem Tod nicht mehr vergessen und dass es das tollste Abenteuer ihres Lebens war.

MRS TED JENKINSON
AN HENRIETTA BILLITT

Liebe Henrietta, mein Mann hat deine Flasche unten bei der Schleuse auf dem Kunstrasen vom Anger gefunden, und ich schreibe dir, weil ich fünf Kinder hab und hoffe, dass du den Preis von deiner Lehrerin kriegst, und ich bin neugierig, was es wohl sein wird. Ich hab auch dreizehn Enkel. Mein Mann Ted und ich wünschen dir alles Gute, und weil wir gerade das Wohnzimmer renovieren, muss ich jetzt aufhören.

Tschüs und Küsschen

MISS CELIA LONGBOTTOM
AN TITUS FAWCETT

Ich habe deine Flasche am Schleusentor beim Anger gefunden, wo viele weitere Flaschen im Schlamm stecken geblieben sind, und als ich deine Nachricht gelesen hab, hat mein Freund gesagt, da will nur jemand die Leute verscheißern, und hat mir die Flasche aus der Hand gerissen und ins Wasser zurückgeworfen. Aber ich habe mir deinen Namen gemerkt und deine Adresse und schreibe dir, damit du den Preis kriegst. Ich finde, du hast einen schönen Namen und deine Schrift ist so hübsch. Mein Freund heißt Ed und war kein guter Schüler. Er war in der C-Klasse, weiß aber nicht, dass ich das weiß. Ich war eine gute Schülerin, hab aber die Prüfung für die High School nicht geschafft. Deshalb arbeite ich jetzt in der Garnfabrik, und solange du nicht musst, tu das ja nicht, weil es ist öde und die Bezahlung ist mies. An Ostern heiraten wir.

PS: Ich bin fast achtzehn und habe kurze rote Haare, graue Augen und hinke ein bisschen, das kommt von dem Unfall, als ich von Eds Motorrad gefallen bin, weil er plötzlich Gas gegeben hat.

L. G. u. K.

TUSKER AN HARPOLE

Anbei ein Schreiben des zuständigen Beamten vom Wasserwirtschaftsamt des Elver-&-Alder-Einzugsgebiets. Ich bitte um einen detaillierten Bericht dieses bedauerlichen Vorkommnisses, das sich auf keinen Fall wiederholen darf.

– Anlage 1

»Mir wurde zur Kenntnis gebracht, dass etliche Glasbehältnisse von Schülern einer Ihrer Schulen in Richtung Meer zu Wasser gelassen wurden, und zwar auf einer Wasserstraße, für die dieses Amt zuständig ist. Der guten Ordnung halber darf ich Sie darauf aufmerksam machen, dass es sich bei diesem bedauernswerten Vorfall um einen Akt der Unverantwortlichkeit handelt, und schlage vor, dass Sie den zuständigen Lehrer auf den Paragrafen 9 der Elver-&-Alder-Einzugsgebiets-Verordnung von 1947 aufmerksam machen, worin steht, dass jeder, der dagegen verstößt, mit einer Strafe bis zu einer Höhe von 25 Pfund belegt werden kann.«

TAGEBUCH

Habe beschlossen, Miss Foxberrow die Briefe von Tusker und diesem Wassereinzugsgebiets-Amtsleiter nicht zu zeigen, weil ich fürchte, dies könnte ihren Einsatzgeist dämpfen, für den ich sie allmählich bewundern muss. Nachdem ich mir von einem Kind, Henrietta Billitt, umständlich erklären ließ, was vorgefallen war, habe ich dem Schulamt einen kurzen Bericht geschickt, den ich mit der Bemerkung schloss, dass Miss Foxberrow noch jung und unerfahren sei und ihr einziger »Fehler« ihr großer Enthusiasmus. Aber diesen Bericht überhaupt schreiben zu müssen, war mir höchst zuwider. Manchmal frage ich mich, ob eine Beförderung diese Speichelleckerei wert ist.

Nachdem es Croser, wie nicht anders zu erwarten, so lange hinausgezögert hatte, einen Reisebus nach Woburn zu buchen, bis es zu spät war, hat er den geplanten Ausflug kurzerhand durch eine Fahrt mit dem Linienbus ersetzt, und zwar nach Nun Leeming, wo inmitten von Feldern eine verfallene Kirche steht.

BEGLEITNOTIZ ZU EINEM PAKET
VON TITUS FAWCETT AN EMMA FOXBERROWS
PRIVATADRESSE
Sehr geehrte Miss Foxberrow,

mein Vater ist mit mir und Henrietta Billitt zu diesem Zusammenfluss gefahren, weil er meine Beschreibungen von dem, was wir dort gemacht haben, sehr interessant fand. Er hat auch eine Flaschenpost mitgenommen und die Flasche ins Wasser geworfen. Er hat uns nicht gesagt, was auf dem Zettel steht, aber hat gemeint, er ist nicht so dumm wie wir und schreibt seine Adresse darauf, damit irgend so ein aufgeblasener kleiner Beamter ihn schikanieren kann. Dann hat mein Papa Ihren Stiefel gefunden. Er meint, seine Augen sind schärfer als Ihre, weil er sie nicht durch Lesen abnutzt. Henrietta Billitt hat dann den Stiefel geputzt und poliert.

Croser, der heute nicht ganz so selbstgefällig wirkte wie sonst immer, bat mich gegen 16 Uhr um ein Gespräch. Er hatte ein Kind dabei, Vincent Slope, und ein unordentliches Päckchen, etwas, das in den *Daily Mirror* eingewickelt war. Zu meinem Erstaunen brachte er einen Totenschädel zum Vorschein. Der Mahagonifarbe nach zu urteilen, musste er schon sehr alt sein. Nachdem Croser ihn in meinen Eingangskorb gelegt hatte, berichtete er, Vincent habe den Schädel am Tag nach dem Bildungsausflug stolz mitgebracht und ihn auf den Tisch mit den Anschauungsexponaten legen wollen. Der Junge wirkte verängstigt und brach schließlich in Tränen aus. Noch ehe ich dazu kam, ihn zu fragen, woher er den Schädel habe, erzählte er schluchzend, er habe ihn neben der verfallenen Kirche in Nun Leeming gefunden. Als ich nicht lockerließ, gab er zu, er habe ihn aus dem Boden im Altarraum »ausgegraben«.

»Aber war er nicht an irgendetwas befestigt?«, fragte ich. Da er meine Frage nicht zu verstehen schien, fragte ich ganz einfach: »Wo ist der Rest davon?« Der Junge, der immer noch nicht zu begreifen schien, was er da getan hatte, erwiderte schluchzend: »Nur der Kopf war in dem Loch.«

»Was Mr Harpole sagen möchte, ist, dass du dich der Grabschändung schuldig gemacht hast«, warf Croser ein.

»Das versteht ein neunjähriges Kind doch nicht!«, sagte ich barsch.

»Mr Harpole meint, dass du etwas Schreckliches getan hast, du böser Junge«, sagte Croser, völlig unbeeindruckt von meiner Rüge. »Du hast Gott verärgert, und der wird dich jetzt dafür bestrafen.«

Crosers Erklärung dieser Sünde war so lächerlich, dass ich gar nicht darauf einging, sondern den Jungen bat, draußen zu warten. Dann sagte ich Croser klipp und klar, er müsse mit dem Jungen nochmals zu dieser Kirche fahren und dafür sorgen, dass der Schädel wieder in der geweihten Erde vergraben werde, bei den restlichen Toten, sofern deren Aufbewahrungsort noch erkennbar sei. Als er protestierte, dass es einige Meilen bis zur nächsten Bushaltestelle seien und von der Landstraße bis zur Ruine nochmals eine gute Meile Fußmarsch, erklärte ich ihm, eine Ausgrabung könne nur der Bischof anordnen, und malte ihm die Konsequenzen aus, sollte die Lokalpresse, d.h. der *Sentinel*, Wind von dem Vorfall bekommen. Eingeschnappt stapfte er aus meinem Büro hinaus.

Ich hielt es für unklug, das Ganze im Protokollbuch festzuhalten.

TAGEBUCH

Croser, wieder seinen üblichen selbstgefälligen Ausdruck im Gesicht, sagte mir, er sei, »wie Sie es angeordnet haben«, zu den Slopes gegangen, und Mrs Slope habe ihm mitgeteilt, er habe nach vier Uhr nachmittags keine Verfügungsgewalt mehr über Vincent und der Junge würde auf keinen Fall zu diesem »gespenstischen Ort« zurückkehren, und im Übrigen habe ihr Mann ein Loch in ihrem Kleingarten gegraben und dort drin sei »der Schädel jetzt und bleibt auch dort«. Ich habe ein ungutes Gefühl, weil ich nicht weiß, was passieren wird, sollte dies an die Öffentlichkeit gelangen, sind die Leute in Bezug auf Tote doch immer so irrational.

SCHULPROTOKOLLBUCH

Mr Croser, geprüfter Assistenzlehrer, berichtete mir, er habe einem Kind die Erlaubnis erteilt, ein anderes zu schlagen. Er hat sich angesichts dieses bedauerlichen Zwischenfalls zerknirscht gezeigt.

HARPOLE AN EDITH WARDLE

Croser, für seine Verhältnisse ungewöhnlich niedergedrückt, sagte mir, er habe, nachdem Martha Festing ihm erzählt habe, Vincent Slope habe sie auf dem Weg von der Morgenandacht ins Klassenzimmer gestoßen, ihm befohlen, stehen zu bleiben, damit ihm das Mädchen es mit gleicher Münze heimzahlen könne. Er schwor, es habe nichts mit dem Schädel zu tun gehabt. Es fehlte nur noch, dass er um Gnade gewinselt hätte. »Werden die mir jetzt kündigen?«, fragte er mehrmals. »Oder wird sein Vater mich zu sich zitieren?« Ohne langes Federlesen erklärte ich ihm, er könne sich glücklich schätzen, wenn nicht beides gleichzeitig eintrete, und egal, welche Strafe er für diese überaus große Dummheit bekomme, er es nicht anders verdient habe und dass ich daher auch nicht geneigt sei, mich vor ihn zu stellen. Du kannst dir nicht vorstellen, wie baff ich war, ihn so zu erleben! Wo dieser Croser normalerweise doch die wandelnde Selbstzufriedenheit ist …

EMMA FOXBERROW

AN FELICITY FOXBERROW

… endlich hat der schreckliche Croser mal eins auf den De-
ckel gekriegt. In seiner Klasse gibt es ein kleines Monster namens Vincent Slope, ein Einzelkind, das von seinen Eltern
nach Strich und Faden verzogen wird und bislang ein Stachel
im Fleisch jedes Lehrers war, der es mit ihm zu tun hatte. Man
erzählt sich, als einem Lehrer (in der Vorschule) einmal die
Hand ausrutschte, hätten seine Eltern ein irrsinniges Tamtam
veranstaltet und mit einem Prozess und was noch allem gedroht. Seitdem hat es niemand mehr gewagt, den Kleinen an-
zufassen, und jeder zählt nur die Tage bis zum Ende des Schuljahrs, wenn sie oder er den kleinen Slope an das nächste Opfer
weiterreichen kann, und begnügt sich indessen damit, den
Sündenkatalog in seiner Schülerakte zu ergänzen. Er ist ein
Junge mit vorstehenden Augen und einem bösartigen Zug um
den Mund. Man mag sich gar nicht ausmalen, dass eines Tages
eine unglückselige Frau und ein unglückseliges Kind diesen unsäglichen Widerling zum Mann und Vater haben werden. Da
waren die Sklaven der Barbaren noch besser dran.

Nun, Croser hätte dem Jungen, feige, wie er ist, selbst einen Mord durchgehen lassen, aber am Dienstag muss ihm der
Schreck noch in den Knochen gesessen haben, nachdem ihm
Harpole mächtig den Marsch geblasen hatte wegen diesem
Slope, und zwar wegen eines Vorfalls, bei dem es um einen Totenschädel ging. Jedenfalls als Martha Festing, ein niedliches
kleines Mädchen, klagte, Slope habe sie hinterhältig gezwickt,
befahl ein ungewohnt mannhafter Croser zwei Jungen, den
kleinen Fiesling an den Armen festzuhalten, und ermunterte
Martha, Selbstjustiz zu üben, was sie auch tat, und zwar mit
einer erstaunlich gewaltigen linken Geraden auf seine Nase.

Das kleine Monster erntete reichlich herzloses Gelächter und brach in Tränen aus, während ihm das Blut aus der Nase schoss.

Seitdem schleicht Croser herum wie ein verurteilter Krimineller.

SCHULPROTOKOLLBUCH

Mr V. Slope suchte mich auf und behauptete, sein Sohn sei von Mr Croser misshandelt worden, einem der Assistenzlehrer. Ich brachte mein Bedauern zum Ausdruck und versprach, der Angelegenheit nachzugehen.

TAGEBUCH

Heute Nachmittag platzte Slope (senior) in mein Büro, ein blasser Mann mit einem gerissenen Gesichtsausdruck, drei Kugelschreibern in der Brusttasche und einer Krawatte der Royal Airforce. Schon seit geraumer Zeit machten beunruhigende Berichte im Viertel die Runde, begann er, nämlich dass seit Mr Chadbands Beurlaubung, den er »über alle Maßen bewundere«, die Disziplin nachgelassen habe; alle Nachbarn redeten davon, und manche wollten sogar eine Petition »an die Behörden« richten, aber er persönlich habe bislang das Prinzip der Unschuldsvermutung meiner Person gegenüber walten lassen, bis gestern …

Nachdem ich Mr Chadbands Bemerkungen auf der Karteikarte dieses unsäglichen Jungen überflogen hatte, konnte ich nur mit Mühe die aufsteigende Wut unterdrücken:

Sein Vater, Mr Slope, ist ein Querulant und hinterhältig noch da-
zu. Egal, welche Beschwerde er vorträgt, er beginnt jedes Mal mit
den Worten »Alle Eltern beschweren sich darüber, dass ...«. Geben
Sie nicht ein bisschen nach.

Daher setzte ich ein falsches Lächeln auf und nickte ermutigend, was ihn offensichtlich verwirrte, denn er war zweifelsohne Mr Chadbands aufbrausende Reaktionen auf seine An-
schuldigungen gewohnt. »Nun«, sagte er und ob ich ihm nicht
beipflichtete, dass es ein Skandal sei, wenn ausgerechnet ein
Lehrer einem Kind befehle, ein anderes zu attackieren.

Während ich ihm innerlich in der Tat zustimmte, musste
ich zugleich daran denken, dass der kleine Vincent dem Vernehmen nach seit diesem Vorfall ein gedämpfteres Verhalten
an den Tag legt. Und daran, dass der dumme Croser im Umgang mit dem Jungen genau den richtigen Knopf gedrückt
hatte.

»Nun«, sagte er wieder, »ist es nicht ein Skandal und eine
Schande?«

»Nun«, sagte ich ebenfalls, um Zeit zu gewinnen und in der
Hoffnung, dass mir von irgendwoher Hilfe gewährt würde, und
mein Blick fiel auf Sir Newbolts inspirierende Gedichtzeilen,
als wären sie die ersehnte Antwort:

Der Wüstensand durchtränkt und rot,
's Geschütz steckt fest, der Oberst tot.

»Wie viele Stockschläge haben Sie dem Missetäter verabreicht?«, fragte Mr Slope, ganz offensichtlich eine Fangfrage.

»Das ist meine Sache«, erwiderte ich.

»Oh! Sie glauben also, das sei nicht auch *meine* Sache?«

»Nein, das, was innerhalb dieser Mauern geschieht, nicht.«

Jetzt konnte er seine Wut nicht länger im Zaum halten und begann mir zu drohen. Ich wiederholte, was ich ihm bereits gesagt hatte, dass ich der Sache nachgehen würde.

»Und dann? Was dann?«

»Das ist meine Sache.«

Als ihm klar wurde, dass wir uns im Kreis drehten, verkündete er wutbebend: »Hier ist das letzte Wort noch nicht gesprochen. Ihr verdammten Lehrer mit eurem viel zu hohen Gehalt und viel zu langen Ferien. Ich gehe jetzt schnurstracks zum Schulamt und sorge dafür, dass der Vorfall schwarz auf weiß festgehalten wird.«

»Interessant. Dann können wir gleich noch den Brief von Mr Festing, die beiden Schreiben von Mr Bull und das von Mr Toseland zu den Akten geben. Sie alle haben sich über Ihren Sohn beschwert. Schön, soll das Schulamt die Angelegenheit mit Ihnen klären, dann wird garantiert auch der *Sentinel* darüber berichten, und Ihre Nachbarn werden lesen können, was wir hier in den letzten Jahren erdulden mussten.« Schließlich ging ich auf volles Risiko und knallte die beiden Briefe auf den Schreibtisch, die ich für Lucinda Bulls Vater geschrieben habe, und einen, der angeblich von Mr Toseland stammte. Mr Toseland kann nicht lesen und schreiben, und ich hatte den Brief am Vorabend fabriziert.

Das brachte ihn vollends aus der Fassung, und gottlob warf er nur einen flüchtigen Blick darauf, während ich ihn mit einem netten, aber entschlossenen Lächeln bedachte. Alles, was er (wenig überzeugend) noch herausbrachte, war: »In dieser Sache ist das letzte Wort noch nicht gesprochen«, ehe er Hals über Kopf den Rückzug antrat. Ich war mir ziemlich sicher, so schnell nichts mehr von ihm zu hören, und um mich abzureagieren, sagte ich zu Croser, er könne jetzt wieder aus der Deckung hervorkommen und dies sei das letzte Mal, dass ich für eine seiner Dummheiten den Kopf hingehalten hätte.

Hier agiert Harpole wie ein Rektor von Format, in einer Situation, in der es gilt, seinen Mann zu stehen. In einer schier aussichtslosen Lage, unhaltbar für alle bis auf die Verehrer von Sir H. Newbolts Dichtkunst, nimmt er den Standpunkt ein, dass er mit seinem höher dotierten Gehalt als amtierender Rektor sogar Croser, den er von Herzen verachtet, beschützen muss. Dennoch muss man einräumen, dass Slope womöglich das Recht auf seiner Seite hat, obwohl selbst die Etrusker jubeln müssten angesichts Harpoles ziemlich unvernünftiger Weigerung, auch nur ein bisschen zurückzuweichen.

Und welch eindrücklicher Beleg dafür, wie wichtig die Archivierung der Schülerkarteikarten mit den internen Einträgen ist, mittels derer jeder Lehrer Trost und Rat bei jenen finden kann, die vor ihm ihre liebe Not mit einem Schüler hatten!

SLOPE AN DEN RATSHERRN J. RAMSAY
MACDONALD DACRE, FRIEDENSRICHTER
(Gleiche Beschwerde, aber entsprechend umformuliert.)

DACRE AN SLOPE
Hier handelt es sich um eine administrative Angelegenheit, die bereits anhängig ist, daher beabsichtige ich nicht, etwas zu unternehmen. Wenden Sie sich mit Ihrem Anliegen bitte ans Schulamt.

SLOPE AN DACRE

Ihr Ratsmitglieder seid doch alle gleich – arrogante Wichtig-tuer. Wehe, Sie lassen sich bei uns noch mal blicken und bet-teln um Stimmen, dann kriegen Sie aber was zu hören.

DACRE AN SLOPE

Ich bin Ratsherr und benötige daher niemandes Stimme mehr, abgesehen davon sollten Sie auf Ihre Wortwahl achten, mein Lieber.

SLOPE AN SIR EMRYS JENKINS, PARLAMENTS-ABGEORDNETER

(Beschwerde wie gehabt.)

ABGEORDNETENSEKRETÄR VON SIR EMRYS JENKINS AN SLOPE

Sir Emrys und Lady Jenkins sind auf einer Erkundungsreise auf den Bahamas, die eine geraume Zeit in Anspruch nehmen wird. Ich habe Ihre Beschwerde an den Ombudsmann weiter-geleitet.

OMBUDSMANN AN SLOPE

Offenbar wissen Sie nicht, dass das Parlament Beschwerden den öffentlichen Dienst und die Arbeit von Regionalparlamen-ten betreffend meinem Aufgabenbereich entzogen hat. Bitte richten Sie Ihr Anliegen daher an einen Vertreter des Schulaus-schusses Ihrer Grafschaft.

SLOPE AN DEN *EVENING SENTINEL*
(TAMPLING)
(Beschwerde wie gehabt.)

EVENING SENTINEL AN SLOPE
Laut unserer Rechtsabteilung ist der Brief, den Sie uns unter
dem Pseudonym »Freier Engländer« geschrieben haben, möglicherweise verleumderisch. Daher schicken wir ihn an Sie
zurück und schlagen vor, dass Sie Ihre Beschwerde an einen
Stadtrat oder ein Parlamentsmitglied Ihres Wahlkreises richten, welche ihn dann an einen Ombudsmann weiterleiten werden.

SLOPE AN HARPOLE
Ich habe einen ausführlichen Bericht über Ihr Betragen an den
Grafschafts-Ratsherrn, den Abgeordneten meines Wahlkreises, den Ombudsmann und die Lokalpresse geschickt. Glauben Sie also ja nicht, Sie werden ungeschoren davonkommen.

*Wie kann Slope – wie kann irgendjemand so naiv sein zu glau-
ben, dass man in England zu seinem Recht kommt, nur weil man
schriftlich darum bittet?*

8

EMMA FOXBERROW
AN FELICITY FOXBERROW
Du scheinst dich ja sehr für Harpole zu interessieren. Schreib
dir endlich hinter die Ohren, dass ich ihn in meinen Briefen
nur deshalb erwähne, weil ich täglich zwischen neun und vier
Uhr unweigerlich mit ihm zu tun habe. Wenn es etwas Ungewöhnliches über ihn zu berichten gibt, dann die Tatsache, dass
er nichts Ungewöhnliches an sich hat. Er hat sich auf der Karriereleiter (wie er es nennen würde) drei Stufen hinaufgehievt,
und dort klammert er sich nun fest und leckt die Fußsohlen
jener, die auf seinen Fingern herumtrampeln … Seine kühns-
ten Hoffnungen sind eine abbezahlte Doppelhaushälfte, eine
Frau, die ihn anhimmelt, und eine Pension am Ende seiner
Laufbahn, die es ihm ermöglicht, ein Leben in fadenscheini-
ger Ehrbarkeit aufrechtzuerhalten. Und um dieses Ziel zu er-
reichen, ist er bereit, jede Demütigung hinzunehmen, die seine Vorgesetzten ihm zumuten.

Widerstrebend gestehe ich ihm eine gewisse Redlichkeit
zu, und sollte man eines Tages das Pech haben, sich in einer
Wüste wiederzufinden, deren Sand sich rot verfärbt und wo
das Geschütz feststeckt und der Oberst tot ist, gibt es vermutlich schlimmere Kameraden als Corporal Harpole, mit denen
man sich Rücken an Rücken im Schützengraben wiederfinden kann.

Wobei ich hin und wieder zu spüren glaube, dass es unter seiner servilen Oberfläche vielleicht doch einen anderen Harpole gibt. Letzten Samstag zum Beispiel, als Henrietta, Titus und ich an dem Abschnitt, wo der Elver am Tamplinger Kricketplatz vorbeifließt, mit einem Kescher Molche fingen. Durch die am Ufer stehenden Trauerweiden hindurch erspähte ich niemand anderen als G. Harpole. Wie er in voller Kricketmontur am Wicket stand, mit einem kampfeslustigen Glitzern in den Augen, wirkte er größer als in der Schule, während er die Bälle in die umstehenden Kastanien hinaufschoss, wobei er besondere Aufmerksamkeit den Würfen von Edward Muttler schenkte, dem einzigen Sohn des ortsansässigen Unternehmers, der in der gegnerischen Mannschaft spielte. Fasziniert sah ich ihnen zu, bis Harpole auf höchst ungewöhnliche Weise ausschied. Edward bowlt einen Bouncer, und unser Harpole stellt sich auf die Zehenspitzen, schwingt seinen Schläger wie eine Keule in die Höhe und schmettert den Ball auf einen kleinen Mann, der seine Hände hochreißt, als wollte er um Gnade flehen oder aber sich schützen. Allerdings vergeblich! Wie vom Blitz getroffen geht er zu Boden, während das Geschoss von seinem Kopf abprallt, ehe es sanft in die Hände des danebenstehenden Spielers plumpst. Woraufhin G. Harpole, anstatt vorzupreschen mit Heilung in seinen Flügeln …, mit einem gottgleichen Wutschrei seine Waffe zu Boden schleudert und die Arme anklagend gen Himmel hebt, weil er auf diese Weise ausgeschieden ist. Doch im nächsten Moment ist er schon wieder der alte Harpole und entschuldigt sich schnell in alle Richtungen und hilft sogar, sein Opfer in das Krickethäuschen zu tragen.

TAGEBUCH

Heute Morgen hat Mrs Grindle-Jones beunruhigende Nachrichten mitgebracht: Ein Schulinspektor habe die Einrichtung ihres Mannes besucht, um zu überprüfen, inwieweit man dort der satzungsgemäßen Verpflichtung zum Religionsunterricht nachkomme. Auch wenn sie keine Details dieses Besuchs preisgab, schien diese Visitation ihren Mann ziemlich aus der Fassung gebracht zu haben; Mrs Grindle-Jones ließ lediglich fallen, dass der Inspektor seinen Besuch in einem Monat wiederholen wolle. Das spricht ja für sich.

Habe beschlossen, den Religionsunterricht der einzelnen Klassen zu überprüfen, und, wenn nötig, Angleichungen vorzunehmen, für den Fall, dass uns ebenfalls eine Visitation ins Haus steht.

Dienstag: Miss Tollemache – »Zurückgebliebenen«-Klasse
In einem fort sagte sie ihnen: »Jesus liebt uns.« Außerdem erzählte sie den Kindern, dass »er uns erwartet, hinter dem hellblauen Himmel, wo wir sitzen werden zu seinen Füßen und ihn preisen werden«. Dann folgte eine ausführliche geografische Beschreibung dieses Ortes, vor allem der Vegetation. »Die Palmen sind dort nicht in Töpfen, wie ihr sie vielleicht schon an den Eingängen von Hotels gesehen habt«, erklärte sie. »Nein, die himmlischen Palmen wachsen direkt aus der Erde. – Egal, wie sehr unsere Mütter uns lieben, Jesus liebt uns noch mehr. Er sieht alles, was wir tun, und kennt jeden unserer Gedanken, weswegen wir vorsichtig sein müssen bei dem, was wir denken. Wenn wir Gutes tun, ist er froh, und wenn wir Schlechtes tun, ist er traurig. Also sollten wir ihn nicht traurig machen, stimmt's, Kinder?« – »Nein, Miss Tollemache!«, riefen sie im Chor. Dann standen alle wie auf Kommando mit einem

sehr frommen Ausdruck im Gesicht auf und leierten folgende
Zeilen herunter:

»Jesus liebt uns, das weiß ich,
denn die Bibel lehrt es mich.
Wenn ich schlafe in der Nacht,
behütet er mich und gibt acht.

O ja, Jesus liebt mich,
o ja, Jesus liebt mich,
denn die Bibel lehrt es mich.«

Das müsste den Inspektor doch eigentlich zufriedenstellen.

Mittwoch: Miss Foxberrow – vierte Klasse
Kaum war ich eingetreten, verstummte sie. »Ich würde gern
Ihrem Bibelunterricht beiwohnen, wenn Sie erlauben«, sagte
ich. »In Ordnung«, sagte sie barsch, »auf Ihre Verantwortung.
Aber ich sage es Ihnen gleich: Wir arbeiten nicht einfach nur
den Lehrplan ab. Diese Gehirnwäsche mache ich nämlich
nicht mit, das ist nur was für Missionare, die sogenannte Wilde bekehren wollen … Nun denn, Kinder, lasst uns diese Pro-
bestunde in unserer bewährten deduktiven Methode fortset-
zen, weil Mr Harpole meinen Unterricht inspizieren möchte.
Also, wo waren wir stehen geblieben? Was, wenn der Pfarrer
gestorben wäre und Jesus sich auf seine Stelle beworben hätte?
Was meint ihr, hätte er sie bekommen?« Einige Kinder nick-
ten. »Nein, ihr irrt«, sagte Miss Foxberrow. »Mit seinen dreißig Jahren wäre er zu jung gewesen. Außerdem stammte er aus
der Arbeiterklasse, hatte keinen Uniabschluss, nie ein theolo-
gisches Seminar besucht und sprach bestimmt Dialekt. Und,

machen wir uns nichts vor, da Israel ein staubiges Land ist, muss er ausgesehen haben wie ein Landstreicher …«

»Oder wie ein Hippie«, warf Titus Fawcett ein. »Wie die, die am Strand von der Polizei vertrieben werden …«

»Ja, wie ein Hippie, vor allem, wenn man bedenkt, wie lang seine Haare gewesen sein sollen«, fuhr Miss Foxberrow fort. »Außerdem dürfen wir nicht vergessen, dass er kein Geld hatte und niemanden kannte, der für ihn seine Kontakte hätte spielen lassen können, und dass er seine gut bezahlte Arbeit aufgegeben hatte. Und, genauso wichtig, er war kein Weißer; manche haben ihn vielleicht sogar als Farbigen betrachtet.«

Dann bedachte sie mich mit einem vielsagenden Blick und fragte seelenruhig: »Gesetzt den Fall, Jesus würde mit dem Bus nach Tampling kommen, was, meint ihr, würde er tun?«

»In die Kirche gehen!«, rief eines der nicht ganz so fantasiebegabten Kinder aus.

»Und, was meinst du, Titus?«, fragte sie, den Blick noch immer auf mich gerichtet. Doch da ich es als unklug erachtete, mich noch mehr in diese an Blasphemie grenzende Vorstellung hineinziehen zu lassen, zog ich mich unaufdringlich zurück und begab mich in das Klassenzimmer von Mrs Grindle-Jones.

Die Bibel in der Hand, diktierte sie ihren Schülern einige unverfängliche Stichpunkte über den Propheten Amos.

Als Nächstes stattete ich Mr Pintles Klasse einen Besuch ab, die, wie ich erfreut feststellte, im Begriff war, wunderschöne, in zarten Farben gehaltene Karten vom Heiligen Land zu Zeiten des Propheten Amos zu zeichnen.

Da in Crosers Klassenzimmer ein beträchtlicher Lärm herrschte, hörte er nicht, wie ich hereinkam, während er still an seinem Schreibtisch saß und in der Bibel las. Erst als ich neben ihn trat, sah er erschrocken auf, und das war auch nicht weiter verwunderlich, war er doch, wie ich mit einem kurzen Blick feststellte, in eine erotische Passage von Salomos Hohelied vertieft. Hektisch blätterte er weiter.

»Dürfen wir bitte unsere Buntstifte rausnehmen, Sir, und was zeichnen, so wie immer, wenn Sie nach der richtigen Stelle suchen?«, rief Vincent Slope hinterlistig.

»Du bleibst in der Pause hier und schreibst Psalm 23 ab!«, antwortete Croser mechanisch.

Dann entdeckte er eine Passage, die ihn offenbar inspirierte, und murmelte:

»Und Benaja, der Sohn Jojadas, … stieg hinab und
erschlug den Löwen in der Grube an einem Schneetag.«

»Ah«, sagte er. »Und um euch eine Freude zu machen, werde ich heute von dem großen Propheten Benaja erzählen, einem der bekanntesten Krieger aus dem Alten Testament.« Als Nächstes schrieb er langsam, als hätte er alle Zeit der Welt, »B-E-N-A-J-A« an die Tafel. »Als Benaja zur Schule ging, war er stärker als alle anderen Jungen auf dem Schulhof, und kein anderer erledigte den Klassenzimmerdienst besser als er. Wenn er dran war, lag um neun Uhr alles für den Lehrer bereit, und häufig brachte er ihm Opfergaben wie Blumen oder Früchte mit.«

Er stupste mich mit dem Ellbogen an und sagte im Flüsterton: »Sie halten meinen Ansatz vielleicht für ungewöhnlich, aber am College haben sie uns gesagt, wir sollen alles in der Sprache der Kinder ausdrücken. Und genau das mache ich hier.«

Dann fuhr er fort:

»Abends hat er Zeitungen ausgetragen und Rasen gemäht,

um Kohle für seine alte Mutter zu kaufen und Pfeifentabak für seinen alten Vater. Und natürlich hat er die Prüfung fürs Gymnasium geschafft. Als er das geschafft hatte (er war ein glänzender Schüler), arbeitete er als Beamter für den König. Eines Tages war der König in großen Schwierigkeiten. ›Bringt mir einen tapferen Mann, ich brauche ihn für eine besondere Aufgabe, eine sehr knifflige Aufgabe!‹, rief er. ›Jemand, der nicht raucht, trinkt, flucht oder sich auf andere unziemliche Weise verausgabt, es muss nämlich ein Löwe getötet werden.‹ Es war so, dass zu der Zeit draußen Winter herrschte, also Fastenzeit für Löwen, und es schneite ganz arg, aber Benaja, der gerade auf einer Feier war, brach sofort auf, ließ alles stehen – das Buffet und die Bar, wo alles umsonst war, und die hübschen jungen Tänzerinnen, und schnallte sich die Skier an und …«

Die Glocke läutete.

»Morgen erzähle ich euch die Geschichte fertig«, sagte Croser. »So, und jetzt ist Denksport angesagt. Wenn ein Wagen vier Räder hat, wie viele Räder haben dann achtundzwanzig Wagen? Das Lenkrad zählt nicht mit.«

Als ich das Klassenzimmer verließ, war ich in ungewohnt niedergeschlagener Stimmung.

RUNDBRIEF AN DAS KOLLEGIUM
Diese Woche gibt der allgemein gültige Lehrplan für den Religionsunterricht als Thema die Prophezeiung des Propheten Amos vor, und genau das sollte auch gelehrt werden. Sollten Sie dies nicht tun, liegt das in Ihrer individuellen Verantwortung als Lehrer – für den Fall, dass uns ein Schulinspektor einen Besuch abstatten sollte.

Bitte unterzeichnen Sie diese Mitteilung.

SCHULPROTOKOLLBUCH

Habe das Kollegium an die Bestimmungen des Education Act von 1944 erinnert, wonach sie alle verpflichtet sind, den Unterricht entsprechend des festgeschriebenen Lehrplans zu gestalten.

TAGEBUCH

Ich war gerade im Begriff, die Toiletten zu inspizieren, einen meuterischen Theaker im Schlepptau, als ein Kind angelaufen kam und sagte, da draußen vor dem Schultor stehe ein Mann, der mich zu sprechen wünsche. Ich vergewisserte mich kurz, ob es sich bei dem Wagen des Besuchers um den roten Triumph 2000 handelte, vor dem man uns gewarnt hatte, und ließ dann unter den Kollegen einen roten Stift herumgehen – das verabredete Zeichen.

Als ich zu dem Besucher trat, sagte dieser: »Cole, Schulinspektor«, und ich erwiderte ein wenig einfältig: »Oh, ich glaube, wir sind uns noch nie begegnet.«

»Und ich bin mir *sicher*, wir sind uns noch nie begegnet«, sagte er klug und brachte sich dadurch in eine vorteilhaftere Position.

»Sind Sie wegen des Religionsunterrichts gekommen?«, fragte ich.

»Nein.« Er tat erstaunt. »Warum sollte ich? Nein, ich wollte Ihnen nur alles Gute für dieses Halbjahr wünschen und viel Erfolg als stellvertretender Rektor und Ihnen sagen, dass Sie sich jederzeit an mich wenden können, sollten irgendwelche Schwierigkeiten auftauchen.«

Ich begleitete ihn zu seinem Wagen. Ehe er einstieg, blickte er sich nach allen Seiten um und versicherte sich, dass wir allein waren, ehe er sagte: »Also, was den Religionsunterricht betrifft, Harpole … so bin ich skeptisch, ob der die Kinder auch nur einen Deut weiterbringt im Leben. Tatsächlich bin ich überzeugt, dass wir unseren Kindern den christlichen Glauben am besten durch den Alltag an einer Schule vorleben, durch wohltätiges Wirken, Freundlichkeit, Hilfsbereitschaft, freudige Vitalität und das ständige Bestreben, das geistige, emotionale und spirituelle Potenzial jedes Kindes zu fördern. Oder auf den Punkt gebracht: Der Herr mag guten Matheunterricht. Aber ich möchte bitte nicht zitiert werden.«

Seine Worte empfand ich als sehr bedeutsam und notierte sie mir schnell auf der Rückseite eines Kuverts.

SCHULPROTOKOLLBUCH
Schulinspektor Mr G. B. Cole war heute um 9.15 Uhr zu einem Routinebesuch hier und verabschiedete sich um 9.23 Uhr wieder.

9

TAGEBUCH

Pintle ist mit der Bitte an mich herangetreten, Titus Fawcett an einen Schulpsychologen zu überweisen. Er unterrichtet Fawcett (vierte Klasse) täglich zwischen 9.30 Uhr und 10.30 Uhr in Mathematik und behauptet, er würde weder auf Lob noch auf Tadel reagieren. (Wobei ihn Ersteres am meisten ärgert.) Ich versprach ihm, es in die Wege zu leiten, wobei ich ihn darauf hinwies, dass bei so etwas meines Wissens nach noch nie etwas herausgekommen sei, da Psychologen nur in ihrem unverständlichen Kauderwelsch das wiederkäuten, was man ohnehin schon wisse.

HARPOLE AN MISS GUDGEON,
SCHULPSYCHOLOGIN DER GRAFSCHAFT
Wir machen uns Sorgen um folgenden Schüler:

Titus Fawcett
Chronologisches Alter – 10 Jahre und 6 Monate

Wir würden Sie bitten, sich den Jungen einmal anzusehen und uns Ihre fachkundige Meinung mitzuteilen. Sein Lehrer meint, er lege ein gemeinschaftswidriges Verhalten an den Tag.

BERICHT DER PSYCHOLOGIN
BEZÜGLICH TITUS FAWCETT
Chronologisches Alter – 10 Jahre und 6 Monate
Geistiges Alter – 15 Jahre 4½ Monate

Etwaige Verhaltensauffälligkeiten in der Schule rühren höchstwahrscheinlich daher, dass der Junge aufgrund seiner hochentwickelten geistigen Fähigkeiten unterfordert ist. Man sollte ihm die Gelegenheit geben, sein Lerntempo selbst zu bestimmen.

TAGEBUCH
Kann den Bericht über T. Fawcett kaum glauben. Pintle meinte säuerlich: »Nun, wenn das alles ist, was wir Steuerzahler von jemandem mit einem Jahresgehalt von dreitausend Pfund kriegen! Diese Dame sollte sich mal Fawcetts schlampige Handschrift ansehen.«

Habe Miss Gudgeon angerufen, die mir versicherte, ihr Bericht sei absolut korrekt und der Junge nahezu ein »Genie«. Dann schlug sie vor, es wäre doch höchst interessant, Nachforschungen bezüglich seiner Familie anzustellen, um herauszufinden, ob es sich um eine erbliche Veranlagung handele, und sagte, die Ergebnisse würden gewiss »einen interessanten Stoff für einen Artikel in unserer *Institute of Education Quarterly* abgeben«. Habe beschlossen, die Anregung aufzunehmen, da eine Veröffentlichung in einer akademischen Zeitschrift meiner Karriere gewiss dienlich wäre. Und da gerade keine Routineaufgaben auf mich warteten und ich wusste, dass der Vater des Jungen in der Nachtschicht im Klärwerk arbeitete, bestellte ich ihn gleich zu mir.

Kurz darauf schlüpfte er zur Tür herein, ließ sich in den Armsessel plumpsen und schloss die Augen.

»Waren Sie ein guter Schüler?«, fragte ich.

»Nein«, meinte er, »ich war das genaue Gegenteil. Ich habe meine Lehrer gehasst, und meine Lehrer haben mich gehasst.«

»Alle?«, fragte ich erstaunt.

»Ja, alle. Sie haben sich nie die Mühe gemacht, sich mit mir abzugeben, also hab ich mich auch nicht mit ihnen abgegeben.«

»Erzählen Sie mir ein bisschen von Ihrer Schulzeit«, bat ich ihn.

»Kann ich nicht. Hab sie aus meinem Gedächtnis getilgt wie eine Hypothek.«

»Aber das ist doch gar nicht möglich, Mr Fawcett«, sagte ich und kam mir ziemlich unbeholfen vor.

»Doch, absolut. Der menschliche Geist hat nur eine begrenzte Kapazität, daher sollten wir ihn nicht mit Gerümpel und Müll vollstopfen.«

»Das ist doch blanker Unsinn!«, erwiderte ich. »Sie können den menschlichen Geist mit seiner unendlichen Aufnahmefähigkeit doch nicht mit einer Rumpelkammer vergleichen.«

»Wie dem auch sei, es ist sowieso nicht auf meinem Mist gewachsen und auf dem meines Vaters auch nicht.«

»Nun, dann einigen wir uns darauf, dass wir uns uneinig sind«, sagte ich. »Wir sind ohnehin vom Thema abgekommen, ich habe Sie nämlich wegen etwas anderem herbestellt: Ich wollte mit Ihnen über Ihren Sohn reden, Titus, und darüber, dass die Schulpsychologin meint, er sei überdurchschnittlich klug. Darf ich Sie zunächst fragen, welche Zeitung Sie lesen?«

»Ich lese keine«, sagte er.

»Warum nicht?«, erwiderte ich und wies ihn darauf hin, dass

jeder sonst Zeitung lese. Darauf meinte er, Zeitungen würden ihn mit ihren ewigen Berichten über Kriege, Streiks, Morde und die ewigen Streitereien unter den Menschen nur aufregen.

»Aber wenn Sie nicht wissen, was in Tampling und dem Rest der Welt passiert, können Sie mit Ihren Arbeitskollegen ja gar keine Unterhaltung führen«, erwiderte ich.

»Ich rede nicht mit ihnen«, sagte er. »In der Pause setze ich mich abseits von ihnen hin und esse mein Pausenbrot allein. Ich beachte sie nicht, und sie beachten mich nicht.«

»Nun, jetzt sind wir schon wieder von meinem eigentlichen Anliegen abgewichen. Lassen Sie uns noch ein bisschen weiter zurückgehen. Zu *Ihrem* Vater.«

»Oh, die Spur wird Sie nirgendwohin führen, weil er mir ja genau dazu geraten hat. Er hat gesagt, wenn du keinen Ärger, sondern deine Ruhe haben willst, lies nichts, außer das, was auf den Etiketten von Lebensmittelkonserven steht, und die Nebenkostenaufstellung.«

»Und was ist mit *seinem* Vater?« (Allmählich begann ich mich zu fragen, wie ich aus diesem Geschwafel einen Aufsatz für eine Fachzeitschrift fabrizieren könnte.)

»Ah«, sagte er, und zum ersten Mal nahm ich einen Funken Interesse an ihm wahr. »Wenn unser Titus tatsächlich so schlau ist, wie Sie sagen, dann hat er's wohl von meinem kleinen Großvater, nach dem er getauft wurde und der wiederum nach dem großen König von Rom getauft wurde.«

»Na endlich!«, rief ich sarkastisch aus. »Dann war Ihr Großvater also ein guter Schüler?«

»Nein! Jedenfalls nicht, wenn Sie unter einem guten Schüler jemanden verstehen, der lesen, schreiben und rechnen kann, denn er hat nichts davon gekonnt, soweit ich weiß. Und zwar deshalb, weil er sich nie lange genug an einem Ort niedergelassen hat und nie ein Haus sein eigen nannte. Er hat mit einer sehr großen Frau zusammengelebt, die nicht seine Frau war. Soweit ich weiß, war sie sehr gebildet und talentiert, und ihr Vater war ein Adeliger, und zusammen sind sie von einem Ort zum andern gezogen, wobei sie das ganze Zeug geschleppt hat, und nie haben sie zweimal am selben Platz genächtigt, ob das nun in Ställen, Scheunen, im Wald unter einem Baum oder auf einem Heuhaufen war.«

Diese Fährte schien mir um einiges vielversprechender, daher fragte ich: »Sind die beiden nie krank geworden, wo sie die ganze Zeit Wind und Wetter ausgesetzt waren?«

»Nein, sie haben unzählige Schichten Kleidung angehabt, und jede Schicht dicker als die darunter, und so ist die Nässe nie bis auf ihre Haut durchgedrungen. Auch haben sie ihre Anziehsachen nie ausgezogen, und sie haben sich auch nie hingelegt, weil sie im Sitzen schlafen konnten.«

Nun, mir lagen etliche Fragen bezüglich Körperhygiene und dergleichen auf der Zunge, aber ich zügelte meine Neugier und beschränkte mich auf die Frage, wie sein Großvater es geschafft hatte, seinen Vater zu zeugen, wenn er sich nie seiner zahlreichen Kleidungsstücke entledigte.

»Das war ein Engel«, lautete Mr Fawcetts lapidare Antwort.

Ich muss schon sagen, ich war ziemlich enttäuscht angesichts der Richtung, die meine Nachforschungen nahmen, konnte ich mir doch nicht vorstellen, dass eine akademische Zeitschrift je diesen Unsinn drucken würde, egal, wie gründlich ich meinen Artikel auch bearbeiten würde.

»Und was ist aus diesem bemerkenswerten Paar geworden?«, fragte ich.

»Ah«, sagte er, »das ist sehr interessant, und zwar sind sie in der freien Natur, unter einer Dornenhecke liegend, gestorben, ich habe den Platz mit eigenen Augen gesehen. Es hat sich folgendermaßen zugetragen: Ein Farmarbeiter ist auf seinem Rad vorbeigekommen, und mein Großvater hat gerufen: ›Wie spät ist es, mein Freund?‹ Der hat geantwortet: ›Sechs Uhr, mein Freund.‹ Dann hat mein Großvater ihn nach dem Datum gefragt, und der Farmarbeiter hat ihm auch das gesagt. Dann hat mein Großvater dieser Frau zugenickt, die irgendwie Titus' Urgroßmutter war, und die beiden haben sich angelächelt, zurückgelehnt und sind gestorben.«

»Haben Sie Titus diese Geschichte auch erzählt?«, fragte ich.

»Ja, klar. Und zwar schon zigmal, denn da wir keine Zeitungen und Bücher haben, haben wir jede Menge Zeit, um zu reden und für gesellschaftliche Sachen und so, und das ist für uns eine Quelle des Vergnügens und des Gewinns …«

»Gut, dann vielen Dank«, sagte ich. »Das erklärt doch so einiges, und ich glaube, Ihnen nicht zu viel zu versprechen, wenn ich sage, dass Ihr Sohn den Übertritt aufs Gymnasium schaffen wird.«

Dann ging er.

Diese Episode nimmt sich recht vielversprechend aus, zeigt sie Harpole doch als verständnisvollen Zuhörer, eine unabdingbare und doch so seltene Fähigkeit unter Rektoren. So lächerlich Fawcetts volkssagenhafte Erinnerungen an seinen Vorfahren auch sein mögen, hat Harpole seine Zeit dennoch nicht vergeudet, weil sich die Selbstwahrnehmung eines Sprechers auf seine Zuhörer überträgt. Daher kann sich Harpole sicher sein, dass, wenn Titus wieder einmal sein »gemeinschaftswidriges Verhalten« an den Tag legt, sich Fawcett sen., selbst wenn er sich nicht auf die Seite der Schule schlägt, zumindest neutral verhalten wird.

Darüber hinaus hat sich Harpole als weitsichtig erwiesen, indem er sein Interesse und seinen Einfluss nicht allein auf die Schule beschränkt. Seit jeher streben gute Schuldirektoren danach, etwas in ihren Gemeinden zu bewirken, wissen sie doch, dass ihre Erziehung ein ausgezeichneter Nährboden für alles ist, was darauf fällt.

TAGEBUCH

Habe friedlich im »Fusilier« gesessen, als, nicht gerade zu meiner übergroßen Freude, Shutlanger zu mir stieß und mich mit einer Geschichte von einem Rennpferd namens Fairy festnagelte. »Er hat es zurückgehalten«, sagte er immer wieder. »Der Mistkerl hat es absichtlich zurückgehalten.« Währenddessen bemerkte ich Miss Foxberrow, und zwar nicht in ihrem üblichen langen Mantel, sondern in einem Liberty-Seidenkleid, das ziemlich eng anlag, was ich ein wenig verstörend fand. Die Köpfe zusammengesteckt und immer wieder laut lachend, saßen sie und Edward Muttler, der wie üblich einen teuren Anzug trug, an einem Tisch.

Shutlanger, der bemerkt haben musste, dass ich nicht ganz bei der Sache war, gab in vernehmlichem Flüsterton folgende Vulgarität von sich: »Wer ist diese Mieze mit den prachtvollen Möpsen? Vielleicht sollte ich mir ein Maßband geben lassen und damit rübergehen?« Ich bin mir sicher, dass Miss F. es hörte, denn sie sah sich mit amüsiertem Blick um und legte Muttler beschwichtigend die Hand auf den Arm, der, das muss ich ihm zugutehalten, eine streitlustige Miene aufgesetzt hatte und aufstehen wollte. Im Versuch, Shutlanger abzulenken, fragte ich, ob er etwas von seiner Frau gehört habe, weil ihn eine solche Bemerkung normalerweise in Selbstmitleid verfallen lässt, aber er fuhr fort, Miss Foxberrow lüstern anzu-starren und anzügliche Dinge in seinen Bart zu murmeln.

Als Muttler und sie auf den Ausgang zustrebten, tat ich, als bemerkte ich sie nicht, aber Miss F. rief »Gute Nacht, Mr Har-pole« herüber, dann gingen sie hinaus und brausten in seinem Aston Martin davon.

»Oh, dann kennen Sie die Mieze also?«, fragte Shutlanger heiser, und als ich ihm sagte, sie gehöre unserem Kollegium an, sagte er: »Also, wenn sie meine Untergebene wäre, würde ich dafür sorgen, dass sie mir in ihrer Freizeit hilft, den kleinen La-gerraum neben meinem Büro aufzuräumen.«

10

TAGEBUCH

Während ich mir im »Fusilier« Shutlangers Gefasel anhören musste, fragte ich mich, wie jemand wie er, dem es sowohl an Bildung, dem gebührenden Auftreten als auch an jeglichem Gefühl für Anstand und Sitte mangelt, es in die Position eines Gymnasialrektors schaffen konnte. Ich fasste diesen Gedanken in Worte, wobei ich ihn natürlich nicht so verletzend formulierte.

Er schmunzelte. »Oh, das war ganz leicht. Man musste einfach nur die menschliche Natur ausnutzen. Ihr Problem, Harpole, ist, dass Sie unserer Spezies zu viel Tugend und Intelligenz zusprechen. Deswegen werden Sie immer dem weniger erfolgreichen Teil der Gesellschaft angehören. Falls es Sie interessiert – ich verdanke meinen Aufstieg sozusagen der Hinteransicht einer Burg. Halten Sie sich mal die Augen zu.« Als ich dies tat, fragte er: »Und, ist alles dunkel? Nun, genau so war a.) mein erstes Klassenzimmer und b.) meine Stimmung, als mein erster Rektor, ein mitleidloser Mann, mich da hineinschob. Wenn man am Schreibtisch saß und die Augen schloss, hatte man das alte England vor Augen. Es roch wie in einer modrigen Höhle, die Gaslampe war undicht, und wann immer die Tür ins Schloss fiel, blätterte der Putz von der Decke. Der letzte Bewohner (der nach einem Nervenzusammenbruch eine Erwerbsunfähigkeitsrente bezog) hatte seinen ganzen Plunder zurückgelassen – zerrissene Rechnungen, auf denen BITTE FÜR VERSICHERUNG AUFBEWAHREN stand, einen alten Folianten mit seinen höhlenmalereiartigen Zeichnungen von ›unseren Freunden, den Vögeln‹ und eine Gemüsekiste, aus der es abscheulich nach verwesten Hasen roch und die mit HAUSTIERECKE beschriftet war … Aber, Harpole«, fuhr er fort, »schreiben Sie sich das, was ich Ihnen jetzt sage, mit unlöschlicher Tinte hinter die Ohren – vor dem Morgengrauen ist es immer am dunkelsten, die Saat des Sieges wird in der Niederlage ausgebracht etc. Jedenfalls fiel mein Blick irgendwann auf diese normannische Burg, die windschief auf einem Schrank thronte. Ein Luftzug rüttelte an ihrem Bergfried, im verblichenen Pappmaché des Burgwalls klafften Löcher, und die Zugbrücke war notdürftig mit Zwischenstegen von Briefmarkenbögen verleimt. Andere an meiner Stelle hätten das Ding in den Mülleimer gestopft. Aber ich nicht. Stattdessen überlegte ich mir, was kann mich dieses erbärmliche Objekt lehren? Und nun, Harpole, frage ich Sie: Was hat man Ihnen in Ihrem Lehrer-College (lange her, aber, so hoffe ich, nicht vergessen) geraten, die Klasse anfertigen zu lassen, wenn *Sie* die Römer durchnehmen?«

»Einen Streitwagen«, antwortete ich, ohne überlegen zu müssen.

»Genau«, erwiderte er. »Und bei den Wikingern?«

»Ein Langschiff«, antwortete ich. (Nichts Ungewöhnliches, das hält jeder so.)

»Und als *Sie* die Normannen durchgenommen haben? Antworten Sie nicht – ich kann es an Ihren Augen ablesen. Nun, dachte ich, es muss in Großbritannien landauf, landab Tausende dieser primitiven Festungen geben, die langsam auf irgendwelchen Klassenzimmerschränken vor sich hin modern. Und

Schulinspektoren und andere Beamte mit Beförderungsschreiben in der Tasche müssen den Anblick von ihnen längst satthaben. Und ich dachte mir, wenn ich es je in ein gemachtes Rektorennest schaffen will, werde ich es anders machen müssen. Meine erste Klasse war eine C-Klasse, ein öder, hässlicher Haufen. Hätte es das Gesetz zur elementaren Schulbildung von 1870 nicht gegeben, hätten sie in einem Salzbergwerk schufen müssen, und in einem straff geführten Staatswesen wäre es den meisten von ihnen nur einmal im Jahr erlaubt gewesen, an die frische Luft heraufzukommen, nämlich am Weihnachtstag.« Er sagte dies mit einem solchen Ingrimm, dass ich sehen konnte, wie lebhaft diese Klasse ihm noch in Erinnerung war. Eine Zeit lang war er in Gedanken versunken und knirschte regelrecht mit den Zähnen …

»Also kaufte ich einen großen Sack Zement und zwei weitere Säcke Sand, und wann immer mich einer dieser Rüpel ärgerte, ließ ich ihn nachsitzen und zwang ihn, Beton zu mischen und kleine, fünf Zentimeter lange und zweieinhalb Zentimeter breite Backsteine daraus zu formen. Andere Übeltäter mussten sie zu Mauern schichten und mit Mörtel verputzen: Meine Burg wuchs und wuchs. Wie alle Eroberer musste auch ich Rückschläge hinnehmen, weil diese neue und öde Strafe sich derartig auf ihre Gemüter schlug, dass selbst ich keine vernünftigen Gründe fand, sie allzu lange festzuhalten. Also griff ich auch auf Missetäter aus anderen Klassen zurück, sodass meine Popularität beim Kollegium diametral zu meiner Unbeliebtheit bei den Jungen stieg. Die Produktivität nahm wieder zu. Die Eltern beschwerten sich, manche über die nahezu suizidale Niedergeschlagenheit ihrer Söhne, die außerdem unnatürlich müde waren, und ein besonders scharfsinniger Vater, ein Beamter, schwärzte mich beim Amt für Stadt- und Landplanung an. (Wobei er mit seiner Klage nicht durchkam, nachdem nirgendwo eine Richtlinie gefunden werden konnte, die die Errichtung eines Gebäudes in einem Gebäude untersagte.)

Nun, meine Burg stand nicht, sie dräute über einem. Wenn je Mauern finster blickten, dann diese. Ein Kollege, ein verbitterter, erfolgloser Mann, meinte, zumindest in einer Hinsicht sei sie geschichtstreu: Sie sei mit Schweiß und Tränen erbaut.

Und Sie können mir ruhig glauben, wenn ich sage, dass sie der einzige Unterrichtsgegenstand war, der mich ganz und gar faszinierte. Im Rückblick wurde mir klar, das war nicht ich, das war jemand anders. Die Menschen sahen mich merkwürdig an, schlossen sich aber schließlich meinen Ansichten an: Sogar der Schulleiter, der gekommen war, um zu protestieren, heuchelte Bewunderung. Zu guter Letzt übertrug sich meine Besessenheit sogar auf die Jungen. Es war unglaublich – sie arbeiteten freiwillig, und ich stellte verblüfft fest, dass ich plötzlich beliebt war.«

»Nun ja«, sagte ich, »und das Ende von der Geschichte?«

»Wirf dein Brot hin auf die Wasserfläche – denn du wirst es nach vielen Tagen wiederfinden«, sagte er selbstgefällig. »Dieser Bibelspruch stimmt, und Sie sollten ihn ebenfalls beherzigen, Harpole. Eines Tages erschien eine Inspektorin, eine kleine, gebeugte Frau. Vorsichtig schlüpfte sie zur Tür meines Klassenzimmers herein und beäugte meine Burg. Sie schwieg sehr lange. Dann sagte sie ehrfurchtsvoll: ›Mr Shutlanger, was für ein Triumph der Montessori-Methode! Man kann sehen, die Kinder haben die Geschichte förmlich nacherlebt!‹

Drei Monate später wurde ich auf einen Posten mit Personalverantwortung an einer fortschrittlichen Schule versetzt: Ich stand mit einem Fuß auf der zweiten Leitersprosse.«

»Und die Burg?«, wollte ich wissen.

»Die wurde zu Ende gebaut!«, sagte er in vertraulichem Ton. »Bestimmt steht sie noch dort. Wahrscheinlich halten meine Nachfolger Hasen darin.«

Auch wenn man den Großteil dieser Geschichte als in vino non veritas *abtun sollte, ist Shutlangers Bericht von seinem Aufstieg auf der Karriereleiter keineswegs so fantastisch, wie er sich anhören mag. Die meisten Bewerber für Lehrerposten sind langweilig und öde: Der eine spielt Klavier, ein anderer Rugby für Penzance-Newlyn und wieder ein anderer hat ein Jahr lang Gräben in Maskat gegraben. Schulbeamte und Vorgesetzte sind auch nur Menschen: Auch sie erinnern sich vor allem an das Außergewöhnliche.*

ÜBUNG IN FREIEM SCHREIBEN
VON TITUS FAWCETT

Gestern Abend nach der Schule haben wir in der ersten Runde des Kricketpokals gegen die Lower End School gespielt und sind rausgeworfen worden. Ich find nicht, dass es fair war, und die anderen finden es auch nicht. Beim Münzwerfen haben wir gewonnen und sie mussten rein und wir haben zwei von ihnen im ersten Over rausgehauen und einen anderen auf den Kopf. Dann haben wir fünf von ihnen sauber ausgebowlt, und sie haben nur drei Runs erzielt. Im nächsten Over haben wir noch zwei von ihnen rausgeworfen und jedes Mal hat ihr Rektor, der einer der Schiedsrichter war, ›No Ball!‹ geschrien, nachdem die Wickets zerstört waren, und auch als einer von ihnen mit seinem eigenen Schläger aus Versehen seine Bails weggeschlagen hat, hat ihr Rektor gesagt, der Wind hat sie weggeweht, wo doch gar kein Wind ging. Und als Mr Harpole am anderen Ende der Pitch Schiedsrichter war, hätten wir eigentlich wieder zwei von ihnen rausgeworfen, aber bei dem einen meinte er, er hat nicht gehört, wie der Ball die Kante von seinem Schläger berührt hat, und beim anderen, den wir an den Beinen getroffen haben, war er sich nicht sicher, ob er das Wicket dahinter versteckt hat. Mr Harpole ist einfach zu fair, das sieht man daran, dass, als zwei von ihnen zusammengeprallt sind und mitten auf der Pitch gelegen haben, er nicht beide für rausgeworfen erklärt hat, weil das nicht sportlich wäre, hat er gemeint. Aber der Rektor von den anderen hat acht Wides und dreizehn No Balls gegeben und hat ihren Score auf siebenundzwanzig hochgetrieben und ihnen die ganze Zeit zugerufen, wann sie laufen und wann sie nicht laufen und wohin sie den Ball schlagen und wann sie ihn blocken sollen.

In unserem Innings haben wir fünf in fünfundzwanzig Runs gekriegt, und wir hätten locker gewonnen, aber als ihr Rektor am richtigen Ende stand, hat er fünf von uns in einem Over ausscheiden lassen, drei wegen Bein vor Wicket, einen, weil er den Ball aufgehoben hat, um ihn dem Bowler zurückzuwerfen, und mich wegen Behinderung, weil ich gerufen hab: ›Wirf ihn einem ihrer Fielder zu!‹, was er auch gemacht hat. Ich werde nie wieder Kricket spielen, weil man da so leicht bescheißen kann, und das ist ungerecht und macht mich genauso wütend wie meinen Dad.

Man sollte diesem erschütternden Bericht davon, wie ein Rektor es mit seiner Liebe zu seiner Schule ein wenig übertreibt, nicht allzu viel Bedeutung beimessen. Schon manch anderer rechtschaffener Mann, der nur wenige Stunden zuvor die Schüler bei der Morgenandacht ermahnt hat, immer schön den Weg der Rechtschaffenheit zu beschreiten, ist einer ähnlichen Versuchung erlegen.

CROSER AN HARPOLE

Das in dieser Streichholzschachtel enthaltene Insekt wurde mir zur Identifizierung übergeben. Ich habe in allen möglichen Handbüchern nachgeschlagen, aber es ist nirgends abgebildet. Könnten Sie mir vielleicht sagen, was es ist?

HARPOLE AN CROSER

Ich weiß auch nicht, was es ist. Sagen Sie dem Schüler, der es Ihnen gegeben hat, es sei ein sehr seltenes Insekt und er möge es doch ins Museum hinunterbringen. Und geben Sie ihm einen Extrapunkt dafür.

EMMA FOXBERROW
AN FELICITY FOXBERROW

… ein Junge namens Geoffrey Lowestoft hat mir ein winziges Geschöpf in einer Streichholzschachtel gezeigt und meinte, sein Opa habe es gefangen und es sei sehr wertvoll. Sein Lehrer, der schreckliche Croser, habe ihm gesagt, dies sei das erste Exemplar dieser Spezies, das je in England gefunden wurde, weil es eigentlich im tiefsten Busch des Kongos zu Hause sei, und es sei bestimmt in einer Kiste Yamswurzeln hierhergelangt. Es war ein ziemlich fülliges Insekt, daher fragte ich ihn, womit er es füttere, worauf er meinte, es sei schon so gewesen, als er es gefangen habe, im Gegenteil, es sei inzwischen wieder dünner geworden. Da hätte ich fast einen hysterischen Anfall bekommen (ich riss mich jedoch zusammen), denn, und jetzt halt dich fest, in dem Moment erkannte ich, dass es sich um nichts anderes als eine gemeine Bettwanze handelte, die offenbar einen Verdauungsschlaf hielt, nachdem sie sich an einem

Mitglied der Familie Lowestoft satt gefressen hatte. Ich sagte ihm, es sei ein *Sentrium nocturnalis*, auch unter dem Namen »Tapetenflunder« bekannt, und am nächsten Morgen erhielt ich einen Brief von seinem Großvater, der sich bei mir für die Identifizierung des Tierchens bedankte und mir mitteilte, er hätte ein weiteres gefunden und werde sie jetzt züchten, sozusagen als Hobby.

MR GRINDLE-JONES
AN MISS FOXBERROW, M. A. (Cambridge)
Ich bin gerade dabei, das Programm des Eltern-Lehrer-Vereins für den nächsten Winter zusammenzustellen, und da meine Frau mir erzählte, Sie interessierten sich für die lokale Geschichte, wollte ich Sie fragen, ob man Sie vielleicht dafür gewinnen könnte, einen Vortrag über einen interessanten Aspekt der Ortshistorie zu halten. Die Eltern meiner Schüler kann man bis auf eine, zwei bemerkenswerte Ausnahmen nicht gerade als Intellektuelle bezeichnen, daher sollte es sich bei dem Thema eher um leichtere Kost handeln oder vielleicht um eine romantische Geschichte, die es in unserer Grafschaft zuhauf gibt – Erscheinungen, Entführungen und dergleichen. Es gibt eine günstige Busverbindung von Melchester nach Sinderby-le-Marsh um neunzehn Uhr, und ich würde dafür sorgen, dass man Sie hinterher nach Hause bringt.

MISS FOXBERROW
AN MR GRINDLE-JONES
Ich glaube, ein einzelner Vortrag über ein solches Thema hätte keinen besonderen Nutzen, solange er nicht in einem größeren

Zusammenhang steht, daher muss ich Ihre Einladung leider ablehnen. Sollten Sie hingegen Ihren Verein für den Vorschlag gewinnen können, dass ich nach einer kurzen Einführung eine Diskussion über die Rolle der Dorfschule in ihrer jeweiligen Gemeinde leite, wäre ich gern bereit dazu. Und da ich glaube, dass Eltern eine wesentlich größere Bedeutung bei der Gestaltung des Schulunterrichts zukommen sollte, hoffe ich sehr, Sie können Ihren Eltern-Lehrer-Verein davon überzeugen, dem Schulausschuss der Grafschaft in einer schriftlichen Erklärung nahezulegen, dass im Beirat von Grundschulen nur Eltern sitzen sollten, deren Kinder schulpflichtig sind, und dass alle Eltern, die ihre Kinder auf eine kostenpflichtige Schule schicken, von der Mitgliedschaft in einem lokalen Schulausschuss ausgeschlossen sind.

MR GRINDLE-JONES
AN MISS FOXBERROW
Ich fürchte, Sie haben den Daseinszweck unserer kleinen Gruppe missverstanden, daher lege ich Ihnen unseren letztjährigen Veranstaltungskalender bei, damit Sie sich einen Eindruck über unsere Aktivitäten verschaffen können.

30. September: Theaterbesuch *Die Mausefalle*
15. November: Mittelalterlicher Weihnachtsflohmarkt
   zugunsten des Farbfernseher-Fonds
4. Januar: Jahresabendessen im »The Crown«, Melchester
18. Februar: Vortrag von Kriegsheld und Brigadegeneral
   Lumley-Lampson
10. März: Mittelalterlicher Osterflohmarkt zugunsten
   des Sommerschulausflugs nach Mablethorpe

Eine Diskussion, wie Sie sie vorschlagen, ist nicht wirklich unsere Sache, daher halte ich es auch nicht für sinnvoll, dem Schulausschuss einen diesbezüglichen Vorschlag zu machen.

RUNDSCHREIBEN VON HARPOLE
AN KOLLEGIUM

Jeder Lehrer hat eine Liste mit den Namen der Kinder, die eine kostenlose Mahlzeit erhalten, und wird von mir benachrichtigt, sobald ein Name wegfällt oder neu hinzukommt. Daher ist es wirklich unnötig, Kinder, die eine freie Mahlzeit erhalten, jeden Montagmorgen an Ihr Pult vortreten und ihn / sie bestätigen zu lassen, dass er/sie anwesend ist und ihm / ihr eine freie Mahlzeit zusteht, da Sie die Anwesenheit ja bereits zu Unterrichtsbeginn im Klassenbuch vermerken, sodass Sie die jeweiligen Namen nur noch in der Mahlzeitenliste ankreuzen müssen. Ich bin mir sicher, ich muss Ihnen nicht erst die Gründe (soziale Ausgrenzung etc.) erklären, warum ein solches Vorgehen unnötig ist.

PINTLE AN HARPOLE

Meine Methode, *alle* Kinder, die eine Mahlzeit erhalten, ob kostenlos oder bezahlt, an mein Pult vortreten zu lassen, stellt sicher, dass die Buchhaltung akkurat ist. Wenn den Kindern eine kostenlose Mahlzeit nicht wert ist, die drei Worte »Kostenlose Mahlzeit, Sir« zu sagen, so haben sie ja eine andere Möglichkeit: zum Mittagessen nach Hause zu gehen.

HARPOLE AN PINTLE

Zweifelsohne empfinden es manche Kinder als beschämend, zuzugeben (denn darauf läuft es hinaus), dass sie aufgrund des Einkommens ihres Vaters in die Kategorie »Freie Mahlzeiten« fallen, und bestimmt werden Sie mir als Lehrer zustimmen, dass wer ein niedriges Einkommen hat, meist nicht selbst schuld daran ist. Noch weniger kann ein Kind für seine Armut verantwortlich gemacht werden. Daher würde ich es wirklich schätzen, wenn Sie sich diesem neuen Vorgehen anschließen würden.

Ja, genau so ist es. Aber warum passt sich Harpole Pintles Ton an – der ein Urgestein ist und sich durch altmodische Korrespondenz gegen den Fortschritt stemmt? Man könnte meinen, Harpole vermeidet die direkte Konfrontation.

TAGEBUCH

Als ich den Flur entlangging und an Pintles Klassenzimmer vorbeikam, hörte ich ihn rufen: »Und jetzt diejenigen, die kostenlose Mahlzeiten bekommen: Tretet bitte vor, damit ich eure Anwesenheit überprüfen kann!« Eine unbändige Wut stieg in mir hoch, und ich stürmte hinein und forderte Pintle ohne Umschweife auf, mir auf den Korridor hinauszufolgen, wo ich in barschem Ton zu ihm sagte: »Habe ich mich nicht klar genug ausgedrückt? Also befolgen Sie gefälligst meine Anweisung. Ein für alle Mal!« Und ich starrte ihn wütend an. Er wurde rot, und zum ersten Mal versuchte er erst gar nicht, mir zu widersprechen.

Allmählich beginne ich mich auf Mr Chadbands Rückkehr zu freuen.

11

TAGEBUCH

Kurz bevor die Schulglocke zum Unterrichtsbeginn läutete, kam ich an Miss Tollemaches Klassenzimmer vorbei und wurde, als ich hineinspähte, Zeuge einer ziemlich morbiden Szene. Aus einer dieser überdimensionalen Plastikeinkaufstaschen eines großen Warenhauses brachte sie einen verwelkten Blumenkranz zum Vorschein und hängte ihn an einem Nagel an der Wand in der Nähe der Tafel auf. Ich beschloss, keine übereilten Schritte zu unternehmen.

Harpole steckt offenbar noch sein Kreuzzug wegen der Anwesenheitsliste in den Knochen, der ihn gelehrt hat, dass Miss Tollemache wie eine tickende Zeitbombe behandelt werden muss. Gewiss wäre es am besten, diese harmlose Exzentrikerin einfach gewähren zu lassen, doch angesichts Harpoles Kampf für das Gute und Wahrhafte scheint diese Lösung ziemlich unwahrscheinlich.

HARPOLE AN EDITH WARDLE

… habe beschlossen, dass es in diesem Fall eines behutsamen Vorgehens bedarf, trat daher zu Beginn der großen Pause in ihr Klassenzimmer und tat so, als sei ich zufällig vorbeigekommen. Ehe ich hineinging, bat ich ein Kind, das auf dem Weg in den Pausenhof war, uns zwei Tassen Tee zu bringen.

Während wir auf den Tee warteten, lobte ich ein Stickmuster-tuch, mit dem sich ihre Klasse schon seit letztem September im Handarbeitsunterricht abmüht. Schließlich deutete ich auf den Kranz und sagte leichthin: »Oh, wie ich sehe, haben die Kinder Ihnen Blumen gebracht. Wie schade, dass sie schon verwelkt sind. Ich entsorge sie gern für Sie, ich war ohnehin auf dem Weg zu den Mülleimern.«

»Oh«, sagte sie, »danke für das Angebot, aber das ist nicht nötig«, und fügte geheimnisvoll hinzu: »Es gibt eine Blume, die noch blühet, wenn das Herbstlaub schon verweht – die Erin-nerung an die Vergangenheit« (eine Zeile aus einer Ballade). Mein erster Impuls war, darauf zu bestehen, dass der Kranz weggeschmissen wird, ich war mir aber nicht sicher, ob ich da-zu berechtigt bin. Meine Abneigung gegen dieses Ding artet allmählich in Besessenheit aus.

PFARRER J. R. P. MICHELDEVER,
VORSITZENDER DES SCHULBEIRATS,
AN HARPOLE
Streng vertraulich
Ich frage mich, ob die von Ihnen angesprochene Angelegen-heit in meinen Zuständigkeitsbereich fällt. Es ist sicherlich ver-dienstvoll von Ihnen, wenn Sie anführen, Aberglaube sei zu einem gewissen Grad ein Verstoß. Allerdings ist es in diesem Fall nicht an mir, dies zu beurteilen. Bei einer heiklen Ange-legenheit wie dieser können leicht persönliche Empfindlich-keiten verletzt werden. Haben Sie schon an *anderer Stelle* um Rat gebeten?

Ich muss Sie bitten, diesen Brief *streng vertraulich* zu be-handeln.

TUSKER AN HARPOLE

Ich bin erstaunt, dass diese triviale Frage an mich herangetragen wurde. Es handelt sich hier um eine rein interne Routineangelegenheit, und es zählt nicht zu meinen Pflichten, Ihnen einen diesbezüglichen Rat zu erteilen.

GRAFSCHAFTS-SEKRETÄR DER LEHRERGE-WERKSCHAFT AN HARPOLE

Ich verstehe zwar Ihr Problem, aber Sie wären gut beraten, nichts zu unternehmen, es sei denn, Sie können nachweisen, dass das, was Sie für einen Grabkranz halten, von Ungeziefer verseucht und vermutlich gesundheitsschädigend ist. Lediglich aus metaphysischen Gründen Einwände gegen seine Anwesenheit zu erheben, wäre ziemlich heikel. Haben Sie schon daran gedacht, sich an den Diözesandirektor für schulische Angelegenheiten zu wenden?

TAGEBUCH

Nachdem ich mich versichert hatte, dass sich Theaker im entgegengesetzten Teil des Gebäudes befand, habe ich mich in Miss Tollemaches Klassenzimmer geschlichen und den Kranz aus der Nähe untersucht. Ich schüttelte ihn, aber weder Staub noch Ungeziefer flog auf. In der Tat scheint er in tadellosem Zustand zu sein und riecht auch nicht.

Aus beiläufigem Geplauder mit den Kindern erfuhr ich, dass es abgesehen von dem üblichen Klassendienst für Milch, Stifte, Malfarbe usw. auch eine Kranzaufsicht gibt, deren Aufgabe es ist, ihn jeden zweiten Tag »sanft« abzustauben.

Nachdem ich mit allem anderen gescheitert bin, beschloss

ich, nicht länger um den heißen Brei herumzureden. »*Müssen* Sie diesen Kranz eigentlich in Ihrem Klassenzimmer haben?«, fragte ich.

»Ja, ich *muss*«, erwiderte sie, »und ich sage Ihnen auch, warum. Er symbolisiert den Friedhof, auf dem all meine Träume davon begraben liegen, dass mir irgendwann eine richtige Klasse gegeben wird wie allen anderen auch. Seit ich hier angefangen habe, und das war noch vor Mr Chadband, wurde ich den ›Zurückgebliebenen‹ zugeteilt. Es gab eine Zeit, da habe ich in meiner Unwissenheit nur mich selbst bemitleidet. Aber jetzt tun vor allem sie mir leid: die ›Zurückgebliebenen‹! Ich verabscheue die Einteilung in Leistungsklassen. Es zeugt von gefühllosem Mangel an Respekt. Die Kinder wissen sehr wohl, was das C heißt, noch bevor A- und B-Schüler und enttäuschte Eltern es ihnen erklären. Wir lehren sie, sich nicht zu beschweren, und so bleibt ihnen nichts anderes übrig, als abends in ihr Kopfkissen zu weinen und, wenn sie alt genug sind, die Telefonzellen zu beschädigen. Als Sie hier das Kommando übernahmen, habe ich mir anfangs noch Hoffnungen gemacht, Sie würden dieses System abschaffen.«

Zutiefst erstaunt und geläutert ging ich davon.

RUNDSCHREIBEN ANS KOLLEGIUM
Ab Freitag, 16 Uhr, wird es die »Zurückgebliebenen«-Klasse nicht mehr geben. Die Praxis, dass jedes Kind ein Jahr in der Klasse jedes Lehrers zubringen muss, ist reine Konvention. Da wir ja jetzt fünf Lehrer für vier Klassen haben, schlage ich vor, dass in den ersten drei Schuljahren jeder Lehrer die Kinder nach siebenundzwanzig Wochen an einen Kollegen weitergibt. Wegen der Übertrittsprüfung am Ende des vierten

Schuljahrs ist die Begabtenklasse von diesem Arrangement ausgenommen.

Und während die Klasse 2x durch diese fulminante Ankündigung kurzerhand abgeschafft wird, vergnügt sich Chadband anderweitig!

12

HARPOLE AN EDITH WARDLE

Ich habe längst bemerkt, dass Theaker nur den Mund aufmacht, um sich zu beklagen oder Häme zu verbreiten. »Diese Widmerpools werden vom Stadtrat in das allein stehende leere Haus unten bei der Kläranlage verfrachtet, weil ihre jetzigen Nachbarn erst wieder Miete zahlen wollen, wenn sie ausgezogen sind«, ließ er mich wissen. Obwohl ich eine möglichst unbeteiligte Miene aufsetzte, konnte ich an seinem Gesicht ablesen, welche Befriedigung es ihm bereitete, dass seine furchtbare Ankündigung offenbar ihre Wirkung nicht verfehlt hatte.

Die Nachricht ist in der Tat katastrophal. Diese Familie ist in der ganzen Stadt berüchtigt, weil es ihr gänzlich an sozialer Verantwortung mangelt und ihre zahlreiche Nachkommenschar Tag und Nacht herumstreunt und eine Spur der Verwüstung hinterlässt, sodass alle rechtschaffenen Leute sie meiden und fürchten.

TAGEBUCH

D-Day. Heute war Mrs Widmerpool, eine dicke, fröhliche Frau, mit sieben ihrer Sprösslinge da. »Aber nicht, dass Sie meinen, Sie kriegen sie alle«, sagte sie. »Drei sind für die Vorschule, und dann hab'n wir noch vier, aber die geh'n schon auf die Hauptschule.«

Alle Kinder scharten sich um mich und sahen neugierig zu mir hinauf, bestimmt um herauszufinden, was sie sich alles bei mir erlauben können.

Glücklicherweise hatten die Widmerpools keinen Antrag für einen Schulwechsel von North End an unsere Schule gestellt, daher erklärte ich ihr, wir könnten die Kinder leider nicht aufnehmen. Merkwürdigerweise versuchte sie gar nicht, mit mir zu diskutieren, und wurde auch nicht wütend, sondern meinte nur, dann versuche sie ihr Glück als Nächstes in der Vorschule, ehe sie mit ihren Kindern davonstapfte.

Wer hätte Harpole ein solch moralisch fragwürdiges Verhalten zugetraut! Er muss doch wissen, dass bei einem Schulwechsel innerhalb derselben Kleinstadt nicht zwangsläufig ein Formular nötig ist, und eines zu verlangen, den Vorgang, die Invasion der Widmerpools, lediglich um vierundzwanzig Stunden verzögert.

Und warum ist er erstaunt, dass Mrs Widmerpool die von ihm erteilte Abfuhr mit Fassung trägt? Glaubt er, er sei bislang die einzige Amtsperson, die sich ihr und ihresgleichen gegenüber herzlos gezeigt hat? Sie weiß aus Erfahrung, dass es immer einen höheren Beamten gibt, der gern einen rangniedrigeren Staatsdiener zerrupft. Wie viel besser und konstruktiver wäre es hinsichtlich ihrer späteren Beziehung gewesen, hätte Harpole seine Abneigung verborgen und stattdessen so getan, als freute ihn die Gelegenheit, Bekanntschaft mit dieser berühmten fortpflanzungsfreudigen Frau und ihrer Brut zu machen und ihr in Gegenwart ihrer Sprösslinge einen Freibrief für künftige Sanktionen abzuluchsen, die er möglicherweise für nötig erachten könnte, um ihnen Anstand und Moral beizubringen.

R. W. JUDD, REKTOR, TRAMPLING NORTH END,
AN HARPOLE

Mir ist zu Ohren gekommen, dass Sie versuchen, sich vor der
Aufnahme der Widmerpools zu drücken. Anbei erhalten Sie
alle erforderlichen Formulare und Unterlagen für den Schulwechsel. Somit existieren die Widmerpools, was mich betrifft,
nicht länger. Ich missbillige Ihr Verhalten und werde Mr Chadband nach seiner Rückkehr davon in Kenntnis setzen. Es war
bislang immer ein ungeschriebenes Gesetz unter den lokalen
Schulleitern, dass wir keine Rosinenpickerei betreiben …

AUSZUG AUS DER VON DER TAMPLING
NORTH END ÜBERSANDTEN AKTE

»… Eltern unkooperativ. Die Kinder eigensinnig, heimtückisch,
geistig unterentwickelt. *April* – die beiden älteren Jungen sind
in die Schule eingebrochen, was aber nicht bewiesen werden
konnte. Sie haben gewaltsam die Schubladen von drei Lehrern
geöffnet und die Kasse des Rektors und die Handarbeitskasse
gestohlen. *August* – in der 3c wurde Feuer von den Widmerpools gelegt, aber laut Polizei Beweislage unzureichend …«

	Chronol. Alter (in Jahren)	Alter lt. Lese-fähigkeit (in Jahren)
Vanessa Widmerpool	11,3	7,0
Reuben Widmerpool	10,1	6,5
Matthew Widmerpool	9,0	5,8
Ringo Widmerpool	8,2	5,0

HARPOLE AN TUSKER

Soeben habe ich die Formulare für den Schulwechsel von Vanessa, Reuben und Ringo Widmerpool von der North End Primary erhalten.

Wäre es vielleicht möglich, da unsere Aufnahmekapazitäten begrenzt sind, dass diese Kinder an ihrer bisherigen Schule bleiben, bis sich hier wieder Kapazitäten auftun? Offenbar sind sie dort glücklich, und es könnte ihrer schulischen Entwicklung womöglich schaden, wenn man sie zu diesem Zeitpunkt an eine andere Schule versetzen würde.

TUSKER AN HARPOLE

Die Tatsache, dass Sie offenbar der Ansicht sind, die St. Nicholas würde einen Sonderstatus unter den Grundschulen der Stadt genießen, beunruhigt mich doch sehr. Ich wüsste nicht, dass es an der St. Nicholas »begrenzte Aufnahmekapazitäten« gibt, jedenfalls ist dies *de facto* nicht der Fall, da weder das Oberschulamt noch das lokale Schulamt die Zahl der Kinder, die eine Grundschule aufnehmen kann, begrenzt hat. Man könnte doch meinen, dass es an einer Grundschule *immer* Kapazitäten gibt.

Die Widmerpool-Kinder sind daher unverzüglich aufzunehmen.

TAGEBUCH

Nachdem all meine Bemühungen, uns die Widmerpools vom Leib zu halten, gescheitert waren, lud ihre Mutter sie schlussendlich vor meinem Büro ab. Sie ließ sich, das muss ich ihr zugutehalten, diesen Triumph nicht anmerken, und ich versuche nun eben, das Beste aus der Situation zu machen. Ich nahm die drei sorgfältig in Augenschein und kam zu dem Schluss, dass man Kindern mit so aufgeweckten Augen (und eingedenk Judds Akteneinträgen bezüglich ihrer Durchtriebenheit) Lesen und Schreiben beibringen kann. Sogleich organisierte ich einen Schnelllernkurs für sie, der so aussieht, dass der erste und zweite Widmerpool täglich von 9.30 Uhr bis 12 Uhr und von 14.30 Uhr bis 15.30 Uhr in der Bibliothek sitzen sollen, um die ersten vier Bände der *Janet-&-John*-Vorschullesebücher durchzuarbeiten, und zwar jedes Buch und das zugehörige Übungsheft zweimal. Dabei sollen sie abwechselnd von fortgeschrittenen Schülern der vierten Klasse beaufsichtigt werden. Währenddessen setzte ich Widmerpool Nr. 3 und Nr. 4 an einen Tisch vor meinem Büro und wies sie an, sich je drei Seiten vorzunehmen und sie mir dann vorzulesen, sodass ich die jeweiligen Übungen abhaken konnte.

Kaum hatte ich ihnen den Rücken gekehrt, als Ringo, der vierte der Widmerpool-Sprösslinge, nach der Messinghandglocke griff und sie kräftig schüttelte. Als ich hinauskam, grinste er mich trotzig an und schleuderte sie den Gang hinunter, sodass Pintle und Mrs Grindle-Jones aus ihren Klassenzimmern herausgerannt kamen und ungläubig auf die am Boden liegende Schulglocke starrten – als wäre der Heilige Gral geschändet worden. Indes ergriff der Junge die Flucht heimwärts, während seine Brüder und Schwester in höhnisches Gelächter ausbrachen, woraus ich schloss, dass sie schon zuvor ähnlichen Szenen beigewohnt hatten.

Da ich spürte, dass es sich hier um eine veritable Vertrauenskrise handelte, schwang ich mich unverzüglich auf mein Fahrrad und nahm die Verfolgung auf. Als mich der Junge entdeckte, wich seine siegesgewisse Miene einem angstvollen Ausdruck, und da er wusste, dass ich ihn auf dem Fahrrad bald eingeholt hätte, gab er Fersengeld und bog um eine Ecke. Schnell lehnte ich mein Rad gegen eine Ligusterhecke und setzte meine Verfolgungsjagd zu Fuß fort. Seine Panik war jetzt so groß, dass er in den Garten einer Doppelhaushälfte sprang und, als er bemerkte, dass er sich in eine Sackgasse manövriert hatte, sich in das Haus flüchtete. Ich rannte hinter ihm her, sodass wir uns beide in einer fremden Küche wiederfanden, wo uns erschrocken eine junge Frau entgegenblickte, die gerade den Abwasch erledigte.

Sie war zu verblüfft, um zu schreien; währenddessen packte ich das Widmerpool-Bürschchen am Kragen, klemmte ihn mir unter den Arm und zog mich zurück, nicht ohne entschuldigend den Hut zu lüpfen. Im Eifer des Gefechts hatten sich seine Hosenträger gelöst und er hatte einen Schuh verloren.

Inzwischen waren mehrere empörte Hausbesitzer in ihren Vorgärten erschienen und riefen dem »armen kleinen Kerl« aufmunternde Worte zu, während sie mich beschimpften. Statt mich beirren zu lassen, verstärkte ich, wohl wissend, dass es zu seinem Besten war, den Griff um seinen Kragen und schob ihn vor mir her, wobei er sich aufgrund des fehlenden Schuhs nur humpelnd vorwärtsbewegen konnte und mit der herabrutschenden Hose kämpfte. Irgendwie gelang es mir, eine höfliche Miene aufzusetzen und den Schaulustigen zuzulächeln.

Zurück in der Schule, versammelte ich die anderen kleinlaut gewordenen Widmerpools, legte mir Ringo über die Knie und verabreichte ihm mit dem dritten Band des *Janet-&-John*-Lesebuchs (einem gebundenen Buch) vier Klapse. Sein Brüllen machte augenscheinlich Eindruck auf die anderen. Irgendwie habe ich das Gefühl, dass dies kein schlechter Start war in meinem Bemühen, diese in meine Obhut gegebenen Kinder zu resozialisieren.

EMMA FOXBERROW

AN FELICITY FOXBERROW

…Während der letzten Monate fand hier ein außergewöhnliches erzieherisches Experiment statt. Die Kinder der Familie
Widmerpool – ein Name, der sämtliche Bewohner Tamplings
erbleichen und augenblicklich den Notruf wählen lässt – wech-
selten umzugsbedingt an unsere Schule. G. Harpole, der noch
nie ein pädagogisches Handbuch gelesen zu haben scheint, ist
diesbezüglich völlig unbedarft. Zum Beispiel glaubt er, dass
jugendliche Straffälligkeit durch einen Mangel an Selbstbe-
wusstsein ausgelöst wird und dass dieser durch einen Mangel
an Erfolg ausgelöst wird und der wiederum durch die Unfähigkeit zu lesen und zu schreiben. Und so wurden vier unglückselige Widmerpool-Kinder einem gnadenlosen Lesemarathon
unterzogen. Eine solch rasante Veränderung hast du noch nie
erlebt! Vier aufgekratzte Wilde wurden zu stumpfen Automa-
ten. Ich schwöre, man muss nur noch »Buch« sagen, und schon
spucken sie irgendwelche Wörter aus.

Am erschütterndsten ist jedoch die Tatsache, dass es funk-
tioniert hat. Binnen drei Wochen haben sich die schreienden
Wilden in des Schreibens und Lesens mächtige Schüler ver-
wandelt, die auf die normalen Klassen verteilt werden konnten.

Als ich Mr Harpole auf dieses Phänomen ansprach, sagte
er bescheiden: »Oh, ist Ihnen das aufgefallen? Gut, dass Sie
es erwähnen. Es scheint tatsächlich zu funktionieren, nicht
wahr? Aber ich würde Sie bitten, es nicht weiterzuerzählen,
denn auch wenn ich davon überzeugt bin, dass mangelndes
Lesevermögen in die moralische Verwahrlosung führt, ist mir
klar, dass mich studierte Pädagogen dafür auslachen würden,
vor allem weil ich nicht an der Universität studiert habe.«

Da ich das Gefühl habe, dass die Widmerpool-Kinder jetzt auf einem guten Weg in die Resozialisierung sind, habe ich die Eltern um ein Gespräch gebeten. Mrs W. erschien allein. »Er kommt heut nicht aus den Federn«, sagte sie, »aber er meint, wenn Sie ihm sagen, welcher wieder Ärger gemacht hat, kriegt er von ihm was mit dem Gürtel.« Ich erklärte ihr, dass die Kinder ausgezeichnete Fortschritte machten und ich sie und ihren Mann herbestellt hätte, um mit ihnen darüber zu reden, dass es von Vorteil wäre, wenn sie ihren Familienzuwachs »begrenzen« würden, da in meinen Augen jedes weitere Kind die anderen in noch größere Armut stürzen würde.

»Das müssen Sie nicht *mir* sagen«, erwiderte sie. »Ich will keine mehr. Hab schon die letzten drei nicht gewollt. Aber er hat Samstag- und Sonntagabend dafür gesorgt, dass ich sie krieg. Was nicht heißt, dass sie jetzt, wo sie da sind, nicht genau so für mich wären wie die ersten acht. Er lässt mich einfach nicht in Ruh und kriegt mich immer wieder rum, und mir g'fällt's und g'fällt's wiederum nicht, falls Sie verstehen, was ich meine. Ich meine, es würd mir auch nicht gefallen, wenn er gar nicht mögen wollt. In dieser Zeitschrift von meiner Schwester, wo es um Liebe geht, steht, dass die Wohlhabenden es nur am Wochenende machen, aber als ich ihm das erzählt hab, hat er gemeint, dann machen wir weiter wie bisher, und um uns von denen nicht in die Tasche stecken zu lassen, machen wir's an den Sonntagen eben zweimal.« Zum Schluss versprach sie mir, ihn zu mir zu schicken, damit er sich ebenfalls anhörte, was ich zu sagen hätte.

Um ihm den Weg zu ebnen, schickte ich Mr Widmerpool einen gut erhaltenen gebrauchten Anzug aus dem Spendenbestand einer Wohltätigkeitsorganisation, ein Geschenk, das ihn prompt am nächsten Tag zu mir führte, allerdings um sich zu beschweren, dass der Anzug im Schritt zu eng sei. Mr Widmerpool ist groß und übergewichtig, hat was Verschlagenes und redet mit leiser, krächzender Stimme. »Wenn's nur wegen der Kinder ist«, sagte er, »sagen Sie mir, welcher wieder was angestellt hat, dann versohl ich ihm den Hintern, Sir.«

Ich erklärte ihm, moderne Untersuchungen hätten ergeben, dass er, sollte er es für nötig befinden, seine Kinder ab dem Alter von drei Jahren mehr als einmal zu züchtigen, er seine disziplinarischen Methoden überdenken müsse, dann wechselte ich das Thema. Seine wirtschaftliche Situation mache mir Sorgen, fuhr ich fort und gab ihm zu bedenken, dass sich mit jedem weiteren Kind der Lebensstandard seiner Familie verschlechtere. Er hörte mir mit großem Interesse zu und nahm mein Angebot an, ihm den Ratgeber *Neue Techniken in der ehelichen Liebe* auszuleihen.

»Nun«, krächzte er, »danke für dieses Sexbuch, und ich bin ganz Ihrer Meinung, das weiß ich alles selbst, aber sie hat Ihnen bei Weitem nicht alles erzählt. Sie ist nie zufrieden, war es noch nie; glauben Sie mir, je älter sie wird, umso schlimmer wird sie, und wenn jemand Grund zur Klage hat, dann ich, denn sie lässt mir keine Ruh. Außerdem gibt es noch *ihn*, Sir.«

»Ihn!«, rief ich aus, beinahe sprachlos angesichts dieses unerwarteten Blicks in das gesellschaftliche Leben der Armen.

»Ja«, sagte er, »Alfred ... Wenn Sie schon dabei sind, sollten Sie sich den auch mal vorknöpfen, aber der kommt bestimmt nicht her, Sir, der drückt sich immer nur in der Waschküche herum und lauert auf seine Chance.«

Ich stattete den Widmerpools einen Besuch ab und lernte »Alfred« kennen, einen großen, behaarten Mann, der beinahe in Bergen von Schmutzwäsche versank.

»Ah«, sagte er, »die Kinder haben mir von Ihnen erzählt, sie halten große Stücke auf Sie. Sie sind jetzt richtig gut und zeigen mir, was Sie ihnen gezeigt haben, und das bringt mich auf andere Gedanken und ich lern enorm dabei.« Als ich mich entschuldigte, weil ich meinen Besuch ausgerechnet auf den Waschtag gelegt hätte, meinte er: »Bei elf Kindern und Mr und Mrs ist jeder Tag außer Sonntag Waschtag.«

Als ich sagte, es sehe aus, als könnten sie eine Waschmaschine gebrauchen, erwiderte er: »O nein! Ich hab welche im Fernsehen gesehen, aber die sind nix für uns, ich wasche nämlich auch Anzüge und so, und in einer Maschine würden die Knöpfe kaputtgehen.«

»Auch diese neuen Waschmittel müssen ein Segen sein«, sagte ich.

»Oh, die kenn ich aus dem Fernsehen – Omo, Dash, Weißer Riese und diese anderen Pulver, die den Schmutz auffressen. Aber für mich ist das nichts – Kernseife und kräftig Ausklopfen, das ist das Beste.«

»Nun«, sagte ich, »um zu meinem eigentlichen Anliegen zu kommen: Ich mache mir Sorgen wegen der Größe der Familie.«

»Ja«, sagte er, »da gebe ich Ihnen recht, vor allem, da mit jedem weiteren Kind der Wäscheberg immer noch größer wird. Aber was kann ich da machen? Es ist Gottes Wille, dass die Kinderlein kommen, genau wie es Gottes Wille ist, dass ich die Wäsche erledige. Wir haben alle unseren Platz im göttlichen Weltenplan.«

»Ja, ja«, erwiderte ich schroff, »aber bei dem Ganzen gibt es auch ein menschliches Element. Schließlich werden die Kinder nicht vom Storch gebracht«, fügte ich sarkastisch hinzu. »Ich hoffe, es ist Ihnen bislang nicht verborgen geblieben, dass bei der Fortpflanzung ein Mann und eine Frau beteiligt sein müssen.«

»Das mag sein, und ich kann mich auch gar nicht beschweren. Mir genügt es, wenn ich die Wäsche erledigen kann. Egal, was richtig und falsch an den menschlichen Dingen ist, was getan werden muss, muss getan werden.«

Allmählich war ich genervt von der geistigen Beschränktheit dieses Mannes. »Es ist aber nicht damit getan, Kinder in die Welt zu setzen. Man muss sich auch um sie kümmern – und damit meine ich nicht nur, dass die Wäsche gewaschen werden muss.«

»Das ist mir zu hoch«, sagte er. »Ich hab nie 'ne Schule besucht. Ich hab der Mrs gesagt, wenn meine Zeit um ist, soll sie nicht den nationalen Gesundheitsdienst rufen, und ich muss auch in kein Krankenhaus oder Krematorium. Und sie hat es mir auf die Bibel geschworen. Bis dahin reicht es mir, wenn ich mich um die Wäsche kümmere.«

Entsetzt angesichts dieses überaus beschränkten Lebenskonzepts beendete ich meinen Besuch mit dem Gefühl, meine Zeit verschwendet zu haben. Von nun an werde ich diese drei Erwachsenen durch ihre Kinder erziehen.

13

Kaum hatte ich heute Morgen mein Büro betreten, stand Mrs Tusswell in der Tür, einen theatralischen Ausdruck im Gesicht, als könnte sie es kaum erwarten, mit ihrem Anliegen herauszuplatzen. Die Nachricht von ihrem Erscheinen musste Pintle zu Ohren gekommen sein, in dessen Klasse Chloe Tusswell ist, denn sogleich kam er ebenfalls in mein Büro, vorgeblich, um sich über diese neumodischen Reißzwecken zu beschweren, in Wahrheit aber, um herauszufinden, ob Mrs Tusswell seinetwegen gekommen war. Ich hatte mich ihr gerade erst zugewandt, als sich zu meinem großen Verdruss ihre Gesichtszüge zusammenzogen und sie zu weinen begann. »Nun kommen Sie«, sagte ich, »was immer Sie auf dem Herzen haben, so schlimm kann es doch nicht sein!«

»Doch, o doch!«, sagte sie schluchzend. »Als ich gestern Abend Chloes Haare kämmte, hab ich eine Laus gefunden und gleich darauf noch eine. Fett und grau waren sie! Einige krochen herum, andere waren noch in ihren Eiern, also noch nicht geschlüpft, meine ich. Auf dem ganzen Kopf wimmelte es nur so von ihnen. Es war so furchtbar, dass ich einen hysterischen Anfall gekriegt hab, und ich hab die ganze Nacht kein Auge zugetan, und schließlich ist Mr Tusswell, mein Mann, auf das Sofa im Wohnzimmer geflüchtet, und als ich ihm folgte, ist er wütend und schimpfend aus dem Haus gestürmt und hat geschrien, ich sei übergeschnappt und würde ihn dazu bringen, dass er ebenfalls überschnappt.« Und bei der Erinnerung ihres törichten Verhaltens begann sie abermals zu heulen.

Da ich aufgrund eines angeborenen Charakterfehlers weinende Frauen nicht ausstehen kann, insbesondere große, stämmige und herrische Frauen wie Mrs Tusswell, war ich in der Lage, dieser Vorstellung passiv beizuwohnen, und brachte es sogar fertig, währenddessen mehrere Fehler in Miss Tollemaches Mittagessenaufstellung auszubessern. Worauf die schreckliche Frau, nachdem sie meine Unaufmerksamkeit bemerkt hatte, ihre Selbstmitleidspose aufgab und stattdessen Rache forderte. »Das sind diese Widmerpools!«, sagte sie wütend und kam so zum eigentlichen Grund ihres Besuchs. »Gestern ist einer von ihnen an Chloe vorbeigestreift, sagt sie! Wir wollen, dass man endlich was gegen diese Leute unternimmt. Und wenn Sie es nicht tun, werden wir und noch ein paar andere Bewohner der städtischen Siedlung eine Petition starten.«

»Oh«, sagte ich kühl, »und woher wollen Sie wissen, dass die Widmerpools die Schuldigen sind? Ihre Tochter kann mit fünfzig anderen Kindern in Kontakt gekommen sein. Dies ist eine Schule, wissen Sie. Wie dem auch sei, ich werde dafür sorgen, dass die Krankenschwester alle Schüler aus Chloes Klasse untersucht. Und nun muss ich mich um den Schulbetrieb kümmern.«

TUSKER AN HARPOLE
Ungezieferbefall
Heute hatte ich Besuch von Mrs Widmerpool aus dem Tolle-mache Way Nr. iii, die sich beschwerte, Sie hätten ihre Kinder als Einzige aus ihrer Klasse untersuchen lassen, um festzustellen, ob deren Köpfe mit ansteckendem Ungeziefer infiziert seien.

Darf ich Sie darauf hinweisen, dass eine solche Diskriminierung von fachkundigen Autoritäten als unsozial bezeichnet wird? Ich erwarte Ihren Bericht darüber, um welche Maßnahmen es sich handelte.

HARPOLE AN MRS WIDMERPOOL
Das, was Ihnen da zugetragen wurde, entspricht nicht der Wahrheit. Im Rahmen einer Routinemaßnahme wurden sämtliche Schüler dieser Schule einer speziellen Untersuchung unterzogen. Jedem Kind, bei dem die Schwester einen unsauberen Kopf festgestellt hat, wurde ein Brief in einem verschlossenen Umschlag mitgegeben. Offenbar haben Sie kein solches Schreiben erhalten.

Warum kann Harpole solchen Menschen nicht in freundlichem, klarem Englisch schreiben? Mit diesem Ton reiht er sich in die Armee all der humorlosen Beamten ein, die entschlossen sind, die gesellschaftliche Spaltung zu zementieren. Er hätte doch ganz einfach schreiben können:

Liebe Mrs Widmerpool,

wie kommen Sie denn auf so was? Um sicherzustellen, dass alle Schüler saubere Haare haben, wird jedes einzelne Kind einmal im Halbjahr von der Schulschwester untersucht ...

Aber noch unverzeihlicher war sein Fehler zu Beginn, nämlich dass er Mrs Tusswell nicht vehementer in ihre Schranken gewiesen hat, nachdem sie die Widmerpools zu den Sündenböcken erklärt hatte. Es ist verhängnisvoll, auch nur den Namen von Eltern gegenüber anderen Eltern zu erwähnen, es sei denn, es handelt sich um ein außergewöhnliches Lob, denn die Böswilligeren unter ihnen werden jede noch so beiläufige Erwähnung ausnutzen, um mit Gehässigkeiten alte Schulden zu begleichen.

Bestimmt weiß Harpole, dass mit den Widmerpools die soziale Ausgrenzung in seiner Schule Einzug gehalten hat, und es gibt keinen erbitterteren Verfechter des Kastenwesens als eine Frau, die nur ein kleines bisschen weniger unberührbar ist als die Unberührbaren.

TAGEBUCH

Heute Nachmittag ist Mrs Grindle-Jones mit zweien ihrer Zehnjährigen zu mir gekommen.

Ihrem Bericht nach hat sich Rodney Cleethorpes im Werkunterricht die Schere, die er mit einem anderen Schüler, Widmerpool Nr. 2, teilen sollte, geschnappt und diesem den Pullover aufgeschlitzt. »Weil er mir zuerst in den Finger geschnitten hat, Sir«, erklärte das beschuldigte Kind. Nachdem ich den Schüler daran erinnert hatte, er solle mich mit »Mr Harpole« ansprechen und nicht mit »Sir« (»Ich bin nämlich noch nicht in den Ritterstand erhoben worden. Aber was nicht ist, kann ja noch werden«, scherzte ich), besah ich mir den Finger, den er mir hinstreckte, und, um sicherzugehen, auch seine übrigen Finger, ohne jedoch eine Schnittwunde zu entdecken. »Ich hab daran gesaugt, dann ist es besser geworden«, sagte er und brach in Tränen aus.

Damit Mrs Grindle-Jones ihrem Mann berichten kann, dass wir Rowdytum nicht auf die leichte Schulter nehmen, legte ich mir den bösen Buben über die Knie und verabreichte ihm ein paar Klapse mit der flachen Hand, die aktuell nicht besonders kräftig ist, da wir uns noch am Anfang der Kricketsaison befinden. Derweil wandte sich Mrs G.-J. züchtig ab. Dann sagte ich zu Widmerpool Nr. 2, er möge seiner Mutter berichten, die Sache mit dem Pullover tue mir leid, aber ich würde mich darum kümmern, dass der Schaden wiedergutgemacht werde, und entließ das Grüppchen.

Ich war gerade dabei, einem halben Dutzend Mädchen aus Mr Pintles Klasse zu zeigen, wie man das Fassungsvermögen eines Eimers ermittelt (Mr Pintle weigert sich immer noch, Neue Mathematik zu unterrichten), als Mrs Cleethorpes um 9.55 Uhr eintraf. Als ich sie erblickte, schickte ich die Kinder mit dem Eimer und ein paar Achtelliter-Milchflaschen zu den Toiletten, dann bat ich die Frau, wobei ich meinen Ärger kaum verhehlen konnte, mir in mein Büro zu folgen, wo ich ihr einen Lehnsessel anbot. Obgleich sie recht ausgeruht wirkte, behauptete sie, in der vergangenen Nacht kein Auge zugetan zu haben, weil sie sich über Rodneys Zukunft sorgte und weil Rodneys Vater sich kein bisschen um Rodneys Verhalten schere, sondern sich einen schönen Lenz mache und ständig mit seinen Freunden einen trinken gehe, aber nicht dass ich dächte, es sei eine andere Frau im Spiel, jedenfalls laste Rodneys Erziehung allein auf ihren Schultern und sie sei eine gute Ehefrau und Mutter, wie all ihre Nachbarn bestätigen könnten, auch wenn es ihr nicht an Gelegenheiten mangele, so wie sie auf ihre Figur achte, und auch wenn sie nicht in die Kirche gehe, sei sie in einem guten christlichen Heim aufgewachsen und habe jeden zweiten Samstag die Sonntagsschule besuchen müssen, und sie habe Rodney gesagt, Jesus würde ihn nicht mehr lieben, wenn er Löcher in die Pullover der Widmerpools schneide, auch wenn sie es noch so verdienten, und ob ich bitte ein Wörtchen mit Rodney reden würde über den Dämon Zorn, bevor er ihn ganz in seinen Griff bekomme, denn im Grunde sei er ein guter Junge und vergesse nie ihren Geburtstag … Dann brach sie in Tränen aus.

Da aus den Toiletten Geschrei und Gelächter und lautes Eimergeklapper an mein Ohr drangen (die Neue Mathematik scheint nie ohne Getöse abzugehen), verkniff ich es mir widerstrebend, ihre fragwürdige Theorie anzuzweifeln, dass Jesu Liebe zu Rodney unter diesem Zwischenfall leiden würde, und fragte sie stattdessen, ob sie bereit sei, den Widmerpool'schen Pullover zu stopfen.

»O nein!«, rief sie aus. »Ganz sicher nicht! Ich werde ganz bestimmt keine der stinkenden Anziehsachen von dieser Frau in mein Haus lassen, denn schließlich weiß die ganze Siedlung und vor allem meine Nachbarin Mrs Tusswell, wie verlaust diese Sachen sind, und es heißt, der Stadtrat hätte nach ihrem Auszug ihre Wohnung ausräuchern lassen müssen. Aber da Sie ja ohnehin auf ihrer Seite stehen und gegen meinen Sohn sind, kann dieser Junge von mir aus genauso gut einen von seinen alten Pullovern haben.«

Habe beschlossen, wenn Rodney demnächst wieder einmal dazu verleitet wird, mit Fäusten, Füßen oder irgendeinem

Werkzeug dreinzuschlagen, ihn auf der Stelle zu bestrafen, denn auf diese Weise lässt sich, wie man in altmodischen pädagogischen Kreisen weiß, der Dämon Zorn am besten abschrecken.

MRS WIDMERPOOL AN HARPOLE
(auf der Rückseite eines Totoschein-Umschlags)
Lieber Lehrer, Sie können diesen verdammten Fummel dorthin zurückschicken, wo er herkommt. Mr Widmerpool bringt genauso gutes Geld nach Hause wie der ihr Mann und sogar noch mehr, denn unten in der Kläranlage haben sie nie Kurzarbeit. Als Mr Chadband noch der Leiter von der Schule war, haben sie den Kindern sicher nicht erlaubt, anderer Leute gute Anziehsachen zu zerschnippeln, und überhaupt reden alle davon, wie schlecht alles bei den Cleethorpes geworden ist, seit der Mann von der im Toto gewonnen hat und mit dieser Tussi abgehauen ist. Mr Widmerpool schreibt noch ans Schulamt deswegen.
Ihre und mit Hochachtung Mrs Widmerpools Schwester

Wenn das das Ende der Angelegenheit ist, kommt Harpole noch glimpflich davon. Sobald Mrs Cleethorpes die diversen Unzulänglichkeiten von Mr Cleethorpes aufzuzählen begann, hätte ihm klar sein müssen, dass sie sich in einem verwirrten Zustand (um einen modernen Euphemismus zu gebrauchen) befand und von einer Sekunde auf die andere genauso bösartig werden könnte, wie sie zuvor liebenswert war.

Doch indem er Mrs Cleethorpes in sein Büro einlud, hat er die richtige Einstellung gezeigt, anders als allzu viele andere Beamte, die sie auf dem Gang abgefertigt hätten. Und daran, dass er ein potenziell gewalttätiges Elternteil in einen Lehnsessel plat-

ziert hat, lassen sich seine vielversprechenden taktischen Fähig-
keiten erkennen, weil es sowohl emotional als auch physisch sehr
viel schwieriger ist, in diesen neuartigen Sitzmöbeln seiner Wut
freien Lauf zu lassen, wo der Oberkörper aufgrund der Schwer-
kraft automatisch nach hinten geworfen wird.

EMMA FOXBERROW
AN FELICITY FOXBERROW

Wir saßen gerade bei einer gemütlichen Tasse Tee im Lehrerzimmer, als Mrs Grindle-Jones G. Harpole anfuhr, fehlte nur
noch, dass sie geschrien hätte, weil, wie sie vorbrachte, der
zweitälteste Widmerpool zum Himmel stinke und man endlich etwas dagegen unternehmen müsse. »Als Sie noch ein
ganz normaler Lehrer wie wir alle waren«, verkündete sie, »haben Sie sich lautstark über die Mullets beschwert, und ich bin
sicher, dass mir alle Anwesenden beipflichten werden, dass
dieses Pack zehnmal übler stinkt. Nun, jetzt können Sie endlich beweisen, was in Ihnen steckt: Werfen Sie die Bande hinaus!« Und als G. Harpole ihr nicht sofort zustimmte, fügte
sie hinzu: »Sie finden das doch auch, nicht wahr, Mr Pintle?«

»Ja«, erwiderte der, »ich kann mich noch gut an meinen ersten Rektor, Mr Amos Treadwell in Lancashire, erinnern und
wie er mit einem ähnlichen Gesindel verfahren ist. Sie hießen
Samphire. Nach dem morgendlichen Singen hat er den ältesten
von ihnen vor der ganzen Schule vortreten und den Rohrstock
spüren lassen. Dann hat er gesagt: ›Schreibt es euch hinter die
Ohren, ihr ungehobeltes Pack: Ab sofort kriegst *du* jedes Mal
eine Tracht Prügel, wenn eines deiner jüngeren Geschwister
auch nur im Entferntesten riecht, egal, wie sauber gewaschen
du selbst bist.‹ Und Jahre später hat mir Mr Treadwell erzählt,

eben dieser Samphire sei nach seiner Militärzeit zu ihm gekommen und habe ihm gesagt, dass er es dank des Drills in der Schule bis zum Oberstabsfeldwebel geschafft und selbst Mr Treadwells Methode mit ähnlich positivem Ergebnis an Dutzenden seiner Gefreiten bzw. Rekruten angewandt habe.«

Nach der großen Pause ging ich in Mrs Grindle-Jones' Klassenzimmer, und ich muss sagen, dass in der Tat ein übler Geruch von Reuben ausging, den man noch drei Schreibtische weiter wahrnehmen konnte.

HARPOLE AN MRS WIDMERPOOL

Heute wurde ich darauf aufmerksam gemacht, dass Reuben, wie ich Ihnen bedauerlicherweise mitteilen muss, einen ungewöhnlichen Geruch verströmt. Ich würde Sie bitten, Ihren Sohn zu inspizieren, denn es könnte ja vielleicht sein, dass er versehentlich seine Unterhose beschmutzt hat, die, dessen bin ich mir sicher, tadellos sauber war, als er von zu Hause wegging. Ich weiß, ich kann mich darauf verlassen, dass Sie sich der Sache annehmen.

MRS WIDMERPOOL AN HARPOLE

Meine Kinder sind genauso sauber wie die Kinder anderer Leute. Reuben hat mir erzählt, diese Mrs Grinderjoan hat ihn von den anderen weggesetzt und die anderen Kinder verscheißern ihn nach Strich und Faden, dass er Flöhe hat, und wenn das nicht aufhört, wird Mr Widmerpool bei Ihnen auf der Matte stehen.

Unterschrieben von Mrs Widmerpools Schwester

MITTEILUNG VON MRS GRINDLE-JONES

Ich habe die Nase voll von diesem Gestank. Von nun an kommt mir Reuben nicht mehr ins Klassenzimmer.

TAGEBUCH

Als ich den Gang entlangging, sah ich Widmerpool Nr. 2 an einem Schreibtisch sitzen, wo er mit einer komplizierten Multiplikationsaufgabe beschäftigt war. Ich habe Mrs Grindle-Jones gegenüber meine Zweifel geäußert, ob dies der beste Weg sei, mit dem Problem umzugehen, da dieses Vorgehen bei dem Jungen ein Schamgefühl hervorrufen könnte. Worauf sie antwortete: »Und bei mir ruft er Übelkeit hervor.«

Etwas später traf ich Ringo Widmerpool vor dem Zimmer der zweiten Klasse an, und ich fragte Croser wütend, was er sich eigentlich dabei gedacht habe. Er erwiderte: »Nun, wenn Mrs Grindle-Jones das darf, dann darf ich es doch wohl auch.« Ich erwiderte (zugegeben nicht ganz rational): »Nein, dürfen Sie nicht, holen Sie den Jungen sofort herein, und zwar weil, falls Sie einen Grund brauchen, ich es Ihnen sage.«

MR BULL AN HARPOLE

Gestern Abend hat Lucinda geweint, und zwar weil sie neben einem Jungen namens Ringo Widmerpool sitzen muss, der, wie sie sagt, stinkt, und ihr wird regelmäßig schlecht davon. Ich weiß, Kinder steigern sich manchmal in so etwas hinein, aber unsere Lucinda ist eigentlich recht vernünftig, und ich weiß aus meiner Militärzeit, wie es ist, wenn man neben lauter Männern liegt und einer stinkt mehr als die andere. Bitte sorgen Sie dafür, dass der Junge neben jemand anders gesetzt wird. Und vielen Dank, dass Sie sie aus der »Zurückgebliebenen«-Klasse rausgeholt haben, sie ist jetzt ein völlig anderes Kind, meint ihre Oma.

TAGEBUCH

War in Crosers Klasse und habe mit den Schülern eine spielerische Übung in Kopfrechnen gemacht: Wenn ein Schüler eine korrekte Antwort gab, durfte er einen Platz weiter vorrücken. Habe mir für Lucinda Bull vier passende Fragen ausgedacht, worauf sie mehrere Reihen vorrücken konnte und außerhalb Ringo Widmerpools Riechweite zu sitzen kam, dann habe ich mir drei passende Fragen für Vincent Slope ausgedacht, und als dieser auf dem Schleudersitz ankam, beendete ich die Übung.

HARPOLE AN TUSKER

Bis auf Vanessa sind alle Widmerpool-Kinder abwesend. Würden Sie bitte der Sache nachgehen, da ich Grund zur Annahme habe, dass ihr Fehlen nicht krankheitsbedingt ist.

SCHULPROTOKOLLBUCH

Die Anwesenheitsrate könnte zurzeit nicht besser sein, nur die Widmerpools fehlen noch immer. Dies ist besonders entmutigend, da sie so gute Fortschritte gemacht haben.

HARPOLE ANS OBERSCHULAMT
(zuständige Stelle für Anwesenheitsquoten)
Alle Widmerpools bis auf Vanessa bleiben seit einigen Tagen
dem Unterricht fern. Ich würde Sie bitten, der Familie einen
Besuch abzustatten, um die Ursache für die Abwesenheit der
Kinder festzustellen.

DER ZUSTÄNDIGE BEAMTE
FÜR ANWESENHEITSQUOTEN AN HARPOLE
Ich war heute bei den Widmerpools. Sie liegen alle mit Grippe
darnieder.

RUNDSCHREIBEN ANS KOLLEGIUM
Die Widmerpools sind krankheitsbedingt abwesend. Laut Bericht des zuständigen Beamten sind alle an Grippe erkrankt.

ANMERKUNG ZUM RUNDSCHREIBEN
VON MRS GRINDLE-JONES
Ich wüsste nicht, wie dieser Beamte das rausgefunden haben
will, war er doch den ganzen Morgen in Mr Grindle-Jones'
Schule in Sinderby-le-Marsh und ist am Nachmittag von dort
zu der Schule unserer Freundin Miss Smethwicks in Old Toll
Bridge gefahren. Außerdem habe ich drei der Widmerpool-
Kinder in einem Supermarkt herumtollen sehen. Wenn Sie
mich fragen, weiß er, dass ein Besuch sinnlos ist, und denkt
sich einfach nur eine Ausflucht aus, um nicht hingehen zu
müssen.

Ein Mitglied unseres Kollegiums hat die abwesenden Widmerpool-Kinder in einem Supermarkt gesehen. Wäre es vielleicht möglich, da sich die Kinder erstaunlich schnell erholt zu haben scheinen, der Familie erneut einen Besuch abzustatten?

TAGEBUCH
Der für die Überwachung der Schulanwesenheit zuständige Beamte war hier, um mir mitzuteilen, die Widmerpools würden morgen wieder zum Unterricht erscheinen. Er war ziemlich aufgebracht und sagte, ich hätte mit meiner zweiten Nachricht wohl andeuten wollen, dass ich seinen ersten Bericht anzweifelte. Was ich freundlich verneinte. Aber offensichtlich bereitete es ihm eine hämische Genugtuung, mir zu berichten, was Mr Widmerpool (angeblich) zu ihm gesagt hat:

»Als ich die Nachricht von diesem pingeligen Saftsack gekriegt hab, hab ich an den Kindern geschnuppert und sie haben absolut okay gerochen. Also sagen Sie diesem Kerl, das Haus hier unten bei der Kläranlage ist nun mal kein scheiß Fünf-Sterne-Hotel.«

Angeblich fügte Mr Widmerpool noch hinzu, es habe überhaupt keinen Zweck, dass diese Miss »Grinderjone« auf seinen Kindern herumhacke, weil der Boden unter ihren Schreibtischen immer mit Erdklumpen verschmutzt sei. Wenn sie ihm zeigen könne, wie sie, ohne einen Helikopter zu benutzen, von seiner Bude zu dieser »Scheißschule« gelangten, ohne sich von Kopf bis Fuß mit Schlamm zu bespritzen, dann könne sie nächstes Mal, wenn er wieder einmal zu einem solchen »Scheißjob« verdonnert würde, gern seine »Scheißlohntüte« haben.

SCHULPROTOKOLLBUCH
Widmerpool Nr. 2 und 3 sind immer noch abwesend.

EMMA FOXBERROW
AN FELICITY FOXBERROW
… Vanessa Widmerpool hat mir stolz erzählt, sie hätten *fünf* »richtige« Bücher zu Hause. »Unser Dad hat zwei Bücher, unsere Mum eins und unser Kenny zwei. Das eine von unserem Dad ist ein Wildwestroman, und das andere dürfen wir nicht anschauen. Das von unserer Mum ist eine Liebesgeschichte und das von Kenny ein Kriegsbuch, und das andere versteht er nicht, und deshalb war der Kauf reine Geldverschwendung, meint er. Unsere Mum braucht nur eins, weil sie so langsam liest und sie immer wieder den Anfang vergisst, und mein Dad liest den Western immer nur am Weihnachtstag zum Einschlafen.«

Später fand ich heraus, dass es sich bei dem Buch, in das Kenny so große Hoffnungen setzte, als er es kaufte, um *Lady Chatterley* handelt.

14

TAGEBUCH

Mrs Grindle-Jones' Abneigung gegen die Widmerpools artet allmählich in Besessenheit aus. Heute hat sie im Lehrerzimmer erklärt, »man sollte ihnen mit der ganzen Härte des Gesetzes begegnen«, zum Beispiel könne man (und hier warf sie einen bedeutungsvollen Blick in meine Richtung) »damit beginnen, dass sie für das Fernbleiben von der Schule bestraft werden«.

Miss Foxberrow hielt indes dagegen, dass, wenn Mr Widmerpool die Strafe bezahle, dies für die arme Familie noch weniger und noch schlechteres Essen bedeute, oder er würde, sollte er sie nicht bezahlen, ins Gefängnis wandern, womit ihr Anspruch auf Sozialhilfe erlöschen würde.

Dann erklärte sie, Lehrer sollten nicht länger an »diesem uralten Wahnsinn« festhalten, bei allem und jedem den Maßstab der Wohlanständigkeit, Rechtschaffenheit und des Fleißes anzulegen, dem sie ihr Fortkommen verdankten. »Wenn Sie die Widmerpools mit den Vorzügen der unteren Mittelschicht beeindrucken wollen, Mrs Grindle-Jones, dann laden Sie sie doch einmal zu Erdbeeren mit Sahne in Ihren Vorgarten ein.«

Darauf warf Pintle wütend ein, dass man die Widmerpools und ihresgleichen in ein Arbeitslager stecken sollte, weil sie Klötze am Bein des Steuerzahlers seien. Darauf antwortete

Miss F. klug, es habe schon immer Widmerpools gegeben, und falls er das nicht glaube, solle er Chaucer und Shakespeare lesen. Und auch die Heilige Schrift wimmele von Tunichtguten. »Wie auch immer«, fuhr sie auf ihre eloquente Art fort, »gestern Abend habe ich Reuben mit roten Mädchenschuhen gesehen, und das ist für einen Jungen seines Alters ungemein beschämend und demütigend, ein überaus empörender Umstand in Anbetracht dessen, dass die Mehrheit der Menschen in diesem Land in Wohlstand lebt.« Dann erklärte sie, unsere Politiker würden viel zu sehr auf ihren Verstand hören und viel zu wenig auf ihr Herz und sie wünschte, ein Labour-Urgestein wie Keir Hardie würde aus dem Grab auferstehen und einige der heutigen Pseudo-Labour-Abgeordneten dafür in ihres hinabsinken.

Obgleich selbst ein treuer Konservativer, fühlte ich mich unwillkürlich von ihren Worten berührt.

HARPOLE AN TUSKER

Was die Widmerpools betrifft, so nehme ich an, dass das häufige Fehlen dieser Kinder in der Schule nicht zuletzt ihrer unzulänglichen Bekleidung, insbesondere der Schuhe, geschuldet ist. Soweit ich weiß, können Eltern, deren Einkommen eine gewisse Summe unterschreitet, Mittel aus dem Schulausschuss-Fonds erhalten. Steht Mr Widmerpool, der als Gelegenheitsarbeiter im städtischen Klärwerk arbeitet und nur dreizehn Pfund in der Woche zuzüglich Familienzulage verdient, nicht eine Unterstützung aus diesen Mitteln zu?

Die drei Widmerpools sind noch immer abwesend.

Mrs Grindle-Jones war heute Morgen recht aufgelöst. Sie kam in mein Büro gestürmt, knallte ihr Klassenbuch auf meinen Schreibtisch und sagte erbost: »Diese Widmerpools sind schon wieder abwesend, und zwar allesamt. Sie bekommen kostenlose Mahlzeiten, kostenlose Kleidung, kostenloses dies und kostenloses das, Familienzulage, Fürsorge, Wohngeld – und tun weiterhin so, als schuldeten sie der Gesellschaft im Gegenzug nichts. Außerdem haben sie diesem Mann wegen Faulheit im Klärwerk gekündigt. Es ist ein Skandal.« Sie war den Tränen nahe, und auf ihrem Hals zeichneten sich rote Flecken ab. Feindselig funkelte sie mich an, als gäbe sie mir die Schuld sowohl für die Verteilung öffentlicher Mittel als auch die Undankbarkeit mancher Individuen, und verkündete, »einen derartigen Affront gegenüber der Gesellschaft« würde an der Schule ihres Mannes nicht hingenommen werden.

Ich ging gerade mit einem Jungen den neuen Lesetest durch. Trotz des Unwetters, das im Zimmer tobte, buchstabierte er unerschütterlich weiter – »B-a-u-m … s-i-t-z-e-n … B-r-o-t …« Schließlich stieß er bei dem Wort »Eisberg« an seine Grenzen – »E-i-s«, buchstabierte der Junge ein ums andere Mal, während ich Mrs Grindle-Jones erklärte, ich bedauerte ebenfalls, dass die Widmerpools auf diese Weise den Staat schröpften, ich die Abwesenheit der Kinder jedoch immer wieder dem Schulamt meldete. Als sie aber nicht aufhörte, mich anklagend anzusehen, versprach ich, selbst bei der Familie vorbeizuschauen und zu fragen, wo die Kinder steckten.

Vielleicht stand ich auch ein wenig unter dem Einfluss des Bibelabschnitts, den ich bei der Morgenandacht vorgelesen hatte, Jesaja 6: »Und ich hörte die Stimme des Herrn, der sprach: Wen soll ich senden, wer wird für uns gehen? Da sprach ich: Hier bin ich, sende mich!«

Wobei diese Worte nur noch kläglich in meinen Ohren nachhallten, als ich wenig später an die Tür der Widmerpools klopfte und der Hausherr persönlich sie öffnete. Durch sie gelangt man direkt in die Spülküche. Der haarige Alfred, mit beiden Armen tief im Waschzuber, schien ganz in seinem Tun aufzugehen und nichts von dem mitzubekommen, was um ihn herum vorging. Zunächst verblüfft, fing sich Widmerpool, der schon manche Schlacht gegen die behördlichen Instanzen geschlagen hatte, schnell wieder und tischte mir eine Lüge auf: Obwohl die Kinder ihn angefleht hätten, wieder in die Schule gehen zu dürfen, habe er den Eindruck, sie seien aufgrund ihrer Kleidung dem Spott und Hohn der anderen Schüler ausgesetzt, daher warte er auf die Sozialhilfe, damit er ihnen ordentliche Sachen kaufen könne. Dann ließ er zum Beweis die drei von der Schule abwesenden Sprösslinge und drei weitere, die noch in der schulischen Warteschleife verharrten, antreten: Barfüßig und mit keckem Gesichtsausdruck tapsten sie herein. Aber ich ließ mich nicht beeindrucken, sondern fragte ihn, warum er den Kindern nicht selbst Anziehsachen kaufe.

»Aber klar doch, wenn Sie mir sagen, woher ich das Geld nehmen soll, Cowboy!« (Das Geld für einen Fernseher hatte er offenbar gehabt, seiner Ausdrucksweise nach zu urteilen.) Worauf ich (zu meinem eigenen Erstaunen) grimmig erwiderte: »Dann gehen Sie eben hinaus und verdienen welches!« »Nun ja«, antwortete er, »der grausame Staat war gestern, jetzt ist er sozial und versteht meine Probleme und gibt den Kindern

Anziehsachen. Also können Sie verdammt noch mal abwarten, bis es so weit ist, dann werde ich sie sogar wieder in die Schule gehen lassen, auch wenn sie dort nix lernen.«

»Oh!«, donnerte eine Stimme hinter mir. »*Das* erzählen Sie also den Leuten, Sie verdammter Nichtsnutz?« Als ich mich umdrehte, sah ich, dass es die Belegschaft vom Sozialamt war (bestehend aus Mr Sykes, der im ganzen Bezirk gefürchtet ist, und seiner hübschen blonden Assistentin, Miss Chanterelle). Dieses Paar ist berühmt-berüchtigt dafür, dass es unerschrocken das Unterholz und Ödland der Gesellschaft erforscht und an jedem seiner Arbeitstage drei bis vier Widmerpools oder noch schlimmere Vertreter dieser Spezies heimsucht. Mr Sykes spazierte durch die Küche und ins Wohnzimmer, und Miss Chanterelle stakste auf ihren hochhackigen Schuhen hinter ihm her. Und nachdem er mich aufgefordert hatte, ihm zu folgen, bot Mr Sykes mir, aber nicht Widmerpool, einen Stuhl an. Unverzüglich begann er mit seinem donnernden angelsächsischen Bass auf Letzteren einzuhämmern, insbesondere wegen der Tatsache, dass er mich angelogen habe, denn seine »großartige Mitarbeiterin, Miss Chanterelle, deren einziger Fehler ihr weiches Herz ist« – er bedachte sie mit einem lüsternen Blick –, »hat Ihnen erst vor einer Woche einen Haufen Kleidung gebracht, Sie nichtsnutziger Parasit, und wo sind diese Sachen? Haben Sie sie *verpfändet*?«, dröhnte er.

Widmerpool zitterte förmlich vor ihm, und mir schoss der deprimierende Gedanke durch den Kopf, dass Mr Sykes einen sehr viel besseren Schuldirektor abgeben würde als ich.

»So«, fuhr er fort, »und jetzt habe ich zwei überaus wichtige Botschaften für Sie, Sie verlauster Nassauer, wenn Sie wissen, was das ist. Und für den Fall, dass nicht, erklär ich's Ihnen: eine verdammte Beleidigung.« (Miss Chanterelle ließ ein anspornendes Kichern vernehmen.) »Erstens: Sorgen Sie dafür, dass diese vermaledeiten Kinder aus dem Haus und in Mr Harpoles Schule kommen. Zweitens: Nachdem ich nichts unversucht gelassen habe, ist es mir gelungen, eine Stelle für Sie in Hobson's Coal Yard zu ergattern, wo Sie Kohlesäcke schleppen werden, und zwar beginnt die Arbeit Punkt ein Uhr heute Mittag, und ich habe Mr Hobson angewiesen, Sie windelweich zu prügeln, wenn Sie Ihren Hintern nicht hochbekommen. Und ihm versprochen, falls nötig, vor Gericht zu bezeugen, dass, was immer auch passiert ist, es ein Unfall war. Und hören Sie auf, Miss Chanterelle so brünstig anzustarren. *Das* kriegen Sie nicht auch noch von der Wohlfahrt – so weit ist es noch nicht.«

Widmerpool, inzwischen in heller Panik, stimmte allem stammelnd zu. »Ich hab doch nie 'ne Chance gehabt«, jammerte er. »Die ha'm mich weggegeben, als ich noch 'n Knirps war. Sie haben mir gesagt, mein Dad ist ein berühmter Politiker und meine Mum 'ne Zigeunerin, die ihn nicht heiraten hat wollen, und jetzt ist sie 'ne Adelige. Es gibt da 'n Mann, der kennt die ganze Geschichte und wird dafür sorgen, dass ich doch noch zu meinem Recht komm.«

Als wir die Belagerung beendet hatten, sagte Sykes: »Ich hoffe, Sie haben sich nicht an meiner volkstümlichen Sprechweise gestört, Mr Harpole. Würde ich anders mit dieser Sorte reden, würden sie glauben, ich wäre genauso weich wie die meisten Sozialarbeiter. Jetzt werden meine Assistentin und ich uns hinter dieser Ligusterhecke auf die Lauer legen und in drei Minuten noch mal reingehen, um zu sehen, was er macht. Man nennt das ›Zermürbung‹ – eine Taktik, über die ich einen Vortrag für unsere Jahresversammlung ausarbeite.«

SCHULPROTOKOLLBUCH

Die drei Widmerpool-Kinder kamen um elf Uhr heute Morgen wieder zur Schule. Ich finde es ziemlich ernüchternd, dass, nachdem jede Psychologie und Freundlichkeit versagte, Sykes mit seiner empörenden Holzhammermethode offenbar Erfolg hatte.

Ich werde mich eines umfassenden Kommentars zu Sykes' außergewöhnlichem Besuch enthalten, nur so viel dazu: Die, die ihn ausgebildet haben, würden sich bestimmt über seine brutale Missachtung der Verhaltensmaßregeln wundern, die sie ihm mit auf den Weg gegeben haben. Wie auch immer, jedenfalls ist es zutiefst beunruhigend, dass dieser Mann beabsichtigt, seine Methoden bei einer Konferenz darzulegen, denn der Guardian, The New Statesman *und die* BBC *werden ihn dafür anprangern, woraufhin er seine Arbeit verlieren wird und jemand wie Widmerpool sich wieder in Sicherheit wiegen kann.*

HARPOLE AN EDITH WARDLE

Obwohl meine Fahrradkette auf dem Nachhauseweg schon wieder mehrmals heraussprang, machte ich einen Abstecher zum Polizeirevier. Als mich der Sergeant erblickte, bekam er einen grimmigen Gesichtsausdruck. »Nein«, sagte er, »er wurde noch nicht abgegeben – falls Sie wegen diesem Mutterschlüssel gekommen sind. Sonst hätten wir Sie benachrichtigt. Sie müssen also nicht ständig vorbeischauen, wir müssen uns nämlich auch noch um anderes und Wichtigeres kümmern.« Erbost erwiderte ich: »Ich glaube nicht, dass Sie irgendetwas unternommen haben, um meinen Mutterschlüssel zu finden, stimmt's?« – »Wir sprechen nicht über den Stand unserer Ermittlungen«, erwiderte er. »Und falls das alles war, würde ich jetzt gern wieder meiner Arbeit nachgehen.«

Einen Moment lang starrten wir uns an, und hätte ich nicht ein triumphierendes Glitzern in seinen Augen bemerkt, hätte ich es vermutlich dabei bewenden lassen. Doch so ging ich schnurstracks nach Hause und schrieb einen Beschwerdebrief an seinen Vorgesetzten, den Inspector. Auch wenn ich weiß, dass ich meinen Rollgabelschlüssel wohl nicht mehr wiederbekommen werde, habe ich mich, als ich den Brief geschrieben hatte, besser gefühlt. Anbei ein Abzug davon.

HARPOLE AN DEN VERANTWORTLICHEN
INSPECTOR DER TAMPLING POLICE STATION
Sir,

all die Jahre über habe ich mich bemüht, den Schülern, mit denen ich es zu tun hatte, Respekt vor dem Gesetz einzuschärfen. Darüber hinaus habe ich persönlich immer das Gesetz hochgehalten und mehrmals der Polizei mit Informationen gedient, weil ich dies als meine staatsbürgerliche Pflicht erachte. Doch nun, da ich selbst *zum ersten Mal* die Polizei um Hilfe bitte, was bekomme ich zur Antwort? Es geht um den Verlust meines Rollgabelschlüssels. Die Haltung Ihrer Mitarbeiter wird meinem Respekt vor dem Gesetz nichts anhaben können, aber seien Sie versichert, dass sie mein Vertrauen in dessen Hüter ernsthaft beschädigt hat.

G. G. Harpole
(Captain Freiwilligenreserve)

TAGEBUCH

Nachdem ich den Brief aufgegeben hatte, wünschte ich, ihn wieder zurückbekommen zu können. Es ist immer ein Fehler, in emotional aufgewühltem Zustand zu schreiben. Gewiss wird es sie gegen mich aufbringen, und sie werden versuchen, es mir heimzuzahlen. Habe mich bei der Rundfunkanstalt angemeldet, damit ich mir die Abende mit Radiohören vertreiben kann.

HARPOLE AN EDITH WARDLE

Als ich heute nach Hause kam, fand ich Mrs Teale in Tränen aufgelöst vor. Wie sich herausstellte, waren ungefähr um zwei Uhr nachmittags ein Inspector und ein Detective Constable da, die zunächst das Badezimmer samt Boiler inspizieren wollten, ehe sie Mrs Teale bezüglich des Rollgabelschlüssels befragten. Ohne mir die Gelegenheit zu geben, ihr die Sache zu erklären, beschuldigte mich Mrs Teale, sie in eine unmögliche Lage gebracht zu haben, und meinte, die Nachbarn tuschelten jetzt darüber, sie würde womöglich einem Postzugräuber Unterschlupf bieten, im Übrigen sei sie zu aufgewühlt, um mir ein Abendessen vorzubereiten. Um sie zu besänftigen, versprach ich ihr, den Inspector aufzusuchen und ihm zu sagen, ich hätte mich mit dem Verlust meines Werkzeugs abgefunden und würde die Sache auf sich beruhen lassen. Als ich das Revier betrat, bat mich der mit einem Mal dienstbeflissene und förmlich geschrumpfte Sergeant, ihm ins Büro des Inspector zu folgen, der von seinem Stuhl aufsprang und sich nervös die Hände reibend meinte: »Ah, *Captain* Harpole! Wie schön, dass Sie uns besuchen!« Ich kam mir vor wie in einem zweitklassigen Fernsehkrimi.

Anscheinend werden alle Briefe, die an eines der lokalen Polizeireviere adressiert sind, ungeöffnet an den Chief Constable weitergeleitet, und dieser hatte, nachdem er dem Sergeant einen Bericht über meine früheren Besuche aus der Nase gezogen hatte, dem Tamplinger Superintendent die Hölle heiß gemacht, der wiederum Dampf am Inspector abgelassen hatte und dieser hatte dem ihm unterstehenden Sergeant den Marsch geblasen. Mein Wunsch, die Sache abzuhaken, war ins Gegenteil gekehrt worden, und mit einem Mal war das Verschwinden meines Rollgabelschlüssels für das Vorankommen des Sergeants im Polizeidienst von entscheidender Bedeutung. Beim Verlassen des Gebäudes warf ich einen verstohlenen Blick auf den Polizisten, der so niedergeschlagen wirkte, dass er mir gar ein wenig leidtat. Dann trat ich meinerseits niedergeschlagen den Heimweg an und verfluchte mich, weil ich so dumm gewesen war, die Angelegenheit weiterzuverfolgen.

Genau wie T. Fawcett muss ich angesichts von Ungerechtigkeit lernen, mich in Geduld und Nachsicht zu üben.

Gestern Abend war ich eingeladen, beim Jahresdinner des Verbands berufstätiger Frauen zu singen, und wählte zu diesem Anlass »*Trade Winds*«, »*Sea Fever*« und »*The Blind Ploughman*« aus. Alle Lieder fanden großen Anklang.

15

EMMA FOXBERROW
AN FELICITY FOXBERROW

Heute war Pintle mit der Morgenandacht an der Reihe. Nicht weiter überraschend fiel seine Liedwahl auf »*Work for the Night is Coming*« und »*Trust and Obey*«. Dann erging er sich in einer leidenschaftlichen Tirade über eine zerbrochene Fensterscheibe in seinem Schrebergartenschuppen und sagte, dass sich die eigenen Sünden an einem selbst rächen würden und wie wichtig es sei, sein Gewissen durch die Beichte zu reinigen. Während der Übeltäter natürlich keine Miene verzog, schrie Pintle Widmerpool Nr. 3 an, er solle gefälligst aufstehen und gestehen. Da begannen zwei kleine Mädchen leise zu schluchzen, und Widmerpool Nr. 3, der das Donnerwetter erstaunlich gelassen über sich ergehen ließ, beichtete *nicht*.

Wie nicht anders zu erwarten, stichelte Croser in der großen Pause gegen Pintle. Er meinte, die Kinder ließen sich heutzutage nicht mehr durch derbes Geschimpfe beeindrucken. »Die stehen eben nicht auf Sie«, sagte er überheblich.

»Ich erwarte auch nicht, dass man auf mich steht«, erwiderte Pintle säuerlich. »Ich bin ein Lehrer der alten Schule.« Und fügte, nachdem ihm klar geworden war, dass er damit weiteren Spott auf sich ziehen könnte, hinzu: »Und bin stolz darauf.«

»Ha!«, sagte der abscheuliche Croser, ganz offensichtlich

unbeeindruckt. »Und wie genau war die *alte Schule* noch mal, Mr Pintle?«

»Nun, die Lehrer der alten Schule hätten manch heutigen Lehrer locker in die Tasche gesteckt«, verkündete Pintle, der sich zum Kampf rüstete. »Ihresgleichen produziert nichts als heiße Luft. Die Lehrer von damals verfügten über *Wissen*. Und das gaben sie an ihre Schüler weiter. Sie kannten sämtliche Flüsse und wussten, in welchen Ozean sie münden. (»Und die ganzen Nebenflüsse von diesen Flüssen«, murmelte Miss Tollemache mit geschlossenen Augen.) »Sie kannten jede Großstadt und Kleinstadt und wussten, in welcher Grafschaft und welchem Land sie liegen.« (»Und wofür sie bekannt waren: Sheffield für Messer, Nottingham für Spitze«, sekundierte Miss Tollemache.) »Und Epsom für Salz«, sagte Croser und ließ sein wieherndes Lachen vernehmen. »Sie kannten das Geburts- und Todesdatum von allen Königen von Israel und Juda, und zwar in chronologischer Reihenfolge, den Stammbaum des englischen Königshauses, wussten sogar, wen die Töchter geheiratet hatten. Können Sie uns vielleicht sagen, warum George I. der Thron angeboten wurde, nachdem die Stuart-Linie mit Königin Annes Tod erloschen war?«

Und Croser, wer hätte das gedacht, wurde mit einem Mal kleinlaut. »Nun«, stammelte er, »… es fällt mir im Moment nicht ein, aber natürlich hab ich's mal gewusst.«

»Soso«, erwiderte Pintle. »Sie wussten es *mal*. Die Lehrer von damals vergaßen niemals etwas. Und das ist, kurz gesagt, der Unterschied zwischen Ihnen und den Lehrern der alten Schule.«

EMMA FOXBERROW
AN FELICITY FOXBERROW

… aus dem Klassenzimmer von Pintle (einem von der alten
Schule) war Gebrüll zu hören, also ging ich in den kleinen La-
gerraum neben meinem Klassenzimmer und legte das Ohr an
die Trennwand.

»WENN ICH SAGE, ES IST FALSCH, IST ES FALSCH!«,
schrie Pintle, ganz offenbar außer sich vor Wut.

»Aber Sir«, erwiderte ein Junge ruhig, aber bestimmt, »ich
bin die Aufgabe drei Mal durchgegangen und habe jeden einzelnen Schritt …«

»SEI STILL! ICH MÖCHTE NICHTS MEHR VON
DEINEN UNVERSCHÄMTHEITEN HÖREN. NOCH
EIN EINZIGES WORT VON DIR, UND DU GEHST
WIEDER HINAUS AUF DEN GANG. WENN ICH SA-
GE, ES IST FALSCH, DANN IST ES FALSCH.« Ruhe …
Meuterei unterdrückt.

Zehn Minuten später abermals wütendes Gebrüll. Ich ging
wieder hinüber an meinen Lauschposten. Pintle war schon ein
wenig kleinlauter geworden. »Mein Lösungsbuch sagt mir, dass
es falsch ist. Also ist es auch falsch. NEIN, DU MUSST DIE
AUFGABE NICHT NOCHMALS MACHEN. Es ist doch
offensichtlich, dass dein kleiner Verstand das nicht begreift.
Mach weiter mit Aufgabe Nr. 47.«

TAGEBUCH
… habe Titus Fawcett einsam an einem Schreibtisch im obe-
ren Flur angetroffen, aber der Junge wirkte erstaunlich gelassen. Er quittierte mein Erscheinen mit der Andeutung eines
Lächelns und vertiefte sich wieder in seine Aufgabe.

»Was machst du denn hier?«, fragte ich.

»Mr Pintle und ich hatten eine Meinungsverschiedenheit«, sagte er, als wäre es das Selbstverständlichste der Welt.

»Warst du unverschämt ihm gegenüber?«

»Nein. Ich bin nur anderer Meinung bei der Lösung einer Rechenaufgabe.«

»Anderer Meinung? Würdest du mir bitte erklären, was du damit genau meinst?«

»Er und ich sind bei der Aufgabe Nr. 46 zu unterschiedlichen Lösungen gekommen. Einer Aufgabe aus dem Buch *Typische Rechenaufgaben aus dem Alltag für Übertrittskandidaten*, Buch VI«, erwiderte er.

»Na und?«

»Mr Pintle hat meine Lösung zweimal fett mit roter Tinte durchgestrichen.«

»Und warum hätte er das nicht tun sollen?«

»Weil meine Antwort richtig ist.«

»Wenn Mr Pintle sagt, dass sie falsch ist, muss sie ja wohl falsch sein«, sagte ich. »Du hast eine sehr hohe Meinung von dir, du Schlaumeier.« Um eine weitere Diskussion zu vermeiden und zum Zeichen meiner Missbilligung machte ich auf dem Absatz kehrt und ging davon.

TAGEBUCH

Habe Fawcett erneut auf dem Gang angetroffen, diesmal war er in ein Buch vertieft.

»Oh«, sagte ich, »du bist schon wieder hier draußen! Was hast du diesmal angestellt?«

»Mr Pintle hat mich rausgeschickt. Wieder wegen Aufgabe Nr. 46.«

Da ich keine Lust hatte, mich noch mehr einzumischen, nahm ich sein Buch und las den Titel: *Über die Freiheit* von Clutterbuck (Jugendausgabe). »Wo hast du denn *das* her?«, fragte ich ihn.

»Miss Foxberrow hat es mir geliehen.«

»Oh. Und, verstehst du das Buch überhaupt?«

»Manches davon schon. Aber ich bin nicht mit allem einverstanden.«

»Ach was!«

»Ja – im Gegensatz zu dem, was in diesem Buch steht, weiß ich, es gibt Gelegenheiten, bei denen man sich damit abfinden muss, dass man *weiß*, man hat *recht*, und anderen, die unrecht haben, erlauben muss, zu *glauben*, dass sie *recht* haben.«

»Hast du mit Miss Foxberrow über diese interessante Theorie gesprochen?«, fragte ich neugierig.

»Nein. Miss Foxberrow ist das, was Clutterbuck einen ›charakterstarken‹ Menschen nennt, für den es nur entweder oder gibt. Sie findet, dass der Wahrheit immer zum Sieg verholfen werden muss.«

Nachdem ich mich davon überzeugt hatte, dass Theaker in einem anderen Teil des Gebäudes putzte, betrat ich um 16.45 Uhr Pintles Klassenzimmer und warf einen Blick in das Mathebuch, mit dem seine Klasse zurzeit arbeitet. Die fragliche Aufgabe erschien mir auf den ersten Blick gar nicht so kompliziert:

Während A auf einem Landgut eine Mauer errichtet und an einem 12-Stunden-Tag einen Abschnitt von 18 Yards Länge und 9 Fuß Höhe schafft, gräbt sein Arbeitskollege B in der Nähe einen Graben und schafft an einem 10-Stunden-Tag einen Abschnitt von 30 Yards Länge und $4^{1}/_{5}$ Fuß Tiefe. Ihr Kollege C jedoch, der nachts jeweils 8 Stunden arbeitet, reißt einen Teil der Mauer wieder ein, und zwar pro Schicht einen Abschnitt von 10 Yards Länge und 3 Fuß Höhe, und füllt jeweils 15 Yards des Grabens wieder mit Erde auf.

Wenn A und B am 1. Januar 1916 mit ihrer Arbeit begannen und C seine »Arbeit« am 1. Februar desselben Jahres aufnahm, an welchem Tag und zu welcher Uhrzeit wäre.

a) die Mauer mit einer Gesamtlänge von 2 Meilen, 7 Furlong, 6 Chains, 18 Yards und

b) der Graben, der um ein Zehntel länger ist,

fertiggestellt?

Nachdem ich eine gute halbe Stunde vergeblich versucht hatte, die Aufgabe zu lösen, gab ich auf und dankte Gott dafür, dass es Lösungshefte gibt.

TITUS FAWCETT AN DIE DAMEN
UND HERREN VON GRADGRIND LTD.,
SCHULBUCHVERLAG

Meiner Meinung nach und auch der Meinung einer weiteren Person, die namentlich nicht genannt werden möchte, sollte die Lösung für Frage Nr. 46 in Ihrem Buch *Typische Rechenaufgaben aus dem Alltag für Übertrittskandidaten* ~~XXXXX~~[*] lauten, während im Lösungsheft 8 Uhr, 18. Dez. 1916 als Antwort angegeben ist. Würden Sie das bitte klären?

---

[*] Der Verlag hat sein Einverständnis verweigert, Titus' Lösung zu veröffentlichen, da sich das Unterrichtsbuch noch immer gut verkauft.

PERSÖNLICH
GESCHÄFTSFÜHRER VON GRADGRIND LTD.
AN TITUS FAWCETT

Ich habe Mr J. G. Jagger, den bekannten Verfasser von Unterrichtsbüchern und Autor der beliebten Reihe *Knifflige Aufgaben für Übertrittskandidaten*, gebeten, sich mit deinem Anliegen zu befassen, und er kommt zu dem Ergebnis, dass es sich hier in der Tat um einen Druckfehler handelt, der bei der Fahnenkorrektur bedauerlicherweise übersehen wurde. Die von dir vorgeschlagene Lösung ist also korrekt. Ich bin dir sehr dankbar, dass du uns darauf aufmerksam gemacht hast, und versichere dir, dass wir den Fehler in der nächsten Auflage berichtigen werden. Du bist ein kluger Junge, und als Dank lege ich eine Postanweisung über fünf Shilling bei, mit denen du dir eine Dartscheibe kaufen kannst.

EMMA FOXBERROW
AN FELICITY FOXBERROW

Schön, dass Du Dich so für die Pintle / Titus-Auseinandersetzung interessierst. Jetzt kann ich dir auch berichten, wie die Sache ausgegangen ist, nachdem mich gestern Morgen, als sie nebenan wieder Mathe hatten, erneut eine laute und heftige Auseinandersetzung an meinen Lauschposten gezogen hatte. Es war ziemlich beunruhigend, denn Pintle stieß nur unzusammenhängende Laute aus, im Grunde nicht mehr als ein Brüllen. Später habe ich von Titus erfahren, was vorgefallen war. Und zwar hat …

TAGEBUCH

Habe Fawcett schon wieder auf dem Flur angetroffen.

»Na so was!«, rief ich aus. »Hat Pintle dich schon wieder rausschicken müssen? Das geht jetzt wirklich zu weit. Mir bleibt wohl nichts anderes übrig, als dich zu bestrafen.«

»Nein«, erwiderte der Junge. »Ich bin freiwillig rausgegangen, weil meine Anwesenheit und ein Brief Mr Pintle furchtbar aufgeregt haben. Aber unsere Meinungsverschiedenheiten sind jetzt geklärt, und wenn er ein bisschen darüber nachgedacht hat, werden Sie mich hier draußen bestimmt nicht mehr antreffen, Mr Harpole.«

Allmählich weiß ich nicht mehr, was ich dazu sagen soll.

16

OBERSCHULAMTSLEITER, MELCHESTER CITY,
AN HARPOLE

Sie sind zu einem Bewerbungsgespräch für die Rektorenstelle an der Ada Crescent J. School (Gehaltsstufe VI) eingeladen, die in Kürze frei wird, da der gegenwärtige Rektor, Mr H. S. Stoneacre, in Ruhestand geht. Diese Schule ist schon seit Langem der »Nationales Sparen«-Bewegung verbunden und legt viel Wert auf Handarbeit. Der Schulbeirat hat den Wunsch geäußert, dass der künftige Schulleiter diese Tradition fortführen wird.

Spesen in angemessener Höhe sowie die Kosten für ein Busbzw. Bahnticket 2. Klasse werden erstattet.

STONEACRE AN HARPOLE (Abzug)

Wie mir mitgeteilt wurde, gehören Sie zu den drei Kandidaten des engeren Bewerberkreises, die für meine Nachfolge ausgewählt wurden. Es ist mir eine Ehre, Sie und die anderen beiden Bewerber einzuladen, die Ada Crescent School zu besuchen, damit ich Ihnen meine pädagogischen Prinzipien darlegen kann, denn einer von Ihnen wird ja in meine Fußstapfen treten.

EMMA FOXBERROW

AN FELICITY FOXBERROW

… Der arme H(arpole) muss vergangene Woche durch die
Hölle gegangen sein: Ich habe ihm keine Ruhe gelassen, bis er
alles (oder sagen wir das meiste) im Lehrerzimmer rausgelas-
sen hat, und den Rest kann ich mir zusammenreimen. Und
zwar war er in Melchester, um sich eine Schule anzuschauen,
auf deren Rektorenstelle er und zwei weitere Bewerber heiß
sind. Offenbar liegt sie im Bezirk Blackfen, wo sich das Gaswerk befindet und wo nicht nur alles gleich riecht und aussieht,
sondern auch gleich klingt, nachdem der Ort von einem einzigen Bauherrn verschandelt wurde, der nicht einmal genügend
Fantasie besaß, um den Straßen, die er bauen ließ, einen eigenen Namen zu geben. Also heißen alle ungefähr gleich, nach
dem Muster: Ada Road, Ada Avenue, Ada Terrace, Ada Place,
Ada Grove und so weiter. Wie auch immer, jedenfalls hat sich
H. in diesem Backsteinlabyrinth verirrt und ist an der falschen
Haltestelle aus dem Bus gestiegen, wie ein Verrückter in der
Gegend herumgelaufen und zu spät und schweißgebadet in
der Schule angekommen, aber kein Mensch weit und breit. Da
kämpft er sich durch den Dschungel an Garderobenhaken, der
den Arbeitstrakt der viktorianischen Erziehungsfabriken ab-
schirmt, aber als er vor dem Allerheiligsten steht, ist die Tür
fest verschlossen. Nur leises Gemurmel ist zu hören. Er denkt:
»Was werde ich nur für einen schrecklichen Eindruck machen.
Zu spät kommen, also wirklich. Mr Stoneacre muss nur ein
Wort an der richtigen Stelle fallen lassen, und draußen bin ich.«

Dennoch nimmt er seinen Mut zusammen und klopft vorsichtig an. »Jetzt nicht!«, ruft es von drinnen. Also zieht sich
H. wieder in das Garderobenhakenlabyrinth zurück und drückt
sich dort herum, während er vor lauter Verdrossenheit an den

Fingernägeln kaut, bis ihm dämmert, dass die anderen beiden Kandidaten da drinnen sitzen und nun einen unfairen Vorteil ihm gegenüber haben – also klopft er erneut an.

»Gehen Sie weg!«, blafft die Stimme erneut. »Ich bin beschäftigt!«

Mittlerweile ist H. mit seinen Nerven am Ende und drauf und dran, in den nächstbesten Bus zu steigen, um die Heimreise anzutreten, wäre in seinem Herzen nicht noch dieses winzige Flämmchen der Hoffnung auf eine Beförderung gewesen, die in jedem Mannesherzen brennt, also nimmt er nochmals all seinen Mut zusammen und klopft erneut an, und zwar diesmal energischer. Die Tür wird aufgerissen, und der Rektor schreit ihn an: »Sind Sie taub? Ich habe zu tun!«, und schlägt ihm die Tür vor der Nase zu. H. bricht beinahe zusammen vor Angst und dem Gefühl der Demütigung und sucht Halt an einem Kleiderhaken. Doch dann fragt er sich, ob er tatsächlich Harpole und das hier die Ada Crescent School ist, weil er hinter der Gestalt des Rektors durch die Tür die Rücken von *drei* Männern erspäht hat, die pflichtschuldig vor dem Schreibtisch saßen.

Jetzt hältst du H. bestimmt für einen Trottel, genau wie ich anfangs, doch in letzter Zeit habe ich so etwas wie Witz und Geist in dem Mann aufblitzen sehen (wovon du dich gleich überzeugen kannst). Schließlich bringt er die übermenschliche Tapferkeit auf und tritt erneut an diese Tür, hämmert dagegen, und als der Rektor, inzwischen außer sich vor Wut, aufmacht, stellt er seinen Fuß zwischen Tür und Rahmen und verkündet den wutschnaubenden Beschimpfungen seines Gegenübers zum Trotz: »Ich bin George Harpole, und Sie haben mich hierher eingeladen!« Der Rektor entgegnet: »Das kann nicht sein, da sitzen ja schon drei Kandidaten.«

In diesem Moment steht einer von ihnen bedröppelt auf und murmelt schuldbewusst, dass es seine Schuld sei – er habe draußen mit den anderen beiden gewartet, aber er sei der neue Milchmann und gekommen, um die Bestellung für nächste Woche aufzunehmen, aber »als Sie, Mr Stoneacre, angefangen haben, Ihre Unterrichtsmethoden zu erklären, wollte ich Sie nicht unterbrechen, und ich hab wirklich 'ne Menge mitgekriegt und sogar beschlossen, mich für einen Lehrerkurs für ältere Teilnehmer einzuschreiben«.

TAGEBUCH

Melchester war ein Reinfall. Egal, denn wenn dort zu arbeiten bedeutet hätte, Stoneacres mittelalterliche Pädagogik weiterführen zu müssen, bedaure ich es nicht. Ich hoffe, der Milchmann kriegt die Stelle.

Harpole lässt sich zu schnell entmutigen. Auch wenn man sich nicht wünscht, er würde seinen anrührenden Glauben verlieren, dass am Ende die Rechtschaffenheit triumphiert, muss er lernen, dass nicht viele Menschen mit einer Beförderung in der Tasche in der Lage sind, Rechtschaffenheit zu erkennen, es sei denn, sie werden mit der Nase darauf gestoßen.

HARPOLE AN EDITH WARDLE

Höchst bemerkenswert war heute Miss Foxberrows Morgenandacht. Als Erstes forderte sie die Kinder auf, die Augen während ihrer Fürbitten offen zu lassen, die sie in recht saloppe Worte kleidete, wobei sie immer, wenn sie von Gott sprach, das Wörtchen »sie« benutzte. Eine Passage lautete etwa so:

»Und wenn wir schon einmal dabei sind, können wir
sie ruhig um noch etwas bitten, und zwar, dass sie
uns daran erinnern möge, netter zueinander zu sein.
Und daran, dass die Hautfarbe der indischen Familie,
die in die Railway Terrace eingezogen ist, einzig
und allein mit dem tropischen Wetter zu tun hat ...«

Wie du dir vorstellen kannst, Liebste, kam es in der großen
Pause im Lehrerzimmer zum Streit, den wie üblich Croser
schürte. Als ich leise den Raum betrat, fragte er sie gerade:
»Sie glauben wohl nicht?«

»Woran?«, konterte Miss F. (gereizt).

»An Gott. An *Ihn*?«

»Nein, tue ich nicht«, sagte sie schroff.

»Sie glauben also an nichts?«

»Doch. Ich glaube an den Heiligen Geist, der in den Herzen
der meisten Frauen und mancher Männer wohnt. Und das ist
mehr als das, woran Sie glauben, Croser«, fügte sie gleichmü-
tig und zu meinem Entzücken hinzu. »Sie glauben ja nicht
einmal den Hokuspokus, den Sie so von sich geben. Mehr
noch, ich zweifle daran, ob Sie überhaupt nachdenken, bevor
Sie etwas äußern. Was den Heiligen Geist betrifft, so hat er Ihr
Herz vermutlich verlassen, als Sie ungefähr fünf Jahre und drei
Monate alt waren. Wenn ich je, um mit Shakespeare zu sprechen, jemanden auf dem breiten Rosenpfad zum ewigen Freu-
denfeuer wandeln sah – das an den Höllenschlund grenzt, der
für Heuchler wie Sie reserviert ist –, dann Sie.«

In diesem Moment ertönte die Glocke.

Croser wirkte buchstäblich niedergeschmettert.

SCHULPROTOKOLLBUCH

Heute habe ich mich mit dem Kollegium über den diesjährigen Sporttag beraten. Ich äußerte den Wunsch, dieses Jahr von dessen Organisation entbunden zu werden. Nachdem wir eine Zeit lang diskutiert hatten, wurde beschlossen, dass das zuletzt hinzugekommene Kollegiumsmitglied die Organisation übernehmen sollte. Miss Foxberrow erklärte sich dazu bereit, unter der Voraussetzung, dass wir anderen jeweils die Aufgaben übernähmen, die sie uns zuweisen würde.

RUNDSCHREIBEN VON
MISS FOXBERROW

Vorläufige Informationen zum Sporttag:

Datum – das wird an dem Tag verkündet, an dem das Ereignis stattfindet, was abhängig vom Wetter ist. Es wird keine Einzelpreise geben, und der Wettbewerb wird zwischen den Geschlechtern stattfinden. Jedes Team wird von einem Lehrer angeführt. Sonstige Aufgaben – Mr Harpole. Den Rest übernehme ich.

TAGEBUCH

Schon wieder gab es heute im Lehrerzimmer ein Wortgefecht, nachdem sich Pintle beklagt hatte, er brauche mehr Informationen zum Sportfest, insbesondere das Datum, an dem es stattfinden würde. Ich äußerte ebenfalls Bedenken. »Wie sollen die Eltern teilnehmen, wenn sie bis zum Mittagessen nicht wissen, dass Sporttag ist?«, fragte Pintle.

»Sie glauben doch nicht etwa, dass Sporttage für Eltern da sind?«, lautete Miss Foxberrows Gegenfrage, die ihn übertrieben ungläubig ansah. »Erwarten Sie dann von mir, dass ich irgendwelche Vorführungen organisiere? Wenn Sie, Mr Pintle, in diesem Fall das Ruder übernehmen möchten, um sicherzustellen, dass die Veranstaltung Ihren Vorstellungen entspricht, trete ich es mit Vergnügen ab.«

Sofort gab Pintle seine missbilligende Haltung auf, murmelte, es sei ja nur so ein Gedanke gewesen. »O ja«, fuhr Miss Foxberrow fort. »Da Sie mir die Verantwortung übertragen haben, nehme ich an, dass Sie alle Vertrauen in meine Befähigung haben. Zwar habe ich noch nie ein Sportfest organisiert, aber schon bei einigen zugeschaut und gelitten, sodass ich bezüglich dieses uralten Brauchs so meine eigenen Gedanken entwickelt habe.«

Als Kompromiss, und um eventueller elterlicher Kritik vorzubauen, wurde vereinbart, dass wir das Ereignis nicht »Schulsporttag«, sondern »Sport mit Miss Foxberrow« nennen würden.

RUNDSCHREIBEN VON MISS FOXBERROW
Liebe Kinder,

bei unserem Sportfest hätte ich gern, dass ihr in euren Teams um den jeweils euch betreuenden Lehrer herumsitzt. Euer Team wird eure Base sein, und Mr Bull wird demjenigen Team einen Preis, einen großen Kuchen, überreichen, das seine Base auf besonders schöne Weise geschmückt hat. Von mir bekommen die Teams Extrapunkte, die Plakate angefertigt haben, auf denen sie ihr Vertrauen, alle anderen Teams zu schlagen, auf besonders kühne Weise zum Ausdruck bringen. Für Bescheidenheit gibt es keine Punkte.

Sobald feststeht, welches Team gewonnen hat, wäre es schön,

wenn das Siegerteam seinen Lehrer triumphierend auf einem Tisch herumtragen würde, sodass die anderen Teams Gelegenheit haben werden, ihm oder ihr zu gratulieren.

MITTEILUNG VON MRS GRINDLE-JONES
AN MISS FOXBERROW
Sie können meinen Namen von Ihrer Liste streichen: Ich werde mich nicht an dieser lächerlichen Veranstaltung beteiligen.

MITTEILUNG VON MISS FOXBERROW
AN MRS GRINDLE-JONES
Sie hatten sich bereit erklärt, zu kooperieren, wenn ich die Verantwortung übernehme. Ich gehe also davon aus, dass ab sofort Sie die Verantwortung tragen. Auf *meine* Kooperation können Sie sich verlassen.

MRS GRINDLE-JONES
AN MISS FOXBERROW
Nun, wenn das Ihre Haltung ist, so werde ich tun, was Sie verlangen, aber vergessen Sie bitte nicht, dass einige von uns nicht mehr die Jüngsten sind.

TAGEBUCH
Da es heute Morgen ein schöner Tag zu werden versprach, hat Miss Foxberrow uns wissen lassen, dass ihr Sportfest um zwei Uhr am Nachmittag beginnen würde, und eine Liste mit den einzelnen Disziplinen herumgehen lassen. Damit sich die be-

sonders sportlichen und geschickten Kinder nicht in den Vordergrund drängelten, betonte sie, dass kein Kind beim nächsten Durchgang antreten könne, solange nicht alle anderen Kinder die erste Disziplin absolviert hätten.

Ich wurde zum Punktezähler bestimmt, und Lucinda Bulls Vater betätigte ein Signalsystem, das er seinerzeit in der Western Desert »gefunden« hatte und bei dem bunte Scheiben hochgezogen wurden, die verkündeten, welches Team das Feld anführte. Außerdem hatte ich Mr Sykes und Miss Chanterelle eingeladen, um Süßigkeiten zu verteilen, und Mr Fawcett hatte einen riesigen Koffer mit Pianola-Notenrollen geschickt, die jemand für die Sperrmüllabholung hinausgestellt hatte und die, um niemanden zu verärgern, als zweite Preise verliehen werden sollten.

Der Kurs war kreisförmig angelegt, und die Teams stellten sich in gleichmäßigen Abständen ringsherum auf. Miss Foxberrow war Vorläuferin, Streckenwart und Schiedsrichterin in einer Person, sodass jeder Durchgang mit ihr begann und endete.

Nach den üblichen Sprintdurchgängen (die, wie sie erklärte, nur deshalb Teil des Wettkampfs waren, damit die Profis schneller müde wurden) ging es mit einigen ausgefallenen Disziplinen weiter, deren Ablauf sie durch ihr Kartonmegafon beschrieb – und zwar Hausmädchenrennen, Wagenrennen, dem großen Bootsrennen, der Brückenschlacht etc. Der Wettkampf endete unter unglaublichem Getöse mit dem Großen Tauziehen, wofür Miss Foxberrow klugerweise ein Seil von einer kleinen Baufirma geborgt hatte, das so lang war, dass je eine komplette Mannschaft an einem Ende ziehen konnte. Es herrschte eine große Ausgelassenheit an diesem Nachmittag, und da jeder wusste, dass das ganze Team profitieren würde, wenn sie den Hauptpreis gewännen, wurden die Wettrennen auf der kreisförmigen Strecke von ohrenbetäubendem Geschrei begleitet – entweder von übertriebenen Anfeuerungs- oder aber Schmährufen. Mehrmals sah ich Mr Pintle lächeln, und Mr Bull war bisweilen unfähig, das Signal zu betätigen, weil er herzhaft lachen musste, er meinte, das sei besser als Fernsehen, für ihn ein hohes Lob. Da Mr Sykes Miss Chanterelle durch das Schulgebäude hatte führen wollen und eine beträchtliche Zeit dafür benötigte, oblag es mir, die Süßigkeiten und zweiten Preise an die Sportler zu verteilen.

Miss Tollemaches Team gewann den ersten Preis, und sie ließ es zu meiner großen Verblüffung zu, dass ihre Mannschaft sie auf einem Stuhl herumtrug, wobei ihre Wangen vor Freude gerötet waren und sie den besiegten Teams gönnerhaft zunickte, die sie, das muss man ihnen lassen, laut hochleben ließen.

Nachdem alle Kinder mit Süßigkeiten und Pianola-Rollen beladen nach Hause gegangen waren, beglückwünschte ich Miss Foxberrow zu ihrem Sporttag, der ein großer Erfolg war, und brachte mein Bedauern zum Ausdruck, dass sie im nächsten Sommer nicht mehr bei uns sein und somit uns nicht mit einem ähnlichen Ereignis beglücken könnte. Ich fragte sie, was sie dazu bewegt habe, den traditionellen Sporttag zu verwerfen.

»Oh«, erwiderte sie, »das sind doch furchtbar dröge Veranstaltungen. Haben Sie je die Gesichter dieser Kinder beobachtet, die den wenigen Teilnehmern zuschauen müssen – wenn die Teilnahme freiwillig ist? Sporttage sind was für die Schnellen, Starken und Erfolgreichen und deren Eltern, die schier vor Stolz platzen. Sie sollten daher privat abgehalten werden. Hingegen war der Zweck von ›Sport mit Miss Foxberrow‹, allen eine große Freude zu bereiten.«

KLEMPNERBETRIEB BLOW & SONS
AN HARPOLE

Ich habe diesen Rollgabelschlüssel tief unter dem anderen Zeug in meiner Werkzeugtasche gefunden, wohin er aus Versehen geraten sein muss, und es tut mir leid wegen dem Ärger und ich hoffe, Sie nehmen dies so an, wie ich es meine, weil jedem mal 'n Fehler passiert, auch wenn er sonst für seine Ehrlichkeit bekannt ist, und ich hoffe, die Angelegenheit wird jetzt fallen gelassen.

17

RATSHERR TOLLEMACHE,
ZUR KENNTNIS AN HARPOLE

Übermäßiges Trinken ist die Geißel der Menschheit und war es noch nie so sehr wie in diesem freizügigen Zeitalter des lasterhaften Überflusses. Einer unserer Redner, die regelmäßig über das Thema Abstinenz referieren, der mehrfach ausgezeichnete Major R. S. T. Chivers, weilt am 16. Juni in unserer Gegend, und ich nehme an, es ist Ihnen recht, wenn ich einen Termin an Ihrer Schule reserviere, bei dem auch unsere jungen Menschen in den Genuss seiner medizinischen und moralischen Ratschläge kommen, die ihnen helfen werden, dem Bösen zu widerstehen.

Unsere Redner sind in den modernsten pädagogischen Techniken ausgebildet, und ihre Vorträge sind, obgleich sie diese mit teuren audiovisuellen Geräten untermauern, absolut kostenlos.

Meine Tochter wird mir Ihre Antwort gern mündlich überbringen.

TAGEBUCH

Habe beschlossen, dass es unklug wäre, den Vortrag über Abstinenz auszuschlagen, nachdem mir Ratsherr Tollemache persönlich geschrieben hat; dem Kollegium werde ich währenddessen eine Freistunde bewilligen.

SCHULPROTOKOLLBUCH

Da die Kinder gewiss davon profitieren werden, habe ich einen Vortrag über die schädlichen Auswirkungen von Alkohol arrangiert, den ein ausgebildeter Referent, der mehrfach ausgezeichnete Major R. S. T. Chivers, halten wird.

EMMA FOXBERROW
AN FELICITY FOXBERROW

Da uns heute ein Redner besuchte, hat uns G. Harpole eine Freistunde zugestanden, nicht ohne zu betonen, dass es sich dabei um eine absolute Ausnahme handelt. Auch wenn ich eine Freistunde durchaus hätte brauchen können, habe ich beschlossen, dass das Thema eventuell interessant sein könnte. Zwar war der Vortrag unter dem Titel »Das Übel des Trinkens« angekündigt, aber der Major wirkte eher wie eine wandelnde Bierwerbung – er entpuppte sich als keuchender, lüsterner, triebhafter Kerl, der bestimmt schon unzählige Frauen dazu genötigt hat, die Notbremse zu ziehen. Aber *dazu* später mehr.

»Also, Kinder«, begann er, »sie haben mich hierhergeschickt, um aus euch lauter kleine Abstinenzler zu machen.« Dann brach er in ein manisches Gelächter aus, in das, als er nicht aufhören konnte, schließlich auch die Kinder mit einstimmten.

»Nun«, fuhr er endlich fort, »dieser Teil meines Vortrags ist in null Komma nichts erledigt. Ich wünsche recht viel Spaß damit!« Als Nächstes brachte er einen vorsintflutlichen breiten Handkoffer zum Vorschein, klappte ihn auf und spähte hinein. »Als Erstes zeige ich euch, was sie mir mitgegeben haben, um euch mächtig Angst zu machen.« Er fischte vorsichtig zwei große Einweckgläser heraus. In einem trieb ein winziger Rotkohlkopf, in dem anderen war ein verschrumpelter Fußball in einer Flüssigkeit auf den Grund des Glases gesunken.

Dann setzte er eine goldgerahmte Halbbrille auf und besah sich die Etiketten, als hätte er sie noch nie gesehen. »Ah«, sagte er, »sehr interessant! Sie sagen (er tippte gegen das Glas mit dem Rotkohl), dieses widerliche Ding sei wie die Leber eines Mannes, der achtzig Jahre alt wurde und nie etwas anderes als Wasser getrunken hat. Außerdem behaupten sie, dass dieses zerknautschte Stück eines alten Lederstiefels die Leber eines Säufers darstellt, der mit gerade einmal vierundzwanzig Jahren im Delirium tremens tot umfiel!« Dann schüttelte er beide Gläser, als wollte er einen Cocktail mixen, sodass ihr widerlicher Inhalt, zwei Bälle in ihrer Flüssigkeit, auf und ab hüpfte und alle in ein verrücktes Gelächter ausbrachen (einschließlich Miss Tollemache).

»Lasst euch das eine Warnung sein«, brachte er nach einer gewissen Zeit glucksend hervor und drohte uns mit dem Finger (erneut Gelächter). Dann war er so gnädig, die Gläser wieder in seinem Handkoffer zu verstauen.

»Und *jetzt*«, fuhr er in erstaunlich sachlichem Ton fort, »kann ich euch erzählen, wie ich eine außergewöhnliche Spezies, den *Crocus oxusfilia,* in der zentralasiatischen Steppe gefunden habe … Mit einer Gruppe aus sechzehn eingeborenen Trägern brach ich am 15. August 1970 um Punkt 6.15 Uhr in Landi Kotal, im nördlichen Teil des Chaiber-Passes, auf, während über dem Jahipura-Gebirgszug der Morgen in seiner ganzen orientalischen Pracht heraufzog …«

Herrlich! Faszinierend! Hinreißend! Atemberaubend! Ich erzähle dir mehr davon in den Ferien. Und wenn du endlich deinen Hochschulabschluss in der Tasche hast, werden wir ebenfalls von Landi Kotal aus aufbrechen, und zwar Punkt

6.15 Uhr (während der Morgen in seiner ganzen orientalischen Pracht über der Jahipura-Gebirgskette aufzieht), um für Daddys Steingarten eine Wurzel der großartigen Spezies *Crocus oxusfilia* zu suchen …

Hinterher kam er zu mir und sagte: »Hey, eine so süße Mieze wie Sie sollte nicht Paukerin sein. Ich übernachte übrigens im ›Fusilier‹, diesem Höllenloch. Kommen Sie heute Abend doch auf einen Drink vorbei, dann erzähle ich Ihnen Sachen über Indien, gegen die ist das Kamasutra ein Gebetsbuch.«

G. Harpole hat das offenbar mitgekriegt, denn er ist sofort zu uns herübergekommen und meinte, ich solle jetzt wieder in meine Klasse gehen.

MARTHA FESTING, SCHULTAGEBUCH
Heute hat uns ein Mann einen aufregenden Vortrag gehalten, wie er nach dem *Crocus oxusfilia* gesucht hat, einer seltenen Pflanze, die nur in den Höhlen der Assassinen im hintersten Turkestan wächst, in der Nähe des mächtigen Stroms Oxus …

ÜBUNG IM FREIEN SCHREIBEN
VON TITUS FAWCETT
Männer, seht ihr dort drüben den mächtigen Gebirgszug des Hindukusch, wohin noch nie ein Mensch seinen Fuß gesetzt hat? Jenseits seiner schneebedeckten Gipfel fließt der Oxus, dessen Quelle noch nie ein menschliches Auge erblickt hat und auf dessen grünen Auen der heilige Krokus blüht – wollt ihr mir dorthin folgen? Ja, Sahib, ja, ja!, rief die Schar edler Bandschis im Chor …

SEKRETÄR DER LIGA GEGEN DEN
ÜBERMÄSSIGEN ALKOHOLGENUSS
AN HARPOLE

Vielen Dank für Ihren vertraulichen Bericht über Major Chivers. Sein Referat scheint jemandem, der unter unserer Schirmherrschaft eine Vortragsreise hält, in der Tat völlig unangemessen, und ich möchte im Namen unseres Komitees unser Bedauern für dieses unglückselige Vorkommnis aussprechen. Wenn ich noch hinzufügen darf, ist Ihr Bericht, obgleich der Major bereits an mehreren Schulen referiert hat, der erste, der uns erreicht. Bedauerlicherweise scheint es, wie ich aus Unterhaltungen mit anderen Referenten unseres Gremiums entnehmen konnte, üblich zu sein, dass sich die Lehrer während des Vortrags in ihren Gemeinschaftsraum zurückziehen und darauf vertrauen, dass der jeweilige Referent und die Schüler »das Kind schon schaukeln« werden.

Seien Sie versichert, dass wir diesem Redner umgehend unsere Schirmherrschaft entziehen werden …

ALEXANDER FESTING AN HARPOLE

Als ich heute, so wie ich es jeden Tag tue, unsere Tochter Martha fragte, was sie in der Schule gelernt hat, entlockte ich ihr die Information, dass ein vortragsreisender Propagandist ihr eingebläut hat, der Konsum von Alkohol wäre eine Sünde. Meine Tochter weiß, dass ich in Maßen trinke, da meine geschäftlichen Verpflichtungen dies erfordern.

Ich verbitte mir einen solchen unverzeihlichen Übergriff auf meine väterliche Autorität, und da Sie es versäumt haben, den letzten Vorfall diesbezüglicher Art zu klären, erachte ich es als meine Bürgerpflicht, Ihre Vorgesetzten darüber zu informieren.

Ich habe eine Beschwerde von Mr Alexander Festing (einem Schotten, wohnhaft im Plowman's Rise) erhalten, der behauptet, seine elterliche Autorität sei nun schon das zweite Mal innerhalb kurzer Zeit untergraben worden – das erste Mal sei es um eine naturwissenschaftliche Unterweisung gegangen und das zweite Mal um eine moralische. Ich bitte um einen detaillierten Bericht samt Abschriften der bisherigen Korrespondenz.

Ich finde es zudem ziemlich verstörend, dass ein Referent, der nicht vom lokalen Schulamt beauftragt wurde, einen Vortrag an Ihrer Schule gehalten hat, ohne dass Sie zuvor meine Erlaubnis eingeholt haben. Dies ist ein regelwidriger Vorgang, und ich muss Sie darauf hinweisen, dass jeder Vorfall oder Unfall, den ein solch unautorisierter Besuch nach sich zieht, allein in Ihrer Verantwortung liegt.

Die Zahl der Anti-Alkohol-Vortragsreisenden, die sich häufig aus pensionierten Rektoren, Offizieren und gescheiterten Schauspielern rekrutieren und ihr Bedürfnis nach dramatischen Auftritten vor einem hingerissenen Publikum stillen wollen, nimmt ab. Major Chivers scheint ein recht eigenwilliger Vertreter dieser Nomaden zu sein.

Und doch stimmt es, dass übermäßiges Trinken noch immer zu Elend und Scham in den betroffenen Familien führt, und es ist keineswegs unangemessen, wenn ein gewissenhafter Lehrer hin und wieder die Schüler auf diese niederschmetternden Folgen aufmerksam macht. Lehrer sollten nicht davor zurückschrecken, energisch ihre moralischen Standpunkte zu vertreten.

TAGEBUCH

Als ich Miss Foxberrows Klassenzimmer einen Besuch abstattete, bemerkte ich ein von einem Kind gemaltes Bild, das angeblich einen *Crocus oxusfilia* darstellte, wobei die Farbpalette von leuchtendem Rot bis zu leuchtendem Blau reichte. Gleichzeitig war ein improvisiertes Theaterstück im Gang, worin Titus Fawcett einen Forschungsreisenden mimte, der auf der Suche nach dem *Crocus Oxusfilia* von einem wilden Menschenstamm angegriffen wird, während er einen Gebirgspass in Gestalt des Lehrerschreibtischs erklimmt.

In Miss Tollemaches Klassenzimmer rezitierten die Kinder im Chor ein Gedicht, das von einem Maurer handelte, der den Sturz von einem Dach herunter überlebt, aber am nächsten Tag, als er betrunken von einer Bank fällt, stirbt. Auch wenn mir dieser Anti-Alkohol-Vortrag eine Menge bürokratischen Ärger eingebracht hat, scheint er abgesehen von diesen beiden Beispielen keinerlei Nutzen gezeitigt zu haben – bis auf die Tatsache, dass Mrs Grindle-Jones, Pintle und Croser in den Genuss einer Freistunde kamen.

18

BRIEF AN DEN *SENTINEL*

Sehr geehrte Damen und Herren,

es ist mir ein aufrichtiges Bedürfnis, auf Ihrer Meinungs-
seite eine Einmischung in die Angelegenheiten von rechtschaffenen Steuerzahlern anzuzeigen, und zwar geht es um meine
Nachbarin, die – als sie die High Street runterging – ihren Sohn
ermahnen musste. Er ist eigentlich ein guter Junge, dafür ver-
bürge ich mich. Da kommt diese Lehrerin von seiner Schule
an und sagt meiner Nachbarin, die eine gute Frau und Mutter
ist, es ist falsch, so scharf mit ihrem kleinen Sohn zu sprechen,
und sie soll das nicht mehr tun. Diese Lehrerin hat, soweit
man weiß, keine Kinder, und es ist schon schlimm genug, dass
wir Steuerzahler für die ewig andauernden Ferien dieser Leute
zahlen müssen, da müssen wir nicht auch noch vor unser eigen
Fleisch und Blut, nämlich unseren Kindern, ausgeschimpft
werden, und ich würd gern wissen, was der Stadtrat dagegen
unternimmt.

Empörter Steuerzahler

*Der Tonfall dieser Prosa kommt einem bekannt vor. Haben wir
diesen moralisierenden Ton nicht schon von Mrs Tusswell gehört?
Über diese Art von Leserbriefen freuen sich Zeitungsredakteure in
den Hundstagen des Frühsommers, bevor Gartenfeste und Über-
flutungen gnädigerweise ihren Durst nach Klatsch und Tratsch*

stillen. Es ist leicht, die Unzufriedenheit von Abnehmern schulischer Leistungen weiter zu schüren und den Rest des Bezirks mit beißender Unterhaltung zu versorgen.

BRIEF AN DEN *SENTINEL*
Der empörte Steuerzahler hat recht. Mein kleiner Enkel wurde aus dem Schulchor geworfen und weint sich seither die Augen aus, lässt sich gar nicht mehr trösten, weil der Rektor gesagt hat, er würde nur rumkrächzen, was garantiert nicht stimmt, denn er hat ein ganz süßes Stimmchen. Der Stadtrat sollte endlich etwas dagegen tun.

Ein Pensionär

WEITERE BRIEFE AN DEN *SENTINEL*
Mein Sohn wurde letzten Freitag vom Rektor nach Hause geschickt, weil er eine Jeans anhatte, seine kurzen Hosen waren nämlich in der Wäsche. So weit kommt's noch, dass den Eltern vorgeschrieben wird, was ihre Kinder anzuziehen haben …

Noch ein empörter Steuerzahler

Sehr geehrte Damen und Herren,
jetzt hat meine Tochter schon zum zweiten Mal keine kostenlose Milch bekommen. Jedes Mal haben sie ihr gesagt, es ist nicht genug da. Wenn man bedenkt, dass wir die Schulmilch mit unseren Steuern bezahlen und manche immer drankommen und nie übergangen werden und Morgen für Morgen welche bekommen …

Gez.: Pro bono publico

Sehr geehrte Damen und Herren,

Pro bono publico kann von Glück sagen. In unserer Dorfschule, deren Namen ich nicht nennen möchte (aber jeder aus
unserem Dorf weiß, welche ich meine), wird die Milch, und
das ist so sicher wie das Amen in der Kirche, sobald der Liefer-
wagen sie bringt, auf die andere Seite des Hofs zum Haus vom
Rektor rübergebracht, wo seine Frau den Rahm für ihre eigenen Kinder abschöpft, die auf eine Privatschule gehen, und
erst dann schickt sie die Kanne zur Schule hinüber, damit die
normalen Kinder was davon abbekommen …

Ein Elternteil

Sehr geehrte Damen und Herren,

was weiß denn *Pro bono publico* schon davon?, würde mich
interessieren. Unerwünschte Einwanderer wie dieser Itaker
sollen ihre Nasen gefälligst aus Sachen raushalten, die sie nichts
angehen. Wir Engländer kommen sehr gut ohne ihre Hilfe
oder die von den Schwarzen zurecht. Wir waren es nicht, die
einen Mussolini hatten.

Unsere Lehrer sind in Ordnung. Alle meine Kinder haben's
auf die Grammar School geschafft, und meine Frau und ich
wollen den Lehrern bei dieser Gelegenheit sagen: »Gut gemacht!«

Fair Play

Sehr geehrte Damen und Herren,

empörter Steuerzahler ist ein Beispiel für unzählige unin-
formierte Eltern, deren Haltung Tausende gewissenhafte, un-
terbezahlte junge Lehrer immer wieder entmutigt, die unter
beinahe unzumutbaren Bedingungen einen guten Job machen.
Empörter Steuerzahler würde ihre/seine Zeit besser nutzen,

sich an ihren/seinen Abgeordneten zu wenden, damit dieser sich für eine bessere Bezahlung der Lehrer einsetzt.

Junger Lehrer

TUSKER AN HARPOLE

Die Vizevorsitzende des Grundschulbeirats, Stadträtin Mrs G. Blossom, hat Nachforschungen angestellt in Bezug auf den kürzlich in der Lokalzeitung abgedruckten Leserbrief, in dem es um einen Vorfall ging, bei dem sich ein Lehrer in die erzieherischen Belange von Eltern einmischte, und herausgefunden, dass es ein Mitglied Ihres Kollegiums war, Miss E. Foxberrow, M.A. (Cambridge).

Bitte um detaillierte Informationen.

TAGEBUCH

Habe Miss Foxberrow gebeten, nach Unterrichtsschluss zu mir zu kommen, und ihr den Brief vom Schulamt gezeigt, der sie nicht sonderlich zu beeindrucken schien, und zu meiner Verwunderung leugnete sie den gegen sie gerichteten Vorwurf auch nicht, sondern meinte, dass die Behauptung bis zu einem gewissen Grad stimme. »Ich bin die Straße hinuntergegangen, um meine wöchentliche Ration Zahnpasta für strahlend weiße Zähne und dazu ein halbes Dutzend Flaschen Bier für einen gemütlichen Abend zu kaufen, als ich in diese schreckliche Mrs Cleethorpes hineinlaufe. Sie war gerade dabei, den unausstehlichen Rodney anzuschreien, der in eine Pfütze gehüpft war und ihre neuen PVC-Stiefel nass gespritzt hatte. ›Jetzt hab ich dich gar nicht mehr lieb‹, wimmerte sie. ›Niemand hat dich mehr lieb!‹

Also habe ich ihr auf die Schulter getippt und ihr höflich gesagt, dass alle Kinder, selbst Rodney, immer wieder der Versicherung bedürften, dass sie geliebt werden, und wenn dies versäumt werde, aus ihnen später unzufriedene Erwachsene würden, die nicht in der Lage seien, Gefühle wie bedingungslose Liebe oder gar geistige Offenheit zu zeigen. Und dann ergänzte ich noch, dass selbst sogenannte niedere Tiere darin geübt seien.«

Ich muss angesichts ihrer Offenheit ziemlich verdattert gewirkt haben, denn sie beeilte sich hinzuzufügen: »Mr Harpole, wir sollten unsere Erziehungsbemühungen nicht auf die Schule beschränken. Wir müssen Missionare der Wahrheit sein. Unsere Bemühungen müssen wie ein Triebmittel wirken in dieser Welt, in der sich stumpfsinnige Menschen wie die abscheulichen Damen Tusswell und Cleethorpes ungehindert vermehren. Die Wahrheit ist Schönheit, Schönheit ist Wahrheit, das ist alles, was wir hier auf Erden wissen und was wir wissen müssen, wie der Dichter sagte.«

»Nun«, erwiderte ich verärgert, »das mag ja alles sein, aber das kann ich ja wohl kaum in meinem Bericht an Mr Tusker schreiben, denn weder dieser noch Stadträtin Mrs Blossom würden das verstehen, geschweige denn Ihnen beipflichten.«

»Nein«, sagte sie, »das stimmt. Tatsächlich habe ich es Ihnen auch nur erzählt, weil ich allmählich ungeahnte Qualitäten an Ihnen entdecke und es als meine Pflicht ansehe, diese zu fördern, damit mein Einfluss auch dann noch wirkt, wenn sich Ihre Erinnerung an mich verflüchtigt hat wie Sommertau – oder wie eine Hirschkuh, die in die Berge geflohen ist, wie der Dichter ebenfalls sagte.«

Ich erwiderte, sie solle bitte nicht glauben, wir würden sie je vergessen oder dass ich beabsichtigte, für immer in Tampling zu bleiben. »Nun«, sagte sie geheimnisvoll, »das bestätigt nur, was ich gerade gesagt habe, Mr H. Und ich bin mir sicher, Sie werden diesem kleinlichen Tyrannen Tusker mit einer gekonnten Parade antworten.«

HARPOLE AN TUSKER

Lieber Mr Tusker,

nachdem ich Nachforschungen in der Sache, auf die Sie mich aufmerksam machten, angestellt habe, bin ich zu dem Schluss gekommen, dass es keinen Grund zur Annahme gibt, die in dem anonymen Leserbrief im *Sentinel* dargestellten Begebenheiten entsprächen der Wahrheit.

TUSKER AN HARPOLE

Ihr Brief (undatiert) beantwortet in keiner Weise die ernste Anschuldigung, auf die mich Stadträtin Mrs G. Blossom aufmerksam gemacht hat. Ich bitte Sie, mir postwendend einen ausführlichen Bericht zukommen zu lassen.

Das Wort »postwendend« lässt vermuten, dass Tusker den Brief in aufgebrachter Stimmung diktiert hat. Er hat Harpoles mutige Replik wohl weder erwartet noch gefällt sie ihm.

TAGEBUCH

Als ich Shutlanger im »Fusilier« erblickte, wo er sich wieder einmal verdrießlich betrank, beschloss ich, ihn um Rat zu bitten, wie ich auf Tuskers Forderung reagieren sollte.

»Sie lassen das zu nahe an sich heran«, sagte er mürrisch und ohne sich die Mühe zu machen, über mein Dilemma nachzudenken. »Die Dinge erledigen sich immer von selbst.«

»Aber dieser Brief!«, sagte ich flehend. »Wie soll ich darauf antworten?«

»Gar nicht«, erwiderte er. »Antworten Sie *nie* auf komische Briefe. Es gibt kein Gesetz, das einem das vorschreibt.«

»Aber was wird dann passieren?«

»Ach, die nächsten vierzehn Tage erst mal gar nichts: Da wartet er auf eine Antwort, die nicht kommen wird. Dann wird er Ihnen einen wütenden Brief schreiben und sich dabei denken, wenn Sie den letzten nicht beantwortet haben, werden Sie den wohl auch nicht beantworten, und ihn wieder zerreißen. Stattdessen wird er irgendwas Gemäßigteres schreiben mit nur einem Anflug von Vorwurf darin. Darauf können Sie dann vage antworten, zum Beispiel, dass die Post Ihnen den ersten Brief nicht zugestellt hat oder so was. Dann werden Sie nichts mehr über diese Angelegenheit hören, und er hat trotzdem das Gesicht gewahrt.«

Während ich darüber nachdachte, wie unprofessionell ein solch untätiges Abwarten war, erzählte er mir, seine Frau habe ihm eröffnet, sie wolle sich scheiden lassen, damit sie ihr Verhältnis mit diesem großen Kerl aus der Oberstufe legalisieren könne. »Aber das Beste kommt erst noch«, sagte er und atmete mir seine Rumfahne ins Gesicht. »Wissen Sie, warum sie mich ausrangiert hat? Sie hat gesagt, er sei ›besser‹ für sie, als wären Männer irgendwelche Dinge, wie Staubsauger oder so. Nein! Niemals!«, verkündete er inbrünstig. »Sie soll mal schön bleiben, was sie ist: 'ne verdammte Konkubine! Und so wie ich den achtzehneinhalbjährigen Burschen kenne, kann ich mir vorstellen, wie er sie behandelt: *Der* hilft ihr bestimmt nicht beim Abwasch! Ne, der bestimmt nicht.«

HARPOLE AN TUSKER

Nach reiflicher Überlegung bin ich zu dem Schluss gekommen, dass es nicht zu meinen Aufgaben gehört, Nachforschungen über Kollegen anzustellen und Berichte über sie zu schreiben, nur weil irgendjemand einen anonymen Leserbrief verfasst. Ich habe volles Vertrauen in meine Kollegen und bin der Ansicht, dass ich, wenn ich sie mit Fragen piesacken würde in Bezug auf das, was sie außerhalb der Schule gesagt oder nicht gesagt oder getan oder nicht getan haben, ihre berufliche Integrität infrage stellen und ihre Menschenrechte verletzen würde. Ich bedaure, Ihnen dies schreiben zu müssen, aber hier handelt es sich um eine Frage des Prinzips.

Du lieber Himmel. Das ist ein regelrechter Aufstand. Sollte Harpole noch einen letzten Rest Hoffnung auf Beförderung im Herzen gehegt haben, so dürfte sich auch der endgültig davongemacht haben. Er sollte schleunigst Ausschau nach möglichst vielen Verbündeten halten, wo immer er ihrer auch habhaft werden kann.

Aber warum bedauert er es, Tusker diese schroffe, aber verdiente Antwort geben »zu müssen«?

19

TAGEBUCH

Während der großen Pause heute Morgen bestand Mr Pintle darauf, dass ich mir Matthew Jenkins vorknöpfe, dessen Vater beim Gaswerk arbeitet und der äußerst unverschämt ihm gegenüber gewesen sein soll. Offenbar hat Pintle (der furchtbar aufgebracht war) in einem letzten verzweifelten Versuch, sich gegen die Neue Mathematik zu stemmen, wieder einmal sein altes System verfolgt. Dieses besteht darin, dass, »wenn man einmal ein Bild im Kopf des Kindes erzeugt hat, dies sofort einen Lösungsweg vor sich sieht«. (»Ich nenne das den ›moralisch-dramatischen Ansatz‹, sagte er nicht ganz ohne Stolz). In der strittigen Aufgabe geht es darum, dass ein Hausbesitzer, A, am 20. Februar eine Kohlelieferung entgegennimmt, die durch eine Öffnung in den Keller geschüttet wird und genau die Hälfte seines Kellers füllt (der genau fünf Tonnen 1600 Pfund fasst). Um zwei Kohleöfen und den Küchenboiler zu befeuern, muss das Hausmädchen, B, täglich dreimal in den Keller hinabsteigen und holt jedes Mal genau eine Kohleladung von 1 Stone 2 Pfund herauf, genau so viel, wie in As Kohleschütte passt. Pintle forderte seine Klasse auf zu berechnen, bis zu welchem Datum der Keller leer sein würde.

Auf Anhieb war mir klar, dass es sich hier bestimmt um eine dieser angestaubten Schaltjahr-Fangfragen handelte, und stand, nachdem ich Pintle das gesagt hatte, auf, um ins Lehrerzimmer zu gehen und schnell noch eine Tasse Tee zu ergattern, ehe die Kolleginnen die Kanne geleert hätten. Aber Pintle ließ sich nicht abschütteln. »Ich habe die Aufgabe in eine bildhafte Geschichte verpackt«, sagte er, »damit sie sich vorstellen können, wie B jeden Morgen nach dem Frühstück in den Keller geht – beim ersten Mal mit zwei Kohleschütten und beim zweiten Mal mit einer –, wie sie jeden Tag genau der gleichen Routine folgt, bis die Kohle aufgebraucht und As Keller leer ist. Aber wie ich von den Gesichtern mancher Schüler ablesen konnte, hatten viele es nicht verstanden … Selbst als ich mit dem Papierkorb als Ersatz für die Kohleschütte hinter der Tafel verschwand, die den Keller symbolisieren sollte, und wieder hervorkam, schauten sie mich verständnislos an.«

Dann räumte er ein, die Dummheit der Kinder habe ihn immer mehr in Rage gebracht und so habe er sie gefragt, ob sie noch nie gesehen hätten, wie ihre Mütter Kohle aus dem Keller heraufgeholt hätten. Zu guter Letzt habe sich ein Mädchen zu Wort gemeldet und erklärt, dass sie in ihrem Fertighaus keinen Keller hätten, sie aber Geschichten über reiche Leute gelesen habe, die einen hätten. Dies habe schließlich auch die anderen Schüler zu ähnlichen Geständnissen ermutigt, und es habe sich herausgestellt, dass keines der Kinder in einem Haus mit Keller lebe und dass nur eines von ihnen je in einem Keller gewesen sei. »Wie auch immer«, habe er zu ihnen gesagt, »vergesst den Keller. Stellt euch vor, eure Mutter holt Kohle von wo auch immer euer Vater sie aufbewahrt.« Daraufhin sei Mr Schlaumeier-Jenkins aufgesprungen und habe gesagt: »Aber Sir, unsere Eltern verbrennen keine Kohle mehr.«

Pintle fuhr in seinem Bericht fort:

»»Ach ja?‹, sage ich. ›Und was benutzen sie stattdessen?‹

›Gas halt‹, erwidert er.

›Nur weil dein Vater im Gaswerk aushilft‹, pariere ich, ›heißt das noch lange nicht, dass alle mit Gas heizen.‹

›Die Mütter von ihnen gehen alle arbeiten‹, sagt er frech. ›Das ist das neue Gesellschaftsmodell, sagt mein Dad. Und wenn sie nach der Arbeit heimkommen, ist es genau so warm, wie sie's haben wollen.‹

›Blödsinn!‹, sage ich.

›Fragen Sie sie doch‹, antwortet der Junge. ›Dann werden Sie ja sehen, dass es wahr ist, was ich Ihnen sage.‹

›Das werde ich ganz bestimmt nicht tun‹, erwidere ich.«

Bei diesen Worten machte Pintle eine dramatische Geste in meine Richtung und sagte: »Er wartet vor Ihrem Büro, und ich hoffe, er bekommt eine gebührende Strafe für seine Unverschämtheit.«

Nun, ich saß ganz schön in der Zwickmühle. Einerseits handelte es sich hier nicht um einen Akt des Ungehorsams. Andererseits wollte ich Pintle auch nicht in seiner Ehre kränken; also bat ich ihn, mir ein wenig Zeit zu geben, um mir etwas zu überlegen. Da stieß er ein hämisches Schnauben aus und sagte: »Ach, lassen Sie es, Sie sind doch genau wie alle anderen und drücken sich vor Ihrer Verantwortung. Es ist doch offensichtlich, dass Sie nicht gewillt sind, sich hinter Ihre Kollegen zu stellen.« Und er schob sich an mir vorbei in Richtung Tür. Ich schäme mich ein wenig, es zuzugeben, aber in diesem Moment riss mein Geduldsfaden und ich sprang ebenfalls von meinem Stuhl auf. »Hören Sie zu, Mr Pintle!«, rief ich. »Los, kommen Sie zurück. Sie wollten mich sprechen, nicht umgekehrt. Aber jetzt bin ich dran.« Betreten hielt er inne. »Haben Sie sich überhaupt die Mühe gemacht, festzustellen, ob der Junge nicht vielleicht recht hat?«, sagte ich. »Nein, ich wette, das haben Sie nicht getan! Die Welt hat sich, seit Sie in Bayswater aufwuchsen und noch ein kleiner Junge waren, weitergedreht und wird sich immer weiterdrehen. Vielleicht heizen die Menschen jetzt wirklich mit Gas. Und ich kann auch nicht erkennen, inwiefern der Junge unverschämt gewesen ist. Er hat einfach nur gesagt, was er für richtig hält. Wir sind verdammt noch mal hier, diese Kinder zu freien Menschen und nicht zu Sklaven zu erziehen. Das hier ist eine Schule und keine Hühnerfabrik.« Die ganze Zeit über hatte er mich entgeistert angesehen, und als ihm klar war, dass ich geendet hatte, eilte er davon. Als ich nach Matthew Jenkins sehen wollte, hatte sich dieser ebenfalls taktvoll zurückgezogen.

Gut gemacht, Harpole! Warum sollte er Pintle in seiner Intoleranz auch noch bestärken? Wenn Pintle darauf besteht, viktorianische Haushalte als Kulisse für seine mathematischen Scharaden zu benutzen, ist er selbst schuld an seinen Kommunikationsproblemen. Die Fantasie zieht sich zurück, wenn die armen Kinder leichtsinnig zwischen Harpoles Neuer Mathematik, Miss Foxberrows Abwesender Mathematik und Pintles Mittelalterlicher Mathematik hin und her geschubst werden. Wenn sich Harpole etwas vorzuwerfen hat, dann, dass er es versäumt hat, eine Mathematikmethode vorzugeben, an die er glaubt, und dann dafür zu sorgen, dass sie umgesetzt wird, egal, was dabei herauskommen mag. Doch in einem liegt Pintle richtig: Sicherlich ist es sinnvoll, Rechenaufgaben szenisch aufzubereiten, solange man sich dabei an den gegenwärtigen gesellschaftlichen Verhältnissen orientiert. Sobald sich Harpole wieder beruhigt hat, könnte er Pintle dazu ermuntern, für die Vierteljahreszeitschrift der lokalen Pädagogikfakultät einen Beitrag über seine Theorie zu schreiben, damit irgendein Professor sie aufgreift und seinen Posten als Mitglied des

Presserats der Universität missbraucht, um den Aufsatz ein wenig auszuschmücken und dann unter eigenem Namen zu veröffentlichen. Denn wie allgemein bekannt sind alle Lehrbücher zum großen Teil aus anderen Texten zusammengeschustert.

TAGEBUCH

Ich schämte mich ein bisschen für meinen Gefühlsausbruch, weil Pintle ein älterer Herr und vermutlich auch ein wenig verbittert ist, nachdem er bei der Beförderung übergangen wurde. Daher ging ich in sein Klassenzimmer und sagte, ohne auf unsere Auseinandersetzung einzugehen, für wie interessant und originell ich seine Theorie, mathematische Probleme bildhaft aufzubereiten, hielte.

»Oh«, erwiderte er und machte einen ziemlich verdatterten Eindruck. »In der Tat, als ich vor ungefähr vierzig Jahren im Hochland von Dekkan war, wo ich die beiden legitimen Söhne des Maharadschas unterrichtete, sagte mir Seine Hoheit, der häufig unseren morgendlichen Lektionen beiwohnte, genau das Gleiche, was Sie eben zu mir gesagt haben. Meine lehrreichen Dramatisierungen würden ein faszinierendes Licht auf die englische Gesellschaft werfen, meinte er. Mehr noch, er ermunterte mich, ein kleines Buch über meine Theorie zu verfassen, das er dann auf seine Kosten drucken und binden und mit einem echten Ledereinband versehen ließ. Wenn Sie wollen, leihe ich Ihnen ein Exemplar.«

20

EMMA FOXBERROW
AN FELICITY FOXBERROW

… o ja … als ich heute etwas später als sonst nach Hause ging,
sah ich, wie Fred Billitt, den ich schon einmal erwähnt habe,
kopfüber in dem Drahtgeflecht-Mülleimer auf dem Spielplatz
wühlte. Ich wartete, bis er wieder auftauchte, und fragte ihn,
was er da mache. »Oh«, sagte er mit lobenswerter Geistesgegen-
wart und indem er ein paar angeknabberte Pausenbrote, die
andere Schüler weggeworfen hatten, hinter dem Rücken ver-
barg, »ich suche ein Comicheft, das ich verloren hab.« Am
nächsten Morgen nahm ich ihn während der Morgenandacht
genauer in Augenschein und sah mir dann auch die anderen
drei blassen und hohläugigen Billitts näher an, ehe ich G. Harpole mitteilte, die Familie Billitt sei unterernährt.

»Unterernährt!«, rief er aus. »Das kann nicht sein. Niemand
ist heutzutage unterernährt. Die sind von Natur aus so. Ich kenne alle sechs Billitt-Geschwister, und sie sehen alle gleich aus.
Das kommt von der Familie mütterlicherseits.«

»Soso, mütterlicherseits«, sagte ich. »Oder doch eher väter-
licherseits? Weil Vater Billitt mit dem Geld von der Familien-
beihilfe wie ein Puter gemästet werden muss, während der Rest
zusieht, wie er sich den Bauch vollschlägt? Sie sollten dafür sorgen, dass die Kinder medizinisch untersucht werden, weil sie
bestimmt unterernährt sind.«

»O nein«, protestierte er. »Die vom Gesundheitsamt würden mich glatt für verrückt erklären. Die kennen die Billitts genauso gut wie ich. Aber ich werde den Schularzt bitten, sie sich anzuschauen, wenn er im Oktober zu seiner jährlichen Inspektion kommt.«

Oh, diese verdammten Beamten. Sie spotten jeder Beschreibung! Frag doch bitte Daddy, ob ich in den Ferien sechs kleine Billitts mit nach Hause bringen darf. Sie können auf dem Speicher schlafen …

TAGEBUCH
Emma Foxberrow hat sich furchtbar wegen der Billitts echauffiert, sie behauptet, der Vater sei der Einzige in der Familie, der ordentlich zu essen bekommt. »Ich kenne solche Typen wie ihn, solche elenden Haustyrannen, wie er einer ist!«, rief sie erbost aus. »Wenn der die Wahl hat zwischen einem saftigen Steak für einen oder Halsgrat für alle, dann weiß ich, wer da was bekommt …« Sie nimmt sich immer alles so zu Herzen! Wenn sie so weitermacht, kriegt sie bald einen Nervenzusammenbruch. Mache mir ziemlich Sorgen.

HARPOLE AN DR. O. MCALPINE, SCHULARZT
Ich würde Sie gern über einen möglichen Missstand informieren, und zwar geht es um folgende Kinder:

Henrietta Billitt, 10 Jahre
Fred Billitt, 9
Gary Billitt, 8
Phyllis Billitt, 7

Meines Erachtens sind alle unterernährt, und ich wäre Ihnen dankbar, wenn Sie sie so bald wie möglich untersuchen könnten.

OBERSCHULARZT AN HARPOLE

Wie Sie sicherlich wissen, ist der nächste Termin für eine Routineuntersuchung an Ihrer Schule am 21./22. Oktober. Dr. McAlpine, der für Ihre Schule zuständig ist, hat keine Termine mehr frei, da ihn seine Pflichten als Schularzt für den Landkreis Tampling vollauf beschäftigt halten. Außerdem besucht er gerade eine Weiterbildung. Ich würde Ihnen daher empfehlen, sich in der Zwischenzeit an die Eltern zu wenden, damit diese ihren Hausarzt aufsuchen.

TAGEBUCH

Habe Miss F. gesagt, dass es unmöglich ist, eine medizinische Untersuchung für die Billitts in die Wege zu leiten.

»Von wegen Weiterbildung!« Sie schnaubte abfällig. »McAlpine bildet sich höchstens auf dem Golfplatz weiter. Bei schönem Wetter trifft man ihn garantiert zwischen zwei und vier Uhr nachmittags dort an. Und bei schlechtem Wetter sitzt er im Pub und kippt sich einen hinter die Binde. Ich habe ihn schon mehrmals gesehen, als ich mit Edward Muttler dort war.«

HARPOLE AN MCALPINE

Eine medizinische Untersuchung der Familie Billitt ist m. E. von allerhöchster Priorität. Wer, wenn nicht Sie, wüsste nicht, wie sehr die Gesundheit von Kindern schwankt und dass sie sich nicht nach lange im Voraus festgelegten Terminen richtet. Daher wäre ich Ihnen sehr verbunden, wenn Sie Ihrer Verantwortung nachkommen würden, indem Sie diese Kinder baldmöglichst untersuchen.

OBERSCHULARZT AN HARPOLE

Ihr Schreiben wurde mir vorgelegt. Ich halte den Ton, den Sie darin anschlagen, für unangemessen und habe Dr. McAlpine geraten, den örtlichen Schulamtsleiter über diesen Verstoß gegen die Amtsetikette in Kenntnis zu setzen.

TUSKER AN HARPOLE

Der Oberschularzt hat mich auf einen Brief von Ihnen hingewiesen, den Sie an den lokalen Schularzt geschickt haben und dessen Ton er höchst unangemessen findet.

… Ich stimme ihm völlig zu. Es steht Ihnen nicht zu, verwaltungstechnische Regelungen infrage zu stellen. In Zukunft schicken Sie Briefe, die an andere Abteilungen der Grafschafts-Verwaltung adressiert sind, zuerst an mein Büro, damit sie weitergeleitet werden können.

HARPOLE AN FRED SPINKS,
EHRENAMTLICHER GENERALSEKRETÄR
LEHRERGEWERKSCHAFT MELCHESTER

Würdest du dir diesen Briefwechsel bitte kurz anschauen, Fred? Wie sieht die Gewerkschaft das Ganze? Müssen wir uns tatsächlich diese Schikanen gefallen lassen?

SPINKS AN HARPOLE

Das ist eine einzige große Unverschämtheit, aber zitiere mich bitte nicht. An deiner Stelle würde ich es dabei belassen. Du musst wissen, dass ein Wort von ihm an die richtige Person genügt, und du kannst eine feste Rektorenstelle an einer Schule in dieser Grafschaft vergessen. Und selbst wenn du dich in einer anderen Grafschaft bewirbst, so werden die als Erstes eine vertrauliche Anfrage an Tusker richten, und der muss nur »Querulant« flüstern, und schon hast du einen unsichtbaren Aktenvermerk … Muss ich noch mehr sagen?

Trotzdem werde ich deine Anfrage an Mortlake, den Regionalvorstand, weiterleiten, soll der mal seinen Hintern hochkriegen …

REGIONALVORSITZENDER LEHRERGEWERK-
SCHAFT – VERTRAULICH

Lieber Kollege,

auch wenn ich die Haltung des für Sie zuständigen Schulamtsleiters missbillige, würde ich Ihnen raten, seine Anweisungen zu beachten, liegen sie doch m. E. im Rahmen seiner Befugnis, und Sie sind vertraglich verpflichtet, sie zu befolgen.

Verzeihen Sie die Kürze meines Schreibens, aber ich bin auf

dem Sprung zu einer Bildungskreuzfahrt, zu der die Bahama Shipping Line eingeladen hat, sodass ich anschließend darüber referieren kann, wie sich Kreuzfahrten gewinnbringend im Bildungssektor einsetzen lassen.

TAGEBUCH
Habe Miss Foxberrow gesagt, ich hätte in Sachen Billitts nun alles in meiner Macht Stehende getan.

»Ja, mehr war von Ihnen wohl nicht zu erwarten«, entgegnete sie schroff.

»Wie meinen Sie das?«, fragte ich empört.

»Nun, Sie gehören doch zu den Treuhändern, die mit gewissen Privilegien ausgestattet sind, damit sie im Gegenzug Englands Jugend auf diese Hühnerfabrik von einer Gesellschaft vorbereiten, in der wir leben, oder nicht? Wobei ich persönlich finde, man müsste Ihnen ein viel höheres Bestechungsgeld bezahlen, weil das Establishment dieser Hühnerfabrik aus Politikern, Pfarrern und Zeitungsverlegern im Grunde nichts weiter tun muss, wenn Leute wie Sie den Nachwuchs bereits weichgeklopft haben.

Die Kinder kommen als freie Seelen, die Augen noch voller Unschuld, als, wie der Dichter sagt, dahinziehende Wolken der Herrlichkeit zu Ihnen. Und Ihnen fällt die monströse Aufgabe zu, sie dies vergessen zu machen. Monströs, o ja, denn um ihr gerecht zu werden, muss man selbst ein Monster sein!«

»Also, das nehme ich Ihnen jetzt wirklich übel«, sagte ich. »Zufälligerweise mag ich Kinder, auch wenn ich Lehrer bin!«

»Nun, dann tun Sie Ihre schmutzige Arbeit wohl in gutem Glauben«, erwiderte sie mit einem abfälligen Schnauben, »denn so wurden Sie ja selbst konditioniert. Woher sollten Sie es also besser wissen? Nehmen Sie es sich nicht zu Herzen; Sie sind ja nur einer von vielen!«

Harpole hat allen Grund, zerknirscht zu sein. Nachdem er fünf-
zehn Jahre in dem Glauben zugebracht hat, alles richtig zu ma-
chen, lässt ihn dieses Zerrbild seiner selbst, das ihm da vorge-
halten wurde, zu Recht innehalten. Einer Kollegin steht es doch
nicht zu, einen so nebenbei an die eigene unsterbliche Seele zu
gemahnen.

HARPOLE AN TUSKER

Ich bedaure, dass ich nicht die Unterstützung erhalte, die man von einem Beamten des *Bildungs*wesens erwarten dürfte. Wie ich bereits berichtet habe, sind meines Erachtens alle Kinder der Familie Billitt unterernährt. Das verzögert deren Entwicklung.

Unter diesen Umständen hätte ich eigentlich erwartet, Sie würden darauf bestehen, dass der Schularzt die Kinder unverzüglich untersucht.

TUSKER AN HARPOLE

Ich verbitte mir aufs Heftigste den Ton, den Sie in Ihrer Notiz anschlagen, und schicke sie Ihnen hiermit zurück, damit Sie sie nochmals überdenken können.

TAGEBUCH

Habe Miss Foxberrow mit ziemlich beklommenem Gefühl von Tuskers Replik berichtet. »Irgendwann werde ich ein paar dieser Beamten in die Klassenzimmer zerren, damit sie einen Tag lang hautnah den Schulalltag erleben«, sagte sie finster.

EMMA FOXBERROW
AN FELICITY FOXBERROW

Als ich heute Morgen frühzeitig in die Schule kam, um das Fischaquarium zu säubern, stand Phyllis Billitt bibbernd vor verschlossener Tür, weil sie offenbar von dem Monster ausgesperrt wurde, mit dem sie unter einem Dach leben muss. Sie hatte nichts als ein paar fadenscheinige Baumwollfetzen am Leib. Schließlich gelang es mir, ihr aus der Nase zu ziehen, dass sie »einen Happen« (einen Kanten Brot mit einer hauchdünnen Schicht Margarine) und eine Tasse Tee zum Frühstück bekommen hatte. Außer mir vor Wut machte ich Mr Harpole, der gerade angeradelt kam, auf das Mädchen aufmerksam und fragte ihn, was er zu unternehmen gedenke.

»Ich kann ja noch einen Brief schreiben«, sagte er hilflos.

TAGEBUCH

… Ich erwiderte, ich würde nochmals ans Schulamt schreiben.

»Nein, sparen Sie sich die Mühe«, sagte sie. »Jetzt ist es an der Zeit, zu *handeln*. Wenn Sie mich jetzt bitte entschuldigen.« Dann ergriff sie Phyllis' schmutzige Hand und sagte: »Komm mit mir, Liebes.«

»Wo gehen Sie denn hin?«, fragte ich alarmiert (schließlich kenne ich Emma Foxberrow inzwischen).

»Das werden Sie bald genug erfahren«, erwiderte sie unheilvoll. »Aber ich sage es Ihnen lieber nicht, damit Sie hinterher mit Fug und Recht behaupten können, Sie hätten von nichts gewusst: Ich möchte Ihnen Ihre wunderbaren Aufstiegschancen nicht zunichtemachen. Es gab einmal eine Zeit, als ich dachte, es bestünde noch Hoffnung für Sie, aber das ist aus und vorbei. Sie sind bereits institutionalisiert.«

EMMA FOXBERROW
AN FELICITY FOXBERROW (Fortsetz.)
Da Croser für seine Verhältnisse recht früh eintraf, brachte ich ihn dazu, Phyllis und mich zum Schulamt zu fahren.

Minchin, das Schaf aus dem Vorzimmer, blökte: »Was soll das denn? Was soll das? Kinder sind hier nicht erlaubt. Das ist eine Vorschrift. Wenn Sie etwas wollen, müssen Sie das schriftlich einreichen« … und ließ dergleichen mehr Sprüche vom Stapel, während wir uns an ihm vorbeischoben, geradewegs ins Allerheiligste hinein, wo Tusker, der mächtige Beamte, an seinem Schreibtisch saß und müßig mit einem Brieföffner Kuverts aufschlitzte (auf dem die Worte »Ein Souvenir aus Aberystwyth« eingraviert waren).

»Vorsicht, Mr Tusker! Ein Kind!«, rief ich aus.

TAGEBUCH
Tusker hat nun doch auf einer ärztlichen Untersuchung der Billitts bestanden.

Obwohl sie von einem ganz anderen Naturell ist als ich, muss ich Miss Foxberrow allmählich bewundern. Sie ist so viel mutiger als wir alle und lässt sich weder von Behörden noch den Meinungen anderer einschüchtern. Die meisten von uns Lehrern, und allen voran ich, sind sehr darauf bedacht, ja niemanden zu verärgern, es sei denn, es handelt sich um Kinder. Ich bin geradezu entsetzt über meine speichelleckerisch-katzbuckelnde Feigheit, von der ich mich habe übermannen lassen, obwohl das Schlimmste, was Tusker mir anhaben kann, ist, mir Steine bei einer eventuellen Beförderung in den Weg zu legen. *Umbringen* kann er mich nicht! Künftig werde ich mich dazu zwingen, ihm die Stirn zu bieten, wenn ich weiß, dass ich im Recht bin.

Mit übellauniger Miene erschien McAlpine schließlich in der Schule. »Was erzählt Tusker da von Unterernährung?«, fragte er unwirsch. »Heutzutage ist niemand mehr unterernährt. Überernährt, das schon. Unterernährt – nein. Und woher will ein Laie wissen, ob jemand unter Unterernährung leidet (selbst wenn es heutzutage noch möglich wäre)? Wollen Sie immer noch, dass ich mir diese Kinder anschaue?«

Dann untersuchte er der Reihe nach die Billitt-Kinder. Jedes musste seine magere Brust entblößen, die er dann mit spitzen Fingern abtastete, während er sie fragte, wie sie sich fühlten. Als das letzte hinausgegangen war, fragte er: »Und, sind Sie jetzt zufrieden? Sie haben ja gehört, was sie gesagt haben – dass sie sich gut fühlen. Die kleinen Teufel sind fit wie Flöhe«, fügte er hinzu und schenkte mir ein joviales Lächeln.

»Sie sind aber furchtbar dünn, Doktor«, protestierte ich.

»Nein, nicht dünn, drahtig!«, entgegnete er. »Würde diesen ganzen anderen verhätschelten Gören nicht schaden, wenn sie ein bisschen mehr wären wie sie.« Beim Hinausgehen erzählte er mir, welch karges Leben er als kleiner Bub auf einem Gehöft in den Highlands gefristet hatte.

»Und warum sind die Kinder so blass?«, fragte ich in einem Ton, den, wie ich glaubte, Emma Foxberrow angeschlagen hätte.

»Blass!«, rief er aus. »Welche Farbe sollen sie denn haben in diesem verdammten Klima? Sie sind blass, ich bin blass, wir alle sind blass.«

»Also sind sie Ihrer Meinung nach gesund und wohlgenährt?«, fragte ich. »Und der kleine Fred hat nur aus Abenteuerlust kopfüber im Abfalleimer gewühlt, und die beiden Ohnmachtsanfälle der kleinen Henrietta Billitt im Sportunterricht waren ihrer Hysterie geschuldet? Nun, dann notiere ich alles, was Sie gesagt haben, im Schulprotokollbuch, und wenn eines der Kinder tot umfällt, wird der Rechtsmediziner wenigstens aus offizieller Quelle wissen, dass Unterernährung nicht die Todesursache war, denn das haben Sie ja schließlich so festgestellt.«

»Oh«, sagte er (und sein joviales Lächeln verschwand), »wenn Sie das so sehen, dann spreche ich mal mit dem Sozialamt und dem Hausarzt der Familie über die Sache.«

»Und was werden Sie ihnen sagen?«

»Das fällt unter die ärztliche Schweigepflicht«, erwiderte er und kostete diese Worte sichtlich aus – dann ging er.

HARPOLE AN MISS FOXBERROW
Der Schularzt hat jetzt die Billitt-Kinder untersucht und sie für hundertprozentig gesund befunden. Ich fürchte, mehr können wir nicht tun. Vielen Dank, dass Sie sich so für diese unglückselige Familie einsetzen.

MISS FOXBERROW AN HARPOLE

Jeder außer einer faulen Kröte wie McAlpine kann sehen, dass die Kinder zu wenig zu essen bekommen. Ich hoffe, Sie belassen es nicht dabei. Wie wär's, wenn Sie zu diesem Fiesling Billitt gingen und ihm sagten, er soll endlich seiner Familie was zu essen geben?

TAGEBUCH

Nach reiflicher Überlegung beschloss ich, dass es nicht *meine* Aufgabe ist, mich zu diesem Billitt zu begeben, sondern die des Gesundheitsamts.

Dann ging ich in den »Fusilier«, konnte jedoch meinen Rum nicht genießen, weil ich mich des Gefühls nicht erwehren konnte, die Tatsache, dass Billitt schon mehrmals verurteilt wurde, weil er die Polizei und Nachbarn tätlich angegriffen hatte, könnte meine Entscheidung beeinflusst haben.

EDITH WARDLE AN HARPOLE

Es hilft nichts, ich muss es dir ja sagen: Ich liebe dich nicht mehr. Oder sagen wir besser, ich liebe dich und liebe dich nicht. Oder was ich eigentlich sagen will, ist, dass ich jemand anderen mehr liebe. Sein Name ist Edwin, und er arbeitet als Vertreter für Glowsheen, du weißt schon, diese Haarkosmetikfirma. Ich kenne ihn seit etwas mehr als einem Jahr, seit er zu uns in den Salon kommt. Ich habe es bislang vor dir verheimlicht, aber seit ein paar Monaten lässt er nicht locker, dass er mich heiraten will, und jetzt habe ich Ja gesagt: Wir heiraten übrigens schon morgen – mit einer Sondererlaubnis, um nicht die übliche Frist vom Aufgebot bis zur Trauung abwarten zu müssen. Ich hoffe, du bist nicht verletzt, George, aber das glaube ich eigentlich nicht. Ich bin nicht wirklich dein Typ, und um ehrlich zu sein, bist du auch nicht mein Typ. Bestimmt findest du bald jemand anders. Was ist mit dieser Lehrerin, die du immer wieder in deinen Briefen erwähnt hast? Wir haben mit einer Anzahlung ein Reihenhaus in einer gehobenen Wohngegend mit netten Nachbarn in Manchester gekauft, wo sein Büro ist, und wir haben es auch schon fertig eingerichtet. Weil es ohnehin rauskommen würde, sage ich es dir besser selbst: Ich musste heiraten, und ich bin ja so glücklich, dass Edwin zu mir hält. Ich hoffe, sie befördern dich bald zum Rektor. Du hast es verdient. Ich bin froh, dass ich dich kennenlernen durfte, du bist so ein guter, verlässlicher Kerl, und es tut mir leid, dass ich deine Erwartungen nicht erfülle, nicht warten konnte …

TAGEBUCH
Ich fühle mich schrecklich verletzt und niedergeschlagen. Wobei ich zugeben muss, dass mich mehr Schuld trifft als sie, weil ich sie so lange habe warten lassen, während ich für die Anzahlung für ein Haus und die Einrichtung sparte. Bin unfähig, heute Abend noch mehr zu Papier zu bringen.

SCHULPROTOKOLLBUCH
Heute kam ein Vater zu uns in die Schule, ohne vorher einen Termin zu vereinbaren, und beschwerte sich, dass seine vier Kinder ohne seine Erlaubnis medizinisch untersucht wurden. Nachdem wir eine Meinungsverschiedenheit hatten, ist er wieder gegangen.

EMMA FOXBERROW

AN FELICITY FOXBERROW

… gerade als ich von einem sehr niedergeschlagenen Harpole
meinen wöchentlichen Hungerlohn in Empfang nehmen durfte, platzte unser Gorilla vom Dienst herein, dieser Billitt, der
seine Frau und Kinder verhungern lässt (sagen seine verängstigten Nachbarn hinter vorgehaltener Hand), sie samstagnachts,
wenn er von der Kneipe nach Hause kommt, aus den Betten
zerrt, mit dem Gürtel verhaut und ihnen mit einer doppelten
Tracht Prügel droht, sollten sie jemandem etwas sagen. Als G.
Harpole ihn erblickte, erbleichte er sichtlich (gelinde gesagt)
und wich zurück, wobei er sich, seinem Gesichtsausdruck nach,
innerlich für den Notfall wappnete.

»Na sieh dich an, du eingebildeter Scheißkerl!«, brüllte Billitt. »Ich werde dir zeigen, wie Männer, die für ihren Lebensunterhalt *arbeiten* müssen, mit Unruhestiftern wie dir verfahren. Eine in die Fresse, das ist es, was du brauchst und auch
kriegst. Und wenn ich mit dir fertig bin, ist sie dran!«, sagte er
und sah mich dabei an.

»Ich werde Sie anzeigen«, sagte Harpole zaghaft. »Ich werden den Anwalt der Lehrergewerkschaft …«

»Im *Mirror* hab ich letzte Woche von einem Mann gelesen,
der einen Fünfer berappen musste, dafür dass er 'nem anderen
mit den Fäusten gezeigt hat, wo's langgeht!«, rief Billitt aus.
»Und dir deine Nase polieren ist 'n Fünfer wert – den zahlt sowieso die Fürsorge.«

Mit diesen Worten holte er aus und zielte mit seiner Pranke
auf Harpoles Kopf, der, wofür er meine volle Bewunderung verdient, sich blitzschnell duckte. Sein Angreifer verpasste daraufhin der sich dahinter befindenden Wand einen erschütternden
Boxhieb (die erzitterte, aber nicht einstürzte). Und während

Billitt noch vor Schmerz und Wut herumbrüllte, langte G. H. nach einem Kricketschläger, der verdächtig griffbereit in einer Ecke lehnte, und zog Billitt einen heißblütigen schräg gezogenen Pull-Shot über das Hinterteil. Billitt sank auf die Knie, suchte vergeblich in der Luft nach Halt und wirkte buchstäblich wie vor den Kopf geschlagen.

»So!«, brüllte G. H. »Du elender Affe! Das wird dir hoffentlich eine Lehre sein, so einfach in meine Schule hineinzuspazieren und mich und *meine* Mitarbeiter zu bedrohen! Sie armseliger, dummköpfiger Raufbold, Sie!« Inzwischen außer sich vor Wut, bot er in seinem Triumph, der ihn zu doppelter Größe hatte anwachsen lassen, ein Bild für die Götter, wie neulich, als er dreißig Runs in einem Over erzielt hatte.

Dann packte er Billitt an den Haaren, ließ jedoch (wie ich erleichtert feststellte) den Schläger fallen, denn ich hatte mich im Geiste schon das bisschen Hirn, das Billitt in seinem Kopf hat, aufwischen sehen. Als Nächstes versetzte G. H. ihm mit der flachen Hand eine Ohrfeige, die es in sich hatte und ihn wieder zur Besinnung brachte, ehe er ihn unter Einsatz seines Knies zur Tür hinausbeförderte. Billitt, vor Angst und Schrecken ächzend, floh den Flur entlang, und G. H. brüllte ihm hinterher: »Wehe, ich sehe Sie noch ein einziges Mal auch nur in der Nähe *meiner* Schule! Und wenn ich einen blauen Flecken an einem Ihrer Kinder finde, komme ich höchstpersönlich bei Ihnen vorbei, und dann können Sie aber wirklich was erleben!«

Plötzlich war es in dem Gebäude vollkommen still, und es war klar, dass in sämtlichen Klassenzimmern der Unterricht zum Erliegen gekommen war, während alle in regloser Verzückung gelauscht hatten. Dann wand sich G. H. mir zu, seine Augen glitzerten wild, und er schnaufte heftig (während ich in willenloser Bewunderung erstarrt darauf wartete, dass er mich in seine Höhle zerrte und dort verführte).

Doch dann verwandelte er sich unvermittelt wieder in den alten überkorrekten Harpole, richtete seine Krawatte, strich das Haar glatt, stellte seine Waffe umsichtig an ihren Platz zurück und wurde rot.

»Ich muss mich bei Ihnen entschuldigen, Miss Foxberrow«, sagte er, »dafür, dass Sie gezwungen waren, sich eine derart erbärmliche Szene anzusehen. Ich bedaure, dass ich mich von meiner Leidenschaft habe hinreißen lassen, und jetzt halten Sie, die Sie meine Einstellung gegenüber körperlicher Züchtigung ja kennen, mich gewiss für einen Heuchler. Aber mir hat vor Kurzem ein Angestellter von Glowsheen ziemlich zugesetzt, und in einer Art halluzinatorischer Anwandlung muss ich Billitt für diesen Mann gehalten haben. Auch wenn das etwas viel verlangt scheint, glauben Sie mir bitte, dass es sich um eine kurzzeitige Entgleisung gehandelt hat, die sich bestimmt nicht wiederholen wird. Bitte verzeihen Sie mir.«

»Mr Harpole«, sagte ich, der Ohnmacht nahe, »das tue ich, das tue ich. Aber Sie waren … einfach großartig!« Da sah er mich an, als hätte ich ihn aus Versehen angeschossen.

»Wirklich?«, erwiderte er. »Ich wünschte, ich würde mich auch so fühlen. Ich fürchte nur, Billitt marschiert jetzt schnurstracks zu einem Arzt oder einem Pressefotografen und präsentiert denen seinen Allerwertesten, ehe er sich rechtlichen Beistand bei einem Anwalt einholt. Aber ich nehme an, Ihre Klasse fragt sich schon, wo Sie abgeblieben sind.«

Allmählich begriff ich, welche Bedeutung diese absurden Gedichtzeilen von Sir H. Newbolt für den armen Kerl haben.

Was soll man zu dieser Szene sagen? Mir bleibt höchstens, daran zu erinnern, dass es eine uralte englische Tradition ist, Gewalt nur als allerletztes Mittel einzusetzen, wenn man für Gerechtigkeit sorgen will.

TAGEBUCH

Mir fiel heute ein Stein vom Herzen, als Henrietta Billitt erschien und mir zehn Zigaretten hinhielt, und zwar mit den Worten: »Die schickt Dad, um Ihnen zu danken für alles, was Sie für uns getan haben, er sagt, er sucht sich jetzt Arbeit und gibt Mum regelmäßig Geld und wir dürfen auch am Ausflug teilnehmen und dass wir jetzt drei- oder viermal die Woche Fish and Chips essen. Und meine Mum hat gesagt, ich soll Ihnen sagen, man muss mit Männern von dieser Sorte genau so umgehen und Sie sollen ruhig wieder zuschlagen, wenn's sein muss, weil das ist die einzige Sprache, die Dad versteht.«

Gestern Abend habe ich beim Dinner, das die Methodisten einmal im Jahr veranstalten, wieder »*Trade Winds*« und »*Sea Fever*« zum Besten gegeben und dazu, um dem frommen Rahmen gerecht zu werden, Händels »*Arm, Arm, ye Brave*«, und die Darbietung fand wieder großen Anklang, obwohl das Klavier dringend gestimmt werden müsste.

21

EMMA FOXBERROW
AN FELICITY FOXBERROW

Nein, ich bin nicht in George Harpole verliebt (du brauchst ihn übrigens nicht spöttisch »deinen Herrn Vorgesetzten« zu nennen: So ist es nicht mehr). Wenn mein letzter Brief nur von ihm handelte (wie du angemerkt hast, wobei es mir gar nicht so vorkam), dann nur, weil während seines Interregnums tatsächlich eine unverhoffte Tugend bei ihm zum Vorschein gekommen ist. Ich glaube, mit seinem Liebesleben ist es Essig, weil er in letzter Zeit wie ein verrückt gewordener Elefant in der Schule herumläuft. Billitt war der Erste, der ihm in die Quere gekommen ist, aber nicht der Letzte, denn noch ein paar weitere wurden von ihm niedergetrampelt. Zum Beispiel hörte ich, weil meine Tür *zufällig* nur angelehnt war, wie er sich Mrs. G.-J. auf dem Flur vorknöpfte. »Jetzt reicht es mir aber!«, sagte er wutschnaubend. »Ich will, dass unsere Schüler wie Kinder behandelt werden und nicht wie viktorianische Spülküchenhilfen. Diese Kinder sind hier nicht nur geduldet, damit das Ehepaar Grindle-Jones in den Genuss einer doppelten Lehrerpension kommt – nein, sie sind Ihr Daseinszweck, und zwar zwischen neun und sechzehn Uhr!«

»Also wirklich. Ich habe dreißig Jahre Erfahrung im Schuldienst, und noch nie hat es jemand gewagt …«

»Sie haben nicht dreißig Jahre Erfahrung im Schuldienst«,

erwiderte er scharf. »Sie haben nur dreißig Jahre lang Jahr für Jahr dieselben Erfahrungen gemacht.«

TAGEBUCH

Als ich heute Miss Tollemaches Klassenzimmer aufsuchte, traf ich Theaker dort an. Als ich eintrat, sagte sie gerade: »Und weil ihr so brav wart, erlaubt Mr Theaker uns morgen, mit Schere und Papier zu basteln.«

Worauf die Klasse, die sich wie eine Horde dressierter Seehunde gebärdete, im Chor sagte: »Danke, Mr Theaker!« – Und dieses Individuum sah derart unerträglich wie ein Vormundschaftsratsvorsitzender beim Armenhaus-Weihnachtsessen aus, dass ich ihm auf den Flur hinausfolgte und zu ihm sagte: »Was habe ich gerade gehört? Seit wann bestimmen Sie, was die Lehrer und Kinder tun dürfen und was nicht? Das hier ist eine Erziehungsinstitution und kein Erholungsheim für Hausmeister. Ihr Job ist es, für Wärme, Sauberkeit und Sicherheit in diesem Gebäude zu sorgen.«

Im ersten Moment war Theaker sprachlos, doch dann begann er sich zu ereifern.

Ich unterbrach seinen Wortschwall. »Und ich will morgen nicht wieder einen Zettel von Ihnen auf meinem Schreibtisch vorfinden, auf den Sie beleidigt einen Ihrer nachträglichen Einfälle gekritzelt haben.«

Dann öffnete ich erneut die Tür von Miss Tollemaches Klassenzimmer und rief laut: »Ihr dürft übrigens zweimal täglich und fünf Tage die Woche mit Papier und Schere basteln.«

Ich habe Mr Theaker, den Hausmeister, ermahnt, weil er sich in den Unterrichtsablauf eingemischt hat.

TAGEBUCH

Nun, da ich die Sache mit Edith und ihrem Glowsheen-Gatten so gut wie verwunden habe, ist mir bewusst geworden, dass mein Verhalten in den letzten Wochen weit unter dem Niveau war, das die Belegschaft von einem Schulleiter erwarten darf.

Ich beschloss daher, mich bei Mrs Grindle-Jones zu entschuldigen, nicht jedoch bei Theaker und ganz sicher nicht bei Billitt.

Als ich wie immer vor dem Verlassen des Gebäudes meine routinemäßige Runde durch die Schule drehte, sah ich durch den Türspalt, wie Miss Foxberrow, die Füße auf dem Schreibtisch, der Rock ziemlich weit hinaufgerutscht, zurückgelehnt auf ihrem Stuhl saß, während sie an die Decke starrte und eine Zigarette rauchte. Da sie so einsam wirkte und mir ein bisschen leidtat, ging ich hinein und machte, wobei ich ihren Verstoß gegen das Rauchverbot außerhalb des Lehrerzimmers ignorierte, eine Bemerkung in dem Sinne, dass Tampling trotz der Meeresnähe für sie ziemlich öde sein müsse nach ihrer Zeit in Cambridge.

»O nein!«, erwiderte sie, ohne sich die Mühe zu machen, ihren Rock herunterzuziehen und sich aufrecht hinzusetzen. »Im Gegenteil, ich finde die Gegend sogar ziemlich faszinierend, genau so, wie ich es erwartet hatte.«

»Wie schön für Sie«, sagte ich, »denn dann ergeht es Ihnen besser als mir. Ich kann das alles hier nämlich nur ertragen, weil das Bruddersford-Lehrer-College seine Insassen darauf trimmte, sich mit so gut wie allem zu arrangieren. Aber es würde mich sehr interessieren, was Sie so faszinierend an dieser Gegend finden.«

»Oh, die Zeugnisse der Vergangenheit. Die Bauwerke und so weiter … Diese Gegend ist besonders reich an architektonischen Wundern, die noch nicht so abgenutzt sind vom vielen Angestarrtwerden wie andere, beispielsweise Stratford-upon-Avon, Westminster Abbey oder Florenz. Sie sind der Grund dafür, dass ich diese befristete Stelle angenommen habe, und ich unternehme jeden Samstag Ausflüge, um sie zu erkunden.«

Nachdem wir noch ein bisschen geplaudert hatten, fragte ich sie, ob ich sie am nächsten Samstag begleiten dürfe (an dem kein Kricketspiel stattfindet), damit ich mit eigenen Augen sehen könne, was mir bislang entgangen sei, und sie sagte ohne Umschweife Ja.

TAGEBUCH

Obwohl sie in Cambridge studiert hat, legt Miss Foxberrow keinerlei Wert auf Äußerlichkeiten. Wir hatten uns am Busbahnhof verabredet, und sie trug einen Burberry-Trenchcoat mit einem großen Riss, der sich von einer Tasche bis zum Saum zog, und ihre Schuhe schienen schon länger nicht geputzt worden zu sein. Das ist furchtbar schade, denn sie ist äußerst attraktiv, nicht nur ist sie gut gebaut, sondern sind ihre Haare auch von einem natürlichen Blond, was in unseren Zeiten, in denen so viele Frauen ihre Haare mit Glowsheen-Produkten zukleistern, seltener ist, als man meinen würde.

»Oh«, sagte sie, als hätte sie meine Gedanken gelesen, was ich ziemlich beunruhigend fand, »Sie halten wohl nicht viel von meinem Aufzug« (während sie auf ihren zerrissenen Mantel und die roten Kniestrümpfe deutete). »Nun, ich wüsste nicht, warum sich eine Frau aufdonnern sollte, um wie eine Schaufensterpuppe auszusehen und abgedroschene Männerfantasien anzuheizen. Kleidung ist dazu da, das Wetter abzuhalten. Wer auf Frauen in Glitzerzeug und mit Goldlöckchen steht, sollte vielleicht besser einen Psychologen aufsuchen.«

Nachdem wir die knapp sechs Meilen bis Wimperley mit dem Bus zurückgelegt hatten, traten wir unseren Fußmarsch nach Ferry Farthingale an, das im Marschland in Meeresnähe liegt, und da Emma Foxberrow keine säumige Wanderin ist, trafen wir dort schon um halb elf ein. F. F. ist, abgesehen von seinem Kricketplatz, ein öder, vernachlässigter Ort. Als ich dies E. F. gegenüber erwähnte, bereute ich es sogleich wieder, denn sie erwiderte: »Ja, aber Ihnen ist wohl entgangen, dass es sich bei diesem Gartenhäuschen dort um einen alten Erste-Klasse-Waggon der Great Western Railway aus dem Jahr 1904 handelt. Nur die Tatsache, dass er für heutige Zwecke entfremdet wurde, hat ihn vor der Zerstörung bewahrt. Ich bin mir ziemlich sicher, dass es im ganzen Land keinen zweiten von dieser Sorte mehr gibt, deshalb werde ich mich an den Industriearchäologie-Verein in Barchester wenden, damit die ihn schleunigst von hier wegholen, wo er Wind und Wetter ausgesetzt ist, und er in die Obhut eines Museums kommt.«

Die Kirche ist überdimensional groß und mit einem mächtigen Turm und einem separaten Glockenturm ausgestattet. Zahlreiche Bankreihen bieten Platz für zwei- bis dreihundert Gläubige. Ich ließ auch eine diesbezügliche Bemerkung fallen und fragte E. F., wie solch ein Kaff wohl all das Geld aufgebracht hatte, um dieses Bauwerk zu errichten.

»Oh«, sagte sie, »eines sollten Sie sich unbedingt hinter die Ohren schreiben, Mr Harpole, damit Ihr Studium der Historie sich auszahlt. Und zwar, dass die Menschen im Mittelalter nicht genau wie wir waren, nur in ausgefallenen Gewändern. *Ihre* Gedanken ratterten nicht auf denselben Straßenbahnschienen einher wie die unserer uniformen Hühnerfabrikgesellschaft. Aber um Ihre Frage zu beantworten – ganz einfach: Die Leute glaubten damals an das Höllenfeuer und ewige Höllenqualen, und beides ist ein großer Ansporn, um tief in die Taschen zu greifen.«

Dann deutete sie auf einen Bereich über einer der Hauptschiffarkaden, wo trotz der zersetzten Farben ein Gemälde zu erkennen war. Es zeigte drei alte Herren in kostbarer Garderobe, die auf einem Feld mit Lilien wandelten, und dann dieselben drei nackt – sogar ihre Schamhaare waren versengt – inmitten lodernder Flammen.

»Wer hat das gemalt?«, fragte ich.

»Das weiß niemand«, antwortete E. F., »und genau das fasziniert mich. Dieser Künstler war ein Held, Mr H. Das, was er da an die Wand malte, war eine Vorwegnahme der Bauernrevolte – wahrscheinlich war er gerade von einem Informationsabend mit John Ball zurückgekehrt. Sehen Sie nicht auch vor Ihrem geistigen Auge die Arbeiter der Gutsherren mit starrer Miene beim Gottesdienst dasitzen und wie ihre Blicke zuerst zu *seinem* Gemälde huschen und dann zu den Gesichtern ihrer Obrigkeiten? Und stellen Sie sich die Wut Letzterer vor, die sich nicht trauten, der Heiligen Schrift zu trotzen und das Gemälde kurzerhand ausradieren zu lassen! Wie aufregend, finden Sie nicht auch?«

»Aber Sie glauben doch nicht etwa an die Hölle?«, fragte ich.

»Aber sicher«, verkündete sie, »und auch an die ewigen Höllenqualen! Und im Ernst, ich rate Ihnen, ebenfalls daran zu glauben. Denn dann können Sie sich damit trösten, dass, egal, was man Ihnen zumutet, es nie so schlimm sein kann wie *das,* und das nährt Ihre Verachtung gegenüber den Autoritäten, die wir alle hegen sollten.«

Dann kletterte sie auf eine Kirchenbank und forderte mich auf, es ihr gleichzutun, damit ich mir aus größerer Nähe die Rillen und Kerben in einem großen Stein besehen konnte, die unsere angelsächsischen Vorväter mit Axt und Dechsel hinterlassen hatten.

»Was man als aufregend empfindet, ist relativ, Mr H.«, sagte sie. »Für einen gebildeten Menschen ist ein solcher Anblick von weitaus größerem Unterhaltungswert als die Blutbäder und abgeschmackten Sexszenen in all diesen nicht jugendfreien Filmen oder in Büchern, die zu veröffentlichen sich manche Verleger heutzutage nicht mehr zu schade sind.«

Mich beeindruckte vor allem, welche Kraft die Menschen damals gehabt haben mussten, um dieses Gebilde aus Stein zu errichten. Ich bin auch nicht gerade ein Schwächling, aber diese Felsbrocken fand ich ziemlich einschüchternd, und ich musste zugeben, ich hatte keine Ahnung, wie die Menschen das damals bewerkstelligt hatten.

»Sie hatten ihren Glauben«, sagte E. F., »und die Liebe! *Amor vincit omnia,* Mr H.!« Sie sah mich lange an, ein Blick, dem ich eine gewisse Bedeutung beimesse. Sie schmeichelte mir auch damit, dass sie die Worte nicht übersetzte, und auch das halte ich nicht für ganz unbedeutend.

In diesem Moment kam der Pfarrer herein (die knarzende Tür gab uns genügend Zeit, schnell von der Bank herunterzusteigen). Er war ein kühl wirkender Mann und hatte die Haare sorgfältig über seinen Schädel drapiert. Die Kirche sei ein sehr altes Bauwerk, das die Normannen errichtet hätten, ließ er uns wissen. »Unzählige Generationen von Gläubigen haben an diesem geheiligten Ort dem Allmächtigen gehuldigt«, sagte er. Es beeindruckte mich sehr, als er uns von einem unterirdischen Gang erzählte, der von der Kirche zum etwa eine halbe Meile entfernten Gutshaus führte. Er sei gegraben worden, damit die Gutsbesitzerfamilie, die noch dem alten Glauben anhing, um Mitternacht in aller Heimlichkeit ihren Gottesdienst feiern konnte. Er zeigte uns die von einem Stein bedeckte Stelle im Altarraum, wo sie damals aufgetaucht waren, wobei er hinzufügte, es sei ihm nie gelungen, ihn auch nur einen Finger breit wegzubewegen.

Als er wieder gegangen war, sagte E. F. kein bisschen ehrfurchtsvoll: »Wenn es etwas in einer Kirche gibt, was ich verabscheue, dann einen Pfarrer, der dummes Zeug redet. Es erstaunt mich immer wieder aufs Neue, dass man sie an den theologischen Seminaren keine Architektur lehrt. Und deshalb muss man sie noch mehr fürchten als all diese Horden von Fahrradausflüglern, hinterlassen sie doch eine geweihte Spur der Verwüstung in den Bauwerken, die sie eigentlich beschützen sollten. *Sein* Geheimgang!« Letzteres rief sie voller Verachtung aus. »Ich habe noch nie eine Kirche gesehen, die nicht über einen meilenlangen Geheimgang verfügt, von dessen Existenz jeder weiß, auch wenn ihn noch nie jemanden gesehen hat, wobei es garantiert jemanden gibt, der jemand kennt, der schon mal in dem Gang war – was unmöglich ist, denn dann wäre es ja kein Geheimgang mehr! In den Dörfern gibt es keine Geheimnisse. Die Dörfler zerren jedes Geheimnis ans Licht; das ist seit Jahrtausenden ihre liebste Freizeitbeschäftigung. Und wie hätten sie die Erde verschwinden lassen sollen, die sie hätten ausgraben müssen? Indem sie das Zeug aufessen?«

(E. F. hat zu allem und jedem eine dezidierte Meinung, und das ist bisweilen ein wenig irritierend.)

»Haben Sie denn kein bisschen Ehrfurcht vor Kirchenmännern?«, fragte ich.

»Nein!«, erwiderte sie. »Diese Leute gehören der Vergangenheit an. Die Briten, ein jeder in sein kleines Nest gekuschelt, suhlen sich nur so in ihrer Selbstbezogenheit, während die Hälfte der Menschheit hungert, sowohl geistig als auch körperlich. Und wozu ermahnen die Geistlichen die drei ältlichen Damen und zwei Ministranten, die noch die Kirche besuchen? Zum lieben Gott zu beten und ihn zu bitten, sich um das Problem zu kümmern, zu tun, was *Er* für richtig hält. Aber wehe, ein methodistischer Pfarrer soll in ihren Club aufgenommen werden, dann fahren sie ihre Klauen aus, trommeln sich wie die Primaten auf die Brust, und bestimmt legt eines der Mitglieder sein Veto ein. Nein, sie haben die unangenehmeren Seiten der christlichen Lehre allzu oft verraten und damit ein für alle Mal ihre Chancen vertan. Bei den drängenden Problemen unserer Zeit brauchen wir sie genauso wenig wie die ganzen Politiker und ihrer Speichellecker.«

»Ich hoffe, Ihre Ansichten werden nie dem Vorsitzenden unseres Schulbeirats, Reverend Micheldever, zu Ohren kommen«, sagte ich trocken.

Anschließend kehrten wir zu einem köstlichen Tee im »Crooked Billett« in Massingham ein – wir lachten herzlich bei der Erinnerung an das von uns bekehrte fast gleichnamige Elternteil –, und sie erlaubte mir, die Rechnung zu begleichen. Dann machten wir uns auf den Rückweg, und es war ziemlich aufregend für mich – dass ich im Bus neben Miss F. saß, meine ich.

TAGEBUCH

Nach diesem samstäglichen Ausflug war ich voller Enthusiasmus für alles, was mit Geschichte zu tun hat, und ich nahm mir vor, von jeder Messingplatte in der Grafschaft eine Frottage anzufertigen, auch wenn ich mir zuvor eine Genehmigung einholen muss. Einstweilen fuhr ich nach Melchester und besorgte fünf Rollen einer Tapete, die wie eine Steinmauer gemustert ist, und tapezierte vor dem Zubettgehen mein Wohnzimmer, um ihm einen mittelalterlichen Anstrich zu verleihen. Mrs Teale meinte, es sehe wunderschön und romantisch aus, und fragte mich, ob ich auch das Treppenhaus und das Badezimmer tapezieren könne.

Am nächsten Tag kam Miss F. wie versprochen zum Tee und bemerkte auf Anhieb meine Steintapete, die sie mit großem Interesse in Augenschein nahm. »Sie ist wirklich außergewöhnlich«, sagte sie. »Ich kenne keinen anderen Raum, der diesem ähnelt.« Dann sah sie mich an, als erblickte sie mich zum ersten Mal.

Nachdem sie wieder gegangen war, lehnte ich mich in Erinnerung ihres Lobs zurück und badete mich in diesem Wohlgefühl. Wobei dies später von einem vagen Unbehagen verdrängt wurde.

EMMA FOXBERROW
AN FELICITY FOXBERROW

George Harpole hat mich letztes Wochenende eingeladen, ihn zu seinen Eltern zu begleiten, die mitten in der Prärie, den Midlands, wohnen. Es ging mit dem Zug durch drei Grafschaften, dann weitere unzählige Meilen mit dem Bus. Zu guter Letzt hielt auch der an, und wir mussten die letzten zwei Meilen trampen. Der Bauernhof seiner Eltern liegt am Ende eines etwa eine halbe Meile langen Feldwegs, die nicht in den davor erwähnten zwei Meilen inbegriffen ist. Als er mir das letzte Viehgatter aufhielt, fragte er mich, ob es mir etwas ausmache, ihn dieses Wochenende »George« zu nennen, »weil es sonst einen komischen Eindruck machen würde«.

Mrs Harpole, die nicht mehr die Jüngste ist, sprach von Harpole senior als dem »Meister«. Ich verstand mich mit dem »Meister« bestens, und während wir über die Koppel gingen, um nach den »Viechern« zu sehen, führten wir ein langes, sehr persönliches Gespräch. Über George natürlich.

»Oh«, sagte er, »er ist eigentlich ganz anders. Aber sein wahrer Charakter schlummert unter der Oberfläche, Ma'am. Er muss nur wieder rausgekitzelt werden. Das Gymnasium und das Lehrer-College haben ihn so werden lassen. Davor hat er zu allem eine eigene Meinung gehabt und nicht hinterm Berg damit gehalten. Aber dort hat er dann gelernt, dass es sicherer ist, alles zu schlucken, was man ihm vorsetzt, und sei es noch so bittere Medizin. Früher, da war er nicht so. Es gab keinen Jungen weit und breit, der so mutig war wie er. Aber wie gesagt, das alles ist noch immer da, es muss nur wieder hervorgeholt werden.« Dann sah er mich fragend an und fügte hinzu: »Und ich glaube, Sie haben das Zeug dazu. Von dieser Edie war ich nie wirklich begeistert.«

Mrs Harpole gab mir ein Dutzend Eier mit, zwei Gläser Himbeermarmelade, einen gefüllten Biskuitkuchen, einen selbst gestrickten Schal (den ich dir beilege) und wollte wissen, wann ich wiederkäme.

Ich hatte noch nie von Edie gehört, aber als ich George nach ihr fragte, sagte er feierlich, dieses Kapitel seines Lebens sei abgeschlossen.

Dann sagte ich: »Was ich dich auch schon längst fragen wollte: Was ist das eigentlich für eine Medaille, die da an deiner Uhrenkette hängt? Wofür hast du sie gekriegt?«

»Oh«, sagte er, »dafür, dass ich geliebt habe.«

TAGEBUCH

Gestern Abend war ich wieder beim monatlichen Herrenabend der Royal & Ancient Smoker eingeladen und gab die beiden Gedichtvertonungen *»Drink to me only«*, sowie *»Come into the Garden, Maud«* zum Besten, doch dann wurden aus bierheiseren Kehlen Rufe nach *»Trade Winds«* laut. Was für ein unkultivierter Haufen.

22

MRS GRINDLE-JONES AN HARPOLE

Hiermit informiere ich Sie, dass ich beim Oberschulamt schriftlich meine Kündigung eingereicht und darum gebeten habe, meinen Anstellungsvertrag zum 1. September aufzulösen. An diesem Tag werde ich dreißig pensionsberechtigte Dienstjahre abgeleistet haben, sodass ich mit sechzig, also *in ein paar Jahren*, meine Pension erhalten kann.

TAGEBUCH

Ich habe mich bei Mrs Grindle-Jones dafür bedankt, dass sie so freundlich war, ihre Kündigung so rechtzeitig einzureichen. So bleibt ausreichend Zeit, bis zu Beginn des neuen Schuljahrs im Herbst ihre Stelle neu zu besetzen. Sie erzählte mir, ihr Mann werde in einem Jahr nach vierzig Dienstjahren in den Ruhestand gehen, und da sie dann aus dem Rektorenhaus ausziehen müssten, hätten sie beschlossen, sich ein Haus in Cleethorpes, unweit des Strands, zu kaufen, einem Ort, den sie sehr liebten, hätten sie doch in den letzten fünfundzwanzig Jahren ihre Ferien dort verbracht.

TUSKER AN HARPOLE

Hiermit informiere ich Sie, dass ich drei Bewerbungen für die aufgrund von Mrs Grindle-Jones' Kündigung an der St. Nicholas School frei werdende Lehrerstelle erhalten habe.

Bei den Bewerbern handelt es sich um:

Mrs Sacha Bielby, verheiratet, zurzeit im letzten Semester am London University Institute of Education.

Mrs Caroline Dempsey, verheiratet, eine erfahrene Lehrerin, deren Mann verstorben ist und die nun in ihren Beruf zurückkehren möchte.

Edward Pont, ledig, im letzten Studienjahr am Barchester Church of England College of Education.

TAGEBUCH

Aufgrund von Mr Chadbands Abwesenheit wurde ich eingeladen, an der Versammlung des Schulbeirats teilzunehmen, die einberufen wurde, um neue Assistenzlehrer für das kommende Schuljahr einzustellen. Außer mir waren noch Mr Grindle-Jones und Miss Hope (Rektorin der St. Matthias Primary) anwesend. Vor den vereinbarten Vorstellungsgesprächen wollte man sich noch eine lokale Bewerberin anschauen. Es handelte sich hierbei um Miss Penny, eine große junge Frau mit auffallend rundem Gesicht und unzufriedenem Ausdruck. Sie behauptete, Klavier »auf Kirchenmusikerniveau« spielen zu können, was sie zu einer aussichtsreichen Kandidatin machte.

Reverend Micheldever begann, sie mit den Anwesenden bekannt zu machen, zuerst mit Miss Hope, dieser notorischen Unterdrückerin junger Lehrkräfte, die sich empörend jovial gab, ehe er sich anschickte, Mr Grindle-Jones vorzustellen, der ihn jedoch unterbrach und salbungsvoll erklärte, es sei nicht nötig, »uns vorzustellen – Nettie und ich sind alte Freunde: Sie war eine meiner Musterschülerinnen in Sinderby-le-Marsh, und bevor sie ihre Ausbildung auf dem College anfing, hat sie in meiner Sonntagsschule Harmonium gespielt«.

Bei diesen Worten setzte Miss Hope eine verärgerte Miene auf, denn ihr wurde klar, dass Mr Grindle-Jones dieses Mädchen bereits für sich gebucht hatte. Daher hatte niemand, wenngleich aus unterschiedlichen Gründen, Fragen an die Bewerberin – Mr Grindle-Jones erklärte onkelhaft: »Oh, keine Fragen. Ich weiß ja alles über Nettie«, und Miss Hope grollte stumm vor sich hin. Dann fuhr Reverend Micheldever mit dem üblichen Prozedere fort – er fragte die Bewerberin, ob sie »noch irgendetwas« wissen wolle, ehe der Schulbeirat beschließen würde, welcher Schule sie zugeteilt werden sollte. Doch da verkündete Miss Penny mit ausgemachter Unverfrorenheit: »Nur damit es klar ist: Ich werde auf keinen Fall eine Stelle in der Dorfschule von Sinderby-le-Marsh annehmen.«

Grindle-Jones sah aus, als hätte ihn der Blitz getroffen, und der ganze Tisch verharrte einen Moment lang in entsetztem Schweigen (selbst Miss Hope, obgleich sie nun wieder in Ballbesitz war). Nachdem die kühne junge Frau gegangen war, wurde Grindle-Jones, der noch immer sprachlos war und aussah, als sollte er zum Schafott geführt werden, mitgeteilt, er könne noch bleiben, während mit den anderen drei Kandidaten Gespräche geführt würden – er könne sich dann unter den beiden aussortierten Kandidaten jemanden aussuchen.

Ich hatte von Anfang an Vorbehalte gegenüber Mrs Dempsey, da ich auf den Schultern ihres schwarzen Kostüms Schuppen entdeckt hatte, was meines Erachtens auf eine gewisse Nachlässigkeit schließen lässt. Hinzu kam, dass sie, als ich an der Reihe war, ihr Fragen zu stellen, kurz angebunden antwortete, und als ich ihre Kenntnisse in der Neuen Mathematik überprüfen wollte, sträubte sie sich geradezu. Obwohl ich eigentlich genug gehört hatte, fragte ich sie, was sie zu tun gedenke, wenn eines ihrer Kinder im Alter von acht, sechs und fünf Jahren einmal krank sei. »Ich habe eine nette *Nachbarin*«, antwortete sie und betonte das letzte Wort auf spöttische Weise, als wäre ich zu beschränkt, um dies zu verstehen. »Aber angenommen, die Nachbarin ist verhindert«, fuhr ich fort, »zum Beispiel weil sie selbst krank oder im Urlaub ist?« – »Dann werde ich wohl um eine kleine Beurlaubung bitten müssen«, erwiderte sie eingeschnappt, ehe sie zum Angriff überging, indem sie mir den Rücken zukehrte und sich an den Vorsitzenden wandte: »Sind all diese Fragen eigentlich notwendig, Sir, wo doch die Zeitungen schreiben, dass verheiratete Frauen dringend in den Klassenzimmern gebraucht werden? Im Übrigen bin ich Witwe, und da das Meer so nahe ist, wäre Tampling für meine Kinder wirklich ideal.« Eine große Träne rollte ihr über die Wange. Alle außer (erstaunlicherweise) Tusker und mir waren zutiefst berührt, und Grindle-Jones schnalzte sogar, als wollte er demonstrieren, wie viel mitfühlender als ich er war, empört mit der Zunge.

Als der Vorsitzende sie fragte, ob sie »noch eine Frage« habe, setzte sie ein gewinnendes Lächeln auf und sagte: »Nein, eigentlich nicht, Sir, wobei, wo ich nun schon einmal in dieser entzückenden Kleinstadt bin, würde ich gern wissen, ob dies das Tampling ist, wo dieses hochwertige Garn hergestellt wird.« Die Reaktion verblüffte mich. Zwei der Herren sprangen buchstäblich von ihren Stühlen auf, und die anderen, die Wangen vor Lokalpatriotismus gerötet, bekräftigten einstimmig, ja, dies sei in der Tat besagtes Tampling. Und ich saß wie vor den Kopf gestoßen da, nachdem sich durch Mrs Dempseys gerissenen, aber durchschaubaren Schachzug ein wenig von dem Ego der Beiratsmitglieder auf ihr eigenes armseliges Selbst übertragen zu haben schien.

Dagegen vermochte Mr Pont, der bei Weitem überragende Bewerber, niemanden außer mir zu beeindrucken. Mit seiner selbstsicheren Art beantwortete er meine Fragen vollständig und flüssig, aber damit brachte er den Beirat ganz offensichtlich gegen sich auf. Selbst Ratsherr Tollemache, der aus dem Tiefschlaf emportauchte wie ein vorsintflutliches Tier aus den Meeresfluten, vermochte ihn nicht mit seiner üblichen Frage »Und was halten Sie von Rhythmusinstrumenten?« zu erschüttern. Zwar äußerte Pont auf diese unbeantwortbare Frage nicht direkt Zustimmung, erweckte aber den Eindruck, er hätte dies getan, sodass sich der Ratsherr mit einem zufriedenen Grunzen wieder von der Schläfrigkeit übermannen ließ.

Mrs Sacha Bielbys Auftritt war ein echter Paukenschlag. Im Rückblick wundert es mich direkt, dass die Anwesenden nicht applaudierten. Sie mutete wie ein bunter exotischer Vogel an und zog bis auf Stadträtin Mrs Blossom alle Beiratsmitglieder in ihren Bann, sodass die formalen Fragen in halsbrecherischer Geschwindigkeit abgehandelt wurden, damit man endlich zu der wirklich wichtigen Frage übergehen konnte – wer genau sie war. Selbst der Ratsherr verzichtete darauf, dieses faszinierende Wesen mit seiner obligatorischen Frage zu behelligen, was sie von Rhythmusinstrumenten hielt.

»Ah«, verkündete Reverend Micheldever genüsslich, »wie ich sehe, sind Sie Ungarin und haben vor Kurzem Ihrem Doktortitel in Philosophie, den Sie an der Universität von Bratislava erwarben, ein Lehrerdiplom hinzugefügt. Sehr gut! Ganz famos! Die berühmte Universität von Bratislava! Nun, unser Mr Harpole interessiert sich im Allgemeinen für das Familienleben unserer Stellenanwärter, nicht wahr, Mr Harpole?« (Worauf Mrs Bielby ihre blonden Locken herumwarf und mir ein strahlendes Lächeln schenkte, womit sie mir deutlich zu verstehen gab, dass sie, sollte sie die Stelle bekommen, nichts gegen außerschulische Aktivitäten einzuwenden hätte.) »Und, haben Sie Kinder, Mrs Bielby?«

»Eins«, erwiderte sie und ließ sich nicht zu weiteren Informationen herab.

»Oh, und wie alt ist es?«

»Fünfzehn.«

»Auf der Grammar School?«

»Nein – sie ist auf einem Internat.«

»Ah, das dürfte dann ja kein Problem darstellen, nicht wahr, Mr Harpole?«

»Auf welchem Internat, Mrs Bielby?«

»Roedean.«

»In Roedean!«, entfuhr es dem Vorsitzenden, dessen plötzlich aufgeflammtes Interesse an schulischen Belangen so gar nicht befriedigt wurde, weil die Bewerberin nur ein Minimum an Informationen zu geben gewillt war. Aber er sammelte sich schnell wieder. »Wie ich sehe, waren Sie nur etwas mehr als ein Jahr lang mit Mr Bielby verheiratet.«

»Meine vierte Ehe«, sagte sie.

»Bielby«, sagte er nachdenklich. »Bielby ist ein bekannter Name in Melchester. Um welchen Mr Bielby handelt es sich?«

»Herbert Bielby.«

»Ah, Herbert! Lassen Sie mich überlegen. Würden Sie meinem Gedächtnis vielleicht ein bisschen auf die Sprünge helfen?«

»Er ist bei der Grafschaftsverwaltung angestellt.«

»Als Architekt? Oder Anwalt?«

»Nein.«

»Nun, in welcher Abteilung dann?«

»Gesundheitsversorgung.«

»Oh, dann ist er Amtsarzt?«

»Nein.«

Der Vorsitzende war, wie er selbst wusste, im Begriff, das Gesicht zu verlieren, da es ihm nicht gelang, die vulgäre Neugierde seiner Ratskollegen bezüglich dieser aufregenden Immigrantin, die es unerklärlicherweise in ihr ödes Kaff verschlagen hatte, zu befriedigen. Nachdem er mit den für seine Begriffe subtilen Fragen gescheitert war, kehrte er wieder zu seiner üblichen Inquisitionsmethode zurück: »Was macht Ihr Mann beruflich?«, fragte er grimmig.

»Er fährt den Klärwagen.«

Dann wandte sie sich an mich, lächelte mich mitleidig an und sagte: »*Quels sauvages!*«

Sie stand auf und sagte verächtlich: »Ich ziehe meine Bewerbung zurück: Ich fürchte, ich würde mich nicht hundertprozentig wohlfühlen in der Tamplinger Gesellschaft. Und diese sich nicht mit mir!«

Versteht sich von selbst, dass die unsägliche Witwe Mrs Dempsey eingestellt wurde.

TAGEBUCH

Habe Shutlanger, der schon mehrere Gläser Rum intus hatte, im »Fusilier« angetroffen und ihm erzählt, dass es mir nicht gelungen ist, den geeignetsten Kandidaten durchzubekommen. »Hören Sie mir auf mit Ihren verdammten Nörgeleien«, sagte er, »habe genug eigenen Mist am Hals. Die einzige Hoffnung, die Ihnen bleibt, ist, dass der verdammte Reverend nicht ewig lebt. Ja, von Pädagogik hat er null Ahnung, aber seine Predigten sind gar nicht übel. Als ich neulich über die Schlechtigkeit der Welt grübelte, habe ich probeweise 'n paar Predigten besucht, und ich kann Ihnen versichern, dass er nicht so dumm ist, wie er aussieht. Wissen Sie, was der alte Sack gesagt hat? Er hat sich über seine verdammte Kanzel gebeugt und jeden Einzelnen von uns da unten genau angeschaut. Dann hat er so was gesagt wie: ›So, wie einige Wichser es treiben, könnte man auf den verdammten Gedanken kommen, dass es Gott nicht gibt!‹ Ich schwör's, Harpole, der alte Bastard hat mich zum Nachdenken gebracht. Und dann bin ich zu dem Schluss gekommen, er hat verdammt noch mal recht. So wie einige Wichser es treiben, kann man erkennen, dass sie nicht an Gott glauben. Dieser große Kerl zum Beispiel, der mir meine Frau gestohlen hat. Jetzt ist mir alles klar. Dieser ausgekochte Blick, mit dem er mich immer angeschaut hat, als ich die Morgenandacht gehalten hab. Einen Scheiß hat der geglaubt, schon gar nicht an die ewige Verdammnis.«

Dann verfiel er wieder in sein rumgesättigtes Schweigen, und ich entschuldigte mich unter irgendeinem Vorwand und ließ ihn, abgestoßen von seiner unflätigen Ausdrucksweise, in seiner gotteslästerlichen Stimmung allein und beschloss, mich nie wieder in seiner Gesellschaft sehen zu lassen.

TAGEBUCH

Als ich heute zufällig Reverend Micheldever in der Bibliothek erblickte, ging ich zu ihm und sagte ihm, ein Bekannter, »der leider dem Lotterleben verfallen ist«, sei tief von einer Predigt berührt gewesen, die er, der Reverend, kürzlich gehalten habe.

»Oh«, sagte er. »Tatsächlich! Was habe ich denn da gesagt, was ihn so beeindruckt hat, Mr Harpole? Können Sie mir seine Worte wiederholen?«

»Er sagte, Sie hätten sich über die Kanzel gebeugt und gesagt: ›Dem Lebenswandel einiger Leute nach zu urteilen könnte man meinen, sie glauben nicht an die Existenz eines liebenden Gottes.‹«

»Tatsache!«, rief er freudig aus. »Wie ermutigend!« Dann bat er mich zu warten, er wolle nur rasch seine Frau dazuholen, die sich in der Liebesromanabteilung aufhalte.

»Liebes«, sagte er, »Mr Harpole hat mir gerade erzählt, was *ihm* ein Kirchgangverweigerer gesagt hat, ein stadtbekannter Sünder wahrscheinlich, und zwar über eine meiner Predigten, der er ausnahmsweise gelauscht hat. Würden Sie es bitte für meine Frau nochmals wiederholen, Mr Harpole?«

Das tat ich, indem ich in Bezug auf die frühere Verderbtheit meines inzwischen bekehrten Informanten noch einmal dick auftrug. Als ich geendet hatte, dankten sie mir überschwänglich und gingen mit strahlenden Mienen davon.

Gut möglich, dass Shutlanger unwissentlich meine Karrierechancen verbessert hat.

TAGEBUCH

In einem Gespräch mit Emma Foxberrow erwähnte ich, welche Freude ich Reverend Micheldever gemacht habe. Doch statt sich beeindruckt zu zeigen von diesem freundlichen Austausch mit dem Schulbeiratsvorsitzenden, warf sie mir vor, dass ich in meiner Geschichte die anstößigen Stellen ausgelassen hatte, und meinte, ich hätte Shutlanger wortgetreu zitieren sollen. »Es hätte dem Reverend, diesem alten Pharisäer, nicht geschadet herauszufinden, wie sein Wort im allgemeinen Sprach-gebrauch klingt«, sagte sie. »Vielleicht hätte er sich ja eine Scheibe von Shutlanger abgeschnitten und überlegt, künftig seine Predigten in verständlichem Kneipenenglisch zu halten. Das würde binnen eines Monats seine Einnahmen und seine Einflusssphäre verdreifachen.«

Gestern wurde ein zehnjähriges Kind von seiner Mutter gebracht, das vorher auf die Grundschule in Melchester ging. Beide waren vornehm angezogen (der Junge trug sogar Hand-schuhe), wirkten aber ziemlich besorgt. Ich freute mich zu hö-ren, dass der Junge ebenfalls George heißt.

»Er ist kein guter Schüler, besser, Sie erfahren es gleich«, sag-te die Mutter beinahe trotzig. »Auf der letzten Schule war er in der 3r: Dort sind die Klassen nicht mit a, b, c bezeichnet, son-dern mit p, q, r, damit niemand merkt, welches die Trottelklasse ist.« Der Junge ließ diese Worte scheinbar ungerührt über sich ergehen.

Mir schwante nichts Gutes, weiß ich doch, dass Kinder aus den C-Klassen anderer Schulen immer meilenweit hinter den schwächsten Schülern unserer nunmehr nicht mehr nach Leis-tungen geteilten Klassen herhinken. »Nun«, sagte ich, »wir ha-ben hier keine Leistungsklassen, deshalb kommt George ganz einfach in die vierte.«

Dann machte ich mit ihm den *Schoenell*-Lesetest, und mei-ne Befürchtungen bestätigten sich: Seine Lesekompetenz ent-sprach der eines Kindes von sieben Jahren und vier Monaten. »Nun«, sagte ich und zwang mich, eine zuversichtliche Miene aufzusetzen, während ich in seinem nicht gerade Hoffnung machenden Gesicht forschte, »er scheint mir ein intelligenter Junge zu sein, der weiterkommen will, das wird sich bestimmt bald erweisen.«

Anschließend gab ich ihr den vierten Band eines Lesetrainings für Vorschüler und bat sie, ihn jeden Abend daraus vorlesen zu lassen und auf einem Zettel zu notieren, wo er aufgehört hatte, damit ich am nächsten Tag dort mit ihm weitermachen und seine Fortschritte überprüfen könne.

»So«, sagte ich, »und jetzt bringe ich dich in Miss Foxberrows Klasse, die eine sehr gute Lehrerin ist und prima mit kleinen Jungen auskommt, du wirst sehen, es wird dir dort gefallen.« Inzwischen wirkten sowohl Mutter als auch Sohn schon wesentlich zuversichtlicher, und nachdem er seine Handschuhe abgestreift und seiner Mutter einen flüchtigen Kuss gegeben hatte, betrat er mutig das Zimmer der vierten Klasse.

»Ah, George heißt du!«, sagte Emma Foxberrow. »Einer meiner Lieblingsnamen. Wir freuen uns alle sehr, dass du zu uns gestoßen bist, George, und in der großen Pause zeigen dir zwei Jungs aus der Klasse, wo alles ist. Wie der Zufall es will, ist am Fenster noch ein schöner Platz für dich frei.«

Dann trat sie ein wenig zurück und nahm den Jungen in Augenschein, ehe sie deklamierte (wieder ein Vers von einem Dichter?):

»Mir scheint, dass du ein Osterkind bist
und dass der Heilige Geist mit dir ist.«

Als wir über den Flur zurückgingen, sagte die Mutter: »Sie halten also nichts von Leistungsklassen? Der Rektor von Georges letzter Schule hat gesagt, das sei das Beste für die Kinder, denn so könnten alle ihrem jeweiligen Lerntempo entsprechend unterrichtet werden. Mein Mann und ich bezweifeln das schon lange, und er meint ständig, dass George als Kleinkind so ein helles Köpfchen war. Unter uns gesagt glaubt er sogar, dass die George so dumpf haben werden lassen. Sie haben ihn abgestumpft, sagt er. Außerdem hat er im *Daily Express* gelesen, ein Professor hätte gesagt, die Schulen würden die Kinder verdummen.«

»Nun, das geht vielleicht zu weit«, erwiderte ich. »Aber auch ich finde, dass die Einteilung in Leistungsklassen die Kinder ihrer Chancen beraubt – es ist ein Affront gegenüber der menschlichen Würde. Als Sie nach einem Ehemann Ausschau hielten, haben Sie da ein Schild um den Hals getragen, auf dem für alle gut lesbar stand, in was für einer Klasse Sie waren, oder haben Sie es auf die altmodische Art gemacht und sind zuerst mit ein paar Jungen gegangen, um demjenigen eine Chance zu geben, der am besten zu Ihnen passte?«

»Ganz klar Letzteres«, sagte sie und sah mich wissend an. »Schließlich hängt es von mehr als nur einer Sache ab, ob man gut miteinander auskommt …«

»Genau.«

»Noch etwas«, sagte sie. »Wie hat Miss Foxberrow das mit dem Heiligen Geist gemeint?«

»Ach, das war nur so ein Spruch meiner Kollegin.«

»Nun, aber es war sehr klug von ihr«, sagte die Frau, »weil George tatsächlich an einem Ostermontag zur Welt gekommen ist.«

Harpole scheint kein großer oder gar kritischer Erziehungstheoretiker zu sein. Bedauerlicherweise tritt er ergeben in die Fußstapfen seiner Vorgänger und erlaubt sich allenfalls kleinere Abweichungen von ihren ausgetretenen Pfaden.

Aber immerhin scheint er fest an die menschliche Würde zu glauben, und sein schlichtes Glaubensbekenntnis in dieser Hinsicht hat gewiss eine außergewöhnliche Wirkung. Jedenfalls hat sich Georges

Mutter, als sie von der Schule wegging, bestimmt für ihre und ihres Mannes Entscheidung beglückwünscht, ihren Sohn auf diese Tamplinger Schule zu schicken. Und ihr Glaube an Miss Foxberrows magische Kräfte wird mindestens genauso viel bewirken, wie es die Heilkünste eines hervorragenden Arztes könnten.

23

DAS SCHULINSPEKTORAT IHRER MAJESTÄT
AN HARPOLE
Ich beabsichtige, am Montag die Tampling St. Nicholas zu be-
suchen, um eine allgemeine Inspektion durchzuführen. Bitte
teilen Sie mir mit, ob an diesem und den beiden folgenden
Tagen normaler Schulbetrieb herrscht.

TAGEBUCH
Bin völlig ratlos, was die bevorstehende und so gefürchtete
Schulinspektion betrifft. Bestimmt ist es nicht üblich, dass
eine Schule in Abwesenheit des eigentlichen Rektors inspi-
ziert wird.

RUNDBRIEF ANS KOLLEGIUM
Uns steht eine Inspektion bevor. Ich würde Sie dringend bitten, dafür zu sorgen, dass alle Übungshefte korrigiert sind,
dass Beispiele der *besten* Arbeiten Ihrer Schüler zur Hand
sind, idealerweise an die Wand geheftet, dass Sie die Kinder
darauf hinweisen, sich beim Betreten und Verlassen des Klassenzimmers zu benehmen, und dass es in diesen drei Tagen
niemandem gestattet ist, das Klassenzimmer während des Un-
terrichts zu verlassen. Die Pausenglocke muss eine oder zwei

Minuten später als sonst geläutet werden und vor Unterrichtsbeginn zwei oder drei Minuten früher als sonst. Bitte halten
Sie ausreichend gespitzte Bleistifte vorrätig, damit alle Schüler
versorgt sind. *Diskutieren Sie auf keinen Fall mit den Inspektoren, sondern stimmen Sie ihnen stets begeistert zu, ohne irgendwelche Einwände zu erheben, und geben Sie ihnen zu verstehen,
wie gut Sie ihre Vorschläge finden und dass Sie sie umgehend um-
setzen werden.*

CROSER AN HARPOLE
Kann ich vier Dutzend neue Englisch-Übungshefte und vier
Dutzend neue Rechenübungshefte bekommen?

HARPOLE AN CROSER
Nein.

TAGEBUCH
Ausgerechnet an diesem Tag traf Emma Foxberrow nicht um
Viertel vor neun ein, daher rief ich sie in ihrer Wohnung an. Zu
meiner großen Überraschung ging sie selbst ans Telefon und
sagte, ich solle ja nicht in Panik ausbrechen, sie mache sich gerade erst auf den Weg, weil sie ihren Wecker zu stellen vergessen habe, dachte sie doch, »heute wär Samstag«.

Es war ein äußerst nervenaufreibender Tag. Gleich zwei Inspektoren besuchten uns, ein großer Mann, der beinahe im
Laufschritt über die Flure eilte, und eine Frau mit einem beein-
druckenden Busen, die wie ein Vollschiff durch das Gebäude
segelte.

Die Mitteilung, dass ich nur interimsmäßig Schulleiter bin, schien sie beide zu verärgern. Die Frau sagte: »Aber Mr Chadband hat uns ausdrücklich gebeten, unseren Besuch in diesem Schulhalbjahr stattfinden zu lassen. Wie auch immer, wir können es uns nicht erlauben, unsere kostbare Zeit zu vertun: Nun, da wir schon einmal hier sind, müssen wir Sie auch inspizieren.«

Gleich in der ersten Stunde kamen mir beunruhigende Berichte zu Ohren: dass sie Theakers Büro, die Mädchentoiletten und Miss Tollemaches Bibelunterricht aufgesucht hatten, dass sie von den Schülern der Neue-Mathematik-Gruppe ihr Körpergewicht berechnen lassen wollten, was einiges Kichern hervorrief, weil nicht genügend Gewichte vorhanden waren, um Frau Inspektor zu wiegen, und dass sie sich mit unheilvollen Mienen Miss Foxberrows Album mit Kinderzeichnungen angesehen hatten.

Der Strom dergleichen alarmierender Berichte über ihre Exkursionen riss den ganzen Tag lang nicht ab. Um 16.30 Uhr fand dann eine Kollegiumssitzung statt, die gar nicht einberufen worden war – die Lehrer fanden sich »einfach so« zur selben Zeit ein. (Wie Miss Tollemache träumerisch meinte: »So ähnlich wie die Apostel an jenem ersten Pfingstsonntag, als der Heilige Geist wie Zungen von Feuer auf sie niedergekommen ist.«)

»Nun ja«, sagte Mrs Grindle-Jones aufgebracht. »Sie kommen her, nur um festzustellen, dass jemand fehlt, und zwar Mr Chadband. Während er sich in Bognor einen schönen Lenz macht, schwitzen wir hier Blut und Wasser und versuchen notdürftig, alles zusammenzuhalten.« Obwohl ich ihr insgeheim zustimmte, sprach ich ein Machtwort: »Nun lassen Sie uns nicht so verzagt sein. Mr Chadband ist zwar nicht da, aber dafür bin ich ja hier.« (Worauf Croser kicherte.)

»Nun«, warf Mrs Grindle-Jones ein, »wir werden ja früh genug erfahren, was sie in diese kleinen schwarzen Notizbücher schreiben, die sie alle paar Minuten zücken.«

Während alle finster ins selbe Horn bliesen, kam E. F. um die Ecke gebogen und sagte: »Oh, bin ich zu spät? Und wobei bin ich zu spät?«

»Und, was haben sie zu *Ihnen* gesagt?«, riefen alle wie aus einem Munde.

»Puh«, erwiderte sie. »Dieser Mann hat mich den ganzen Tag lang verfolgt. Kaum war er hinausgegangen, kam er auch schon wieder herein, und ständig schnäuzte er sich, ich glaube, er ist erkältet. Und als ich meinen Schülern aufgetragen hatte, ihren Aufsatz mit dem Thema ›Was ich gestern Abend auf dem Spielplatz erlebt habe‹ fertigzuschreiben, und nebenan in den kleinen Lagerraum ging, um ein wenig über König Alfred den Großen zu lesen, über den ich einen Vortrag halten muss, merkte ich entsetzt, dass er mir gefolgt war, und dachte, nachdem er den ganzen Tag schon auf eine Chance gewartet hat, versucht er jetzt, mich zu begrapschen. Doch als ich mich umdrehe, um mich meiner Haut zu erwehren, merke ich, dass er nur das Chaos in meinem Lagerraum betrachtete, wobei seine Miene nicht halb so angewidert war wie Ihre, Mr Harpole, wenn Sie das tun. Er schiebt sich also an mir vorbei und kräht ekstatisch: ›Oh, was sehe ich denn da? Kaum zu glauben! Genau wie in alten Zeiten!‹ Dann kramt er meine Ukulele unter einem Stapel Gerümpel hervor, beginnt darauf herumzuklimpern und auf altmodische Weise zu singen: ›*Lulu is my girl. Who? Who? Lu-lu!*‹ Das war wahrscheinlich 1899 mal angesagt.«

Als wir das hörten, fühlten wir uns sofort besser, denn es zeigte doch, dass er auch nur ein Mensch war.

Dann gingen wir alle nach Hause.

Den ganzen Abend ertappte ich mich dabei, wie ich summte: »*Lulu is my girl. Who? Who? Lu-lu!*«

Später ging mir der Gedanke durch den Kopf, dass es Mr Chadband gar nicht ähnlich sieht, zu vergessen, dass er um Aufschiebung der Schulinspektion gebeten hatte.

BERICHT AN DEN SCHULBEIRAT UND DEN SCHULAUSSCHUSS ÜBER DIE INSPEKTION DER TAMPLING ST. NICHOLAS PRIMARY

Vertraulich

Die Tampling St. Nicholas Primary School steht auf einem Grundstück von 1360 Quadratmetern an den nördlichen Ausläufern der Stadt. Obwohl das Gebäude schon 1883 errichtet wurde, ist die Bausubstanz grundsolide. 1962 wurden die Erdklosetts durch Spültoiletten ersetzt, und im Vorbau, der als Garderobe für die Außenkleidung der Kinder dient, wurden drei Waschbecken angebracht. Dort fehlen zwei Stöpsel mit Ketten, und an einem war der Überlauf mit Seife blockiert. Die Räumlichkeiten sind sauber und ordentlich, wofür dem Hausmeister, Mr Theaker, Anerkennung gebührt. Wir schlagen vor, ihm einen kleinen Raum für seine unerlässliche Büroarbeit einzurichten.

Miss Tollemache

Miss Tollemache ist sehr fleißig und gewissenhaft, wobei ihre Ziele zum Teil ein wenig unklar zu sein scheinen. Diese Lehrerin war zunächst Schülerin, dann Praktikantin und ist nun seit Langem Lehrerin an dieser Schule, sodass ihrem Unterricht unvermeidlich noch pädagogische Überreste aus sehr viel früheren Zeiten anzumerken sind. Zum Beispiel hat sie ihren Schülern beigebracht, leise »Danke« im Chor zu sagen, wenn die Lehrerin das Fenster öffnet. Dies ist unseres Erachtens nicht mehr im Einklang mit heutigen pädagogischen Grundsätzen.

Was den Mathematikunterricht betrifft, so schlagen wir vor, die Lehrerin sollte eingedenk der Europäischen Wirtschaftsgemeinschaft und der Idee eines Vereinten Europas von ihren Schülern nicht länger verlangen, alte bäuerliche Flächeneinheiten auswendig zu lernen. Man sollte die Lehrerin ermuntern, ruhig ein wenig experimentierfreudiger bei der Entwicklung ihrer Ideen zu sein.

Mr Pintle

Mr Pintle, der sich dem Ende seiner pädagogischen Laufbahn nähert, begann diese als Privatlehrer in alteingesessenen Fürstenhäusern im Indischen Empire. Vielleicht neigt Mr Pintle dazu, Disziplin ein wenig überzubewerten, aber seine Arbeit mit seiner Klasse ist fundiert und zielgerichtet. Wir empfehlen, dass Mr Pintle einen Schnellkurs in Neuer Mathematik besuchen sollte.

Mr Croser

Mr Croser hat sein Probejahr nahezu abgeschlossen. Dieser junge Lehrer übt einen beträchtlichen moralischen Einfluss auf seine Schüler aus. Vor allem hat uns die Art und Weise, wie er im Religionsunterricht den jungen Samuel durchnahm, beeindruckt, ebenso wie seine vorbildlichen Korrekturen in den Übungsheften.

Mrs Grindle-Jones

Diese Lehrerin blickt auf eine langjährige Erfahrung zurück, ist äußerst fleißig und stellt an die Leistungen ihrer Klasse hohe Erwartungen. Sie wird am Ende dieses Schuljahres in den Ruhestand gehen.

Miss Foxberrow

Diese energiegeladene junge Lehrerin ist eine Cambridge-Absolventin und wurde aufgrund der sich durch die Abwesenheit des Schulleiters ergebenden Vakanz nur für die Dauer dieses Schulhalbjahrs eingestellt. Miss Foxberrow konnte bereits Erfahrungen an dem bekannten »fortschrittlichen« Internat Winterhills sammeln. Ihre Klasse arbeitet erfrischend lebendig mit. Insbesondere hat uns ihr Kunstunterricht beeindruckt, die bereitwillige und gute mündliche Mitarbeit der Kinder und die Atmosphäre, die von einer glücklichen Gemeinschaft zeugt. Wenngleich wir die Vorstellungen der Lehrerin bezüglich der Entwicklung von Individualität interessant fanden, stimmen wir nicht völlig mit ihr überein und sind der Ansicht, dass deren Förderung doch besser im vorletzten Schulabschnitt stattfinden sollte.

Allgemeiner Eindruck

Bei allen Nachteilen eines alten Gebäudes und des kleinen Pausenplatzes erfüllt diese Schule vollumfänglich ihren Zweck. Es herrscht ein hoher Gemeinschaftsgeist, die Kinder sind fröhlich, haben gute Manieren und sind lebendig. Vieles zeugt davon, dass fortschrittliche Ideen ausprobiert werden und dass gottlob Autorität nicht über allem steht. Zumindest einigen Kindern wird Raum gegeben, ihre Individualität zu entwickeln. Unseres Erachtens gebührt ein Großteil der Anerkennung für diesen zufriedenstellenden Befund dem amtierenden Schulleiter, Mr G. Harpole, der seine verantwortungsvolle Aufgabe energisch und mit großer Entschlusskraft angegangen ist. Alles in allem hatten wir einen sehr guten Eindruck von besagter Schule.

TAGEBUCH

Ich habe jedem Belegschaftsmitglied einen Abzug des sie/ihn betreffenden Berichts überreicht und eine Belegschaftssitzung einberufen, um den allgemeinen Bericht vorzulesen. Wobei ich den mich betreffenden Kernpunkt, den fünften Satz, ausgelassen habe.

Dieser Bericht ist der Schlüssel für Harpoles anstehende Beförderung. Vermutlich hat er sich sogleich einen Stapel Abzüge zugelegt, um sie künftigen Bewerbungen beizufügen. Auch wenn er versucht sein könnte, diesem Lob durch harmloses Redigieren an der einen oder anderen Stelle noch ein wenig Nachdruck zu verleihen, zum Beispiel ein »äußerst« zwischen »diesen« und »zufriedenstellenden« einfügen oder »ein Großteil der Anerkennung« durch »die Anerkennung« zu ersetzen, sollte er dies tunlichst unterlassen, selbst wenn er es mit Mitbewerbern zu tun hat, die ihre Zeugnisse gefälscht oder aufgehübscht haben.

Erhellend wäre noch ein Bericht über das Zusammentreffen des Inspektors mit Theaker gewesen, bei dem es diesem offenbar gelang, in den Rang eines Verwalters aufzusteigen.

EMMA FOXBERROW
AN FELICITY FOXBERROW

Allem Anschein nach bekommt Miss Tollemaches Vater, der
Ratsherr, jeweils eine Kopie der Inspektionsberichte, jedenfalls
hat sie gelesen, was über die anderen geschrieben wurde. »Sie
fanden Sie ganz wundervoll, wussten Sie das?«, fragte sie. Und
G. Harpole, bescheiden, wie er ist, hat wohl beim Vorlesen des
Berichts offenbar eine ihn betreffende Passage ausgelassen. Dieses Versäumnis habe ich wettgemacht, indem ich mir den ganzen Text besorgte, kopierte und an alle verteilte, um sicherzustellen, dass die Eheleute Grindle-Jones sich, wenn sie ihn
abends vor dem Zubettgehen lesen, an ihrem heißen Kakao
verschlucken. Indessen kommt Miss Tollemache der Aufforde-
rung der Inspektoren, ruhig ein wenig dem Libertarismus zu
frönen, mit Freuden nach. Die alte Miss Tollemache, die wegen irgendwelcher Anwesenheitslisten und eines verstaubten
Blumenkranzes einen erbitterten Groll hegte, ist tot und als
moderne, befreite Frau wiederauferstanden wie Phönix aus
der Asche. Bei der heutigen Morgenandacht hat sie den Kindern ein neues Lied beigebracht, das aus einer einzigen Stro-
phe besteht:

»Zachäus war ein winz'ger Mann,
Ein winz'ger Mann war er:
Und um Herrn Jesus gut zu sehen,
musst' auf den Maulbeerbaum er gehen.
Da Jesus sah, wie er sich plagte,
winkt' er zu ihm hinauf und sagte:
Zachäus, los, steig hinab zu mir!
Ich möcht' Tee trinken bei dir.«

Und alle sangen und schauspielerten mit – sie machten sich klein und taten, als kletterten sie auf einen Baum, und so weiter.

Große Ausgelassenheit und Heiterkeit.

TAGEBUCH

Habe Miss Tollemache zu der lebhaften Gestaltung unseres Morgengesangs beglückwünscht.

»Oh«, sagte sie, »hin und wieder kommt mir schon eine Idee in den Kopf, Mr Harpole, aber die Jahre über habe ich gelernt, sie um des lieben Friedens willen dort zu belassen. Und einer dieser Gedanken, der nun schon an die vierzig Jahre in meinem Kopf geschlummert hat, ist, dass ich noch nie ein Lied in der Schule gehört habe, das die Kinder wirklich singen wollten.« Dann gab sie mir ihr Exemplar von »*Sankey & Moody's Revivalist Choruses*« und fragte: »Warum singen wir von jetzt an nicht einfach Lieder daraus? Wenn die Kinder schon irgendein Kauderwelsch singen müssen, dann doch wenigstens zu einer fröhlichen Melodie, und die vielen Refrains sind für die Schüler, die sich mit dem Lesen schwertun und nicht gleich beim ersten Mal mitkommen, ein Segen.«

Ich beschloss, ihren Vorschlag aufzunehmen, stellte eine Auswahl von Liedern zusammen und machte mehrere Abzüge davon.

TAGEBUCH

Wir waren gerade mitten in unserer neu gestalteten Morgenandacht, als der Vorsitzende des Schulbeirats, Reverend Micheldever, hereinkam. Da wir bereits schwungvoll mit »*The
Sweet By-and-By*« losgelegt hatten (einschließlich Triangel
und Tamburinen), war es zu spät, sich umzubesinnen, und ich
bemerkte verärgert, wie ein übereifriges Kind ihm eines der
neuen Liedblätter reichte und auf die betreffende Stelle zeigte.
Zu meinem großen Erstaunen fiel er sofort mit seinem volltö-
nenden Bass ein und unterstützte Croser und mich beim Echo
für die tieferen Stimmen im zweistimmigen Refrain:

> »*In the sweet by and by (by and by),*
> *We shall meet on that beautiful shore (beautiful*
>   *shore).*«

Hinterher bekräftigte er, wie sehr er beherztes gemeinsames
Singen schätze. Als ich anzudeuten wagte, dass Erweckungs-
lieder möglicherweise nicht so ganz sein Fall seien, sagte er:
»Ach, Mr Harpole, mein Vater und dessen Vater waren Predi-
ger der Ursprünglichen Methodisten, und ›*Sweet By-and-By*‹
war das Lieblingslied meiner geliebten Mutter, das ich schon
als kleiner Knirps an ihre Beine geschmiegt mitsang. Ich sollte
selbst auch Methodistenpfarrer werden, habe mich aber dagegen entschieden, da die Methodisten bekanntermaßen die
barbarische Tradition pflegen, ihre unterbezahlten Kirchen-
männer alle drei Jahre in ein anderes ungemütliches Pfarrhaus
umsiedeln zu lassen, die mit dazugehörigem schwerem viktorianischen Mobiliar ausstaffiert sind, um Kosten zu sparen. Als
Pfarrer der Church of England kann man hingegen, wenn man
will, sein Leben lang in derselben Unterkunft bleiben.

Aber oft, wenn wir Lieder aus unserem Kirchenlieder-Repertoire herunterleiern, sehne ich mich nach den ganzen alten Rattenfängerliedern wie *»Hold the Fort«*, *»Count Your Many Blessings«*, *»Pull for the Shore«*, *»Sailor«* und *»We are Out on the Ocean Sailing«*.

TAGEBUCH
Habe auf Umwegen erfahren, dass es bei der Jahresabschlussfeier an der Grammar School einen ziemlichen Aufruhr gab – offenbar war der »große Kerl aus der Oberstufe« aufgetaucht, um sein Abschlusszeugnis entgegenzunehmen, und zwar fuhr er in Shutlangers rotem Triumph vor (den seine Frau mitgenommen hatte, als sie ihn verließ) und führte dementsprechend Mrs Shutlanger am Arm herein, die sich aufgedonnert hatte, einen Kunstpelz und Minirock trug und sich die Haare silbrigblond gefärbt hatte. Dann nahmen sie für jedermann sichtbar mitten im Saal Platz, worauf die Eltern auf den Nachbarstühlen entsetzt von ihnen wegrückten. Jeder im Raum starrte sie an.

Indessen ratterte Shutlanger in halsbrecherischer Geschwindigkeit seinen Bericht herunter, während er sichtbar gegen seine Emotionen ankämpfte. Als der »große Kerl aus der Oberstufe« unter dem donnernden Applaus und den Jubelrufen seiner Klassenkameraden auf die Bühne trat, rieb sich der Ehrengast, Sir Frederick Wheeler, ein lokaler Industrieller und sich des im Saal abspielenden Dramas anscheinend nicht bewusst, freudig die Hände und sagte zu dem Kerl, den er »mein Junge« nannte, er solle »so weitermachen wie bisher«.

Dann verließen die beiden den Saal und setzten der Zeremonie ein jähes Ende, da sich der dritte Akteur in dieser berühmt-berüchtigten Angelegenheit von der Bühne stahl, jedoch nur um festzustellen, dass sein Wagen und seine Frau längst wieder verschwunden waren.

24

TAGEBUCH

Heute Nachmittag war Stadträtin Mrs Blossom wieder zu
Besuch. Sie trug einen voluminösen Angoramantel und eine
blonde Perücke, jedenfalls war ihr Haar, als ich sie zuletzt sah,
grau. Sie wisse ja, dass ich alles unter Kontrolle hätte, meinte
sie, daher werde sie einfach nur rasch das Schulprotokollbuch
abzeichnen, was sie auch tat – »Stadträtin Mrs Wm. Blossom«.
Dann sagte sie: »Warum sitzen wir eigentlich auf diesen har-
ten Stühlen herum? Kommen Sie, lassen wir uns doch lieber
in Ihren hübschen, bequemen Sesseln in der Sitzecke nieder.«
Als wir das getan hatten, rückte sie mit ihrem Sessel an mich
heran, sodass ihre Knie meine berührten, bis ich meinen Sessel ein wenig zurückschob. Dann fing sie an, statt über schulische Angelegenheiten über sich selbst zu reden und darüber,
dass sie noch gar nicht »richtig gelebt« habe, weil ihr Mann
»so alt ist und es schon war, als er mich in die Falle gelockt hat,
damals, als ich noch ein kleines, dummes Mädchen war«.

Ich enthielt mich wohlweislich eines Kommentars und be-
ließ es bei einem unverbindlichen Gemurmel.

»Mr Blossom ist zu nichts mehr nütze«, fuhr sie fort. »Er ist
ein hoffnungsloser Fall, und es wird für mich ein Glück sein,
wenn er endlich das Zeitliche segnet. Im Bett ist er mir überhaupt kein Trost mehr, war es noch nie. Selbst als er erst Anfang fünfzig war, schlief er ein, kaum hatte er sich hingelegt.

Und egal, was ich tat, nichts konnte ihn wieder wach kriegen. Da ließ ich mir diese Pillen kommen, von denen ich in der Sonntagszeitung gelesen hatte, und gab sie in seinen heißen Kakao, aber darauf bekam er nur Bauchkrämpfe, sodass er immerzu aufs Klo trottete, und schreckliche Albträume, und er schrie immerzu, dass die Russen kämen. Ich wette, Sie sind ganz anders«, fuhr sie fort. »Sie müsste man wohl eher mit einem Pfeffertopf im Zaum halten, statt mit einer Pille auf Touren bringen. In meinem Bezirk redet man über nichts anderes, als wie Sie es diesem furchtbaren Billitt gezeigt haben, und allein diese Vorstellung jagt mir einen Schauer durch den ganzen Körper.«

Während ich mir mit wachsender Panik diese Indiskretionen anhörte, rutschte sie immer näher und legte mir schließlich die Hände auf die Knie. Da ich zu verlegen war, um ihr ins Gesicht zu sehen, ertappte ich mich dabei, wie ich über die Anzahl teurer Ringe an ihren Fingern staunte, aber offenbar dachte sie, ihre roten Fingernägel faszinierten mich, denn sie sagte: »Meine Zehennägel habe ich auch rot lackiert. Möchten Sie sie sehen? Dann kommen Sie doch mal bei mir vorbei, und ich zeig sie Ihnen. Ich mag große Männer. Mr Blossom ist klein, und, Mr Harpole, ich bin eine Frau, der gezeigt werden muss, wo es langgeht. Komisch, nicht? Wo ich doch sonst den Ton angebe, aber im Bett, da brauche ich einen strengen Schulmeister.« Sie kicherte, was meine Panik nur noch verstärkte.

Auf den von Theaker gebohnerten Böden lassen sich Stühle gut herumrücken, und das tat sie ausgiebig mit ihrem, bis ihre Knie fest gegen meine drückten und ich aufgrund der Wand in meinem Rücken nicht weiter zurückweichen konnte.

»Oh, heute Nachmittag fühle ich mich wieder wie ein törichtiges junges Mädchen«, fuhr sie fort. »Wie kommt es, dass Sie noch nicht verheiratet sind, Mr Harpole? Ich weiß, Sie haben irgendwo eine hübsche kleine Braut. Sie brauchen das gar nicht zu leugnen, ich würde es sowieso nicht glauben.« Und während sie dieses dumme Zeug plapperte, wurde sie immer röter im Gesicht und ihr Blick immer glasiger. »Sie könnten eine Wohnung in meinem großen Anwesen beziehen und müssten nur eine symbolische Miete bezahlen. Sagen wir fünf Pfund die Woche? Oder meinetwegen im Monat?«

Ehe ich michs versah, fiel sie über mich her, presste sich an mich, versuchte, mir das Gesicht abzulecken. Und hätte sie nicht immerzu gerufen: »Komm, lass es uns tun!«, hätte ich gedacht, sie würde mich attackieren.

Nun, da platzte mir der Kragen, und es gelang mir, aufzustehen, mich aufzurichten und sie hochzuziehen wie eine Ertrinkende aus dem Wasser, und nachdem sie sich noch eine Weile an mir festzuklammern versucht hatte, verlor sie den Halt, sank zu Boden und verheddert sich in ihrem Pelzmantel.

»Sie müssen mich jetzt leider entschuldigen, Frau Stadträtin«, sagte ich, »denn meine Klasse wartet auf mich. Wir wollen diesen Vorfall vergessen; Sie können sich darauf verlassen, dass ich kein Wort darüber verlieren werde.« Dann ging ich schnell hinaus.

Als ich eine halbe Stunde später wieder zurückkam, war sie verschwunden. Ich mache mir große Sorgen wegen der Konsequenzen. Von nun an werden die beiden, Stadträtin Mrs Blossom und Tusker, bestimmt keine Ruhe geben, ehe sie mich nicht von meinem Posten vertrieben haben.

EMMA FOXBERROW
AN FELICITY FOXBERROW

Ich habe erstaunliche Neuigkeiten für dich. George Harpole wird mich bald bitten, seine Braut zu werden. Dann werde ich ihn in den Ferien triumphierend mit nach Hause bringen, damit Du ihn inspizieren kannst.

TUSKER AN HARPOLE

Sie werden gebeten, am 4. Juli an einer Sondersitzung des Grundschulbeirats teilzunehmen.

TAGEBUCH

Während sie drinnen über mich berieten, ließen sie mich fünfunddreißig Minuten auf dem Flur warten. Dann bat mich Minchin, der Bürogehilfe, herein (wobei er geflissentlich meinem Blick auswich). Reverend Micheldever fühlte sich ganz offensichtlich unwohl in seiner Haut, Tusker schien sich sehr für mein Dienstbuch zu interessieren, das Kinn von Ratsherr Tollemache war im Begriff, auf die Brust zu sacken, aber er atmete noch. Nur Stadträtin Blossom funkelte mich wütend an. Ich sagte: »Guten Abend.«

Es folgte ein langes Schweigen. Schließlich sagte Reverend Micheldever: »Nun, ich glaube, wir sind jetzt vollzählig. Oder fehlt noch jemand? Nicht? Gut, dann sollten wir anfangen ...?« Wieder setzte Schweigen ein.

»Es gab eine Beschwerde über Sie, Mr Harpole«, fuhr er schließlich fort. »Deswegen hat der Schulbeirat Sie eingeladen, um uns bei der Klärung der Angelegenheit zu helfen. Wir wollen, dass Sie wissen, wie zufrieden wir damit sind, wie Sie die

Schule leiten, mit den akademischen Fortschritten und so weiter. Aber es gab eine schwerwiegende Anschuldigung, und zwar wirft man Ihnen vor, dass die Moral an Ihrer Schule erheblich nachgelassen habe. Vielleicht sollten Sie das hier kurz lesen.« Er schob mir ein aus einem Schulheft gerissenes Blatt zu: Es war zerknittert und fleckig wie ein Zettel, der in der Tasche eines Schülers gewesen war.

»Eine Steuerzahlerin aus Stadträtin Mrs Blossoms Bezirk hat ihr die Seite gebracht.« Er wandte sich an Mr Tusker. »Eine gewisse Mrs Cleethorpes hat sie in der Jackentasche ihres Sohnes, Rodney, gefunden.«

Darauf stand:
ANTI-GOTT-CLUB.
Treffen heute Abend um sieben am üblichen Ort.
Titus Fawcett,
Großmeister.

»Und«, ließ sich Stadträtin Blossom in scharfem Ton vernehmen, »es nützt Ihnen gar nichts, das Blatt zu vernichten, weil ich einen Abzug gemacht habe. So weit ist es an Ihrer Schule also gekommen.« Dann erhob sie sich halb, riss mir das Blatt aus der Hand und knallte es Reverend Micheldever hin. »Hier haben wir es schwarz auf weiß. Jeder Steuerzahler in meinem Bezirk ist in heller Aufregung darüber, was an dieser Schule vorgeht und dass er alles, was Mr Chadband über die Jahre so mühsam aufgebaut hat, zerstört! Wenn er nicht den Anstand besitzt, seine Kündigung einzureichen, sollten wir ihn feuern. Und dafür plädiere ich!«

»Der Bericht der Inspektoren war recht gut, um nicht zu sagen sehr gut«, gab der Pfarrer zu bedenken.

»Ach, die!«, rief Mrs Blossom. »Natürlich ermutigen die ihn auch noch! Genau das kriegen sie beigebracht an den Universitäten, dafür zahlen wir ihnen die dicken Stipendien! Aber sie müssen ja nicht mit dem leben, was dabei herauskommt. Sie können es sich erlauben, nachlässig zu sein. Und wetten, dass sie ihre Kinder auf Privatschulen schicken?«

»Ach, das ist alles so kompliziert«, seufzte der Pfarrer, dem das Ganze offensichtlich sehr zusetzte. Er nahm nochmals das Blatt mit Titus Fawcetts Geschreibsel zur Hand. »Was ich nicht verstehe, ist, wie ein Kind, das umgeben ist von den Wundern der Natur, ›dem Schilf neben den Flüssen, das wir tagtäglich ernten, den hohen Bäumen im Wald, all den schönen, strahlenden Dingen‹ und so weiter, nicht erkennen kann, dass sich dahinter eine göttliche Hand verbirgt. Ich nehme an, seine Eltern haben es versäumt, ihn taufen zu lassen. Und das in einem christlichen Land. Das ist alles sehr enttäuschend.«

»Wir sollten ihm jetzt seine Kündigung überreichen«, sagte Stadträtin Blossom. »Er hat alle gegen sich aufgebracht. Ich habe mit vielen Steuerzahlern meines Bezirks gesprochen, und alle sagen, Lehrer wie Kinder seien empört über ihn und können es nicht erwarten, ihn endlich loszuwerden. Wie lange ist seine Kündigungsfrist, Mr Tusker?«

Tusker schien sich, so viel sei zu seiner Ehrenrettung gesagt, sehr unbehaglich zu fühlen. »Ich kann ja Ihren Wunsch an meinen Vorgesetzten beim Oberschulamt weiterleiten«, murmelte er. »Wir können das nicht auf dieser Ebene entscheiden. Das ist ein Fall für den Schulausschuss der Grafschaft.«

»Nun«, sagte Stadträtin Blossom triumphierend, »der Grafschafts-Ratsherr Tollemache ist auf unserer Seite, und wir können uns darauf verlassen, dass er die Sache auf *höherer* Ebene regelt.«

Nachdem sie die ganze Zeit über mich geredet hatten, als wäre ich unsichtbar, kochte ich innerlich vor Wut. In der Tat hatte ich mich nicht mehr so beschämt gefühlt, seit Edith mir wegen ihres Glowsheen-Vertreters den Laufpass gegeben hatte, also schlug ich mit der flachen Hand auf den Tisch und sagte in sarkastischem Ton: »Zu Ihrer Information, falls Sie es noch nicht bemerkt haben sollten: Ich bin hier! Und ich gedenke nicht, es mir länger gefallen zu lassen, dass Sie so auf mir herumtrampeln! Falls Sie es vergessen haben …« Ich milderte meinen Ton ein wenig und wechselte von Sarkasmus zu Ironie: »Ich bin nun schon seit zwölf, ich wiederhole, seit zwölf Jahren loyal dieser Stadt zu Diensten und habe meine Aufgaben stets zuverlässig erledigt, und das kann niemand von Ihnen leugnen! Und was habe ich davon, dass ich seit zwölf Jahren die Jugend dieser Nation und insbesondere die Tamplings unterrichte? Bankersparnisse von fünfzig Pfund, ein Fahrrad samt Zubehör und ein paar Anzüge! Sie haben mich nicht mit irdischen Gütern überschüttet, nicht wahr? Selbst ein Haarkosmetikvertreter verdient mehr als ich!«

Stadträtin Blossom unterbrach mich. »Jetzt konnten sich alle davon überzeugen, dass er einen bösartigen Charakter hat: Dieser Mann ist nicht in der Lage, die Verantwortung für kleine Kinder zu tragen! Mehr noch, wenn Sie mich fragen, ist er nicht einmal gläubig.«

»Oh, das kann nicht sein!«, rief der Pfarrer aus. »Mr Harpole wurde an einem unserer kirchlichen Colleges ausgebildet. Außerdem ist er an einer kirchlichen Schule angestellt. Und neulich hat er mich auf eine meiner Predigten angesprochen …«

Mrs Blossom sah mich aus zusammengekniffenen Augen an, beinahe machte es den Anschein, als wollte sie dieses Thema fallen lassen, aber dann ging sie zu einem neuerlichen Angriff über. »Und dennoch: Ich behaupte nach wie vor, dass er nicht gläubig ist. Fragen Sie ihn doch selbst.«

»Ich glaube nicht, dass das angemessen wäre«, entgegnete der Pfarrer.

Die schreckliche Frau ließ nicht locker. »Nun, wir sprechen hier schließlich von einer kirchlichen Schule, wie Sie vorhin selbst sagten. Und wenn er kein gläubiger Christ ist, hätten Sie ihm erst gar nicht die Verantwortung für diese Schule übertragen dürfen.« Sie wandte sich wieder zu mir. »Glauben Sie an Gott?«, rief, nein, schrie sie geradezu. »Und unterstehen Sie sich zu lügen.«

»Ich habe immer an *sie* geglaubt, aber allmählich beschleichen mich Zweifel«, sagte ich und dachte, wie sehr ich mich wie Emma Foxberrow anhörte.

Jetzt gab sogar Ratsherr Tollemache ein Lebenszeichen von sich. Doch nicht nur er, alle starrten mich verblüfft an. Mit Ausnahme dieses schrecklichen Weibs, Mrs Blossom, die mich triumphierend ansah. »Sehen Sie«, sagte sie. »Was habe ich Ihnen gesagt? Er glaubt an gar nichts.«

Das brachte das Fass zum Überlaufen. »Doch«, sagte ich. »Das tue ich. Ich glaube an den Heiligen Geist, der zugleich der Geist der Freiheit ist, der in uns allen wohnt.« Und mit einem vielsagenden Seitenblick zu Mrs Blossom fügte ich hinzu: »Mehr oder weniger jedenfalls. Und an noch etwas habe ich im Laufe dieses Schulhalbjahrs angefangen zu glauben: an das Höllenfeuer und ewige Höllenqualen. Und«, fuhr ich fort, da ich mich auf dem hohen Ross wähnte, »wenn diese Schikane tatsächlich nur diesem lächerlichen Wisch dort« – ich deutete auf Titus Fawcetts Geschreibsel – »geschuldet ist und ich, wie einige von Ihnen, Gott für einen Respekt gebietenden, schnell eingeschnappten alten Mann mit einem für ihn reservierten

Kniekissen in der ersten Bankreihe hielte, müsste ich gleich morgen selbst dem Anti-Gott-Club beitreten.«

Merkwürdigerweise schienen diese Worte Reverend Micheldever keineswegs zu verärgern. »Oh«, sagte er, »das ist ein interessanter Gedanke, und ich hoffe, Sie führen ihn noch ein wenig aus, das würde mich wirklich interessieren. Würden Sie zum Beispiel vorschlagen, den Begriff ›Heiliger Geist‹ durch so etwas wie ›Seele‹ zu ersetzen, Mr Harpole?«

Ich war schon im Begriff, mich auf Nebenpfade entführen zu lassen, zu erklären, dass der Begriff »Geist« inzwischen mit morbiden Konnotationen aus Horrorfilmen behaftet sei, als Stadträtin Blossom rief: »Ich verlange, dass mein Antrag, ihn zu entlassen, endlich zur Abstimmung kommt.«

Abermals kochte die Wut in mir hoch, und ich sagte, während ich in Tuskers Richtung blickte: »Es gibt Menschen, die lecken anderen schon so lange die Stiefel, dass sie es inzwischen mögen, wenn man auf ihnen herumtrampelt, und dann gibt es welche« – ich sah zu Stadträtin Blossom –, »die nur glücklich sind, wenn sie jemanden in ihre schmutzige Gedankenwelt hineinzerren können, um sich mit ihnen darin zu suhlen. Wenn Sie wissen wollen, woran ich wirklich glaube, nun denn: ›Der Moment gehört Hunden und Affen, der Mensch hat die Ewigkeit.‹ Robert Browning, zu Ihrer Information. Und Sie brauchen sich um meine Zukunft keine Gedanken mehr zu machen, weil ich diese Hühnerfabrik verlasse, und zwar jetzt gleich. Oder sagen wir, ich verlasse sie morgen, und das ist die Kündigungsfrist, die ich *Ihnen* gewähre.«

Damit schob ich meinen Stuhl zurück und erhob mich, doch Ratsherr Tollemache forderte mich auf, mich wieder zu setzen, und das tat ich.

»Heute habe ich mal etwas anderes zu sagen, als jemanden nach seiner Meinung zu Rhythmusinstrumenten zu fragen«, sagte er. »Und apropos, glauben Sie ja nicht, mir wäre all die Jahre über Ihr arrogantes Gekicher entgangen: Doch diese Frage scheint mir auch nicht dämlicher zu sein als all das, was der Rest von Ihnen von den Kandidaten stets wissen will. Im Gegenteil, während *Sie* die gleichen Fragen wie Tausende andere Schulbeiräte stellen, sodass sich die Bewerber ihre Antworten bereits zurechtgelegt haben, erschüttert meine einzigartige Frage sie zutiefst. So bin ich in der Lage, ihre Reaktionen angesichts einer Krise zu beurteilen, während *Sie* allenfalls den jeweiligen Kriechertumquotienten herausfinden.

In der Tat erinnere ich mich noch genau, wie ich unseren Freund Harpole bei seinem Vorstellungsgespräch fragte, was er von Rhythmusinstrumenten halte. Es gelang ihm nicht, sich zu verstellen und so zu tun, als wüsste er eine Antwort, stattdessen sah er mich nur verständnislos an. Aus seiner Reaktion schloss ich, dass er vielleicht nicht besonders hell, aber aufrichtig ist. Einstweilen warte ich immer noch auf den großen Tag, an dem sich der ideale Bewerber vorstellt, der meine tiefste Überzeugung zum Besten gibt, dass Rhythmusinstrumente einen unnatürlichen Lärm erzeugen, den nur Lehrer mit einem degenerierten Verstand und abgenutztem Gehör Schulkindern abverlangen können.«

Diese leidenschaftliche Erklärung hinterließ bei allen einen tiefen Eindruck, und ich stellte mir gerade vor, wie viel Vergnügen es mir bereiten würde, sie Emma Foxberrow gegenüber zu wiederholen (mit einer kleinen Auslassung), als er fortfuhr: »Aber dies nur nebenbei. Hier habe ich einen Brief, der die Angelegenheit, um die es geht, in ein anderes Licht rücken dürfte, und ich bitte den Vorsitzenden, ihn laut vorzulesen.«

Was dieser tat.

»Wir, die Unterzeichner dieses Schreibens, erklären hiermit, dass wir vorbehaltloses Vertrauen zu unserem Kollegen, Mr G. Harpole, haben und hoffen, dass der Beirat zur Kenntnis nimmt, wie erfolgreich seine Arbeit als Übergangsrektor an dieser Schule war.«

Unterzeichnende:

Rita Grindle-Jones
Grace Tollemache
James Pintle
S. Croser

Ich war völlig verdattert, und mich beschlich ein furchtbar schlechtes Gewissen bei der Erinnerung an gewisse Episoden mit einigen der Unterzeichner, und ich bereute, nicht ein wenig verständnisvoller gewesen zu sein – gegenüber Croser mit seinem Schädel, Miss Tollemaches Kranz und dem guten alten Pintle, der starrköpfig die Alte Mathematik verteidigte.

»Und«, fuhr der Ratsherr fort, »im Widerspruch zu Mrs Blossoms bösartiger Behauptung gibt es auch einen ähnlich lautenden Brief von diversen steuerzahlenden Eltern.«

Er warf einem beschämt dreinschauenden Tusker einen angriffslustigen Blick zu und brachte einen Brief aus seinem Ordner zum Vorschein.

»Wenn Sie so nett wären, uns zu sagen, was darin steht, Herr Vorsitzender«, sagte der Ratsherr.

»Dieser Brief wurde im Namen von einhundertsiebenundvierzig Eltern geschrieben, vertreten durch Mr und Mrs Bull, Mr und Mrs Toseland, Mr Fawcett, Mr Widmerpool, Mrs Widmerpools Schwester, einen Mr Billitt und jemanden, der sich ›Alfred, der Waschmann‹ nennt«, erklärte Tusker.

Reverend Micheldever überflog ihn, was ein paar Minuten in Anspruch nahm.

»Er beginnt mit einer sehr langen Darlegung der Rechte von Eltern, wie sie im Schulgesetz von 1944 verankert sind, und einem langen Auszug aus Paragraf 17 dieses Gesetzes. Weiter heißt es in dem Brief – falls Sie erlauben, dass ich den Inhalt ein wenig zusammenfasse –, dass die Unterzeichner, auch wenn manche die eine oder andere Meinungsverschiedenheit mit Mr Harpole hatten, diesen Austausch verschiedener Standpunkte als Teil des demokratischen Prozesses betrachten.

Zum Schluss fragen sie an, ob Mr Chadband für seine langjährigen unermüdlichen Dienste nicht mit einem Posten im Schulamt belohnt und Mr Harpoles befristete Stelle in eine unbefristete umgewandelt werden könne.«

Dieser Brief (so vertraut mir sein Ton auch vorkam) überstieg bei Weitem das geistige Vermögen des ungebildeten und ungehobelten Trupps derer, die ihn unterzeichnet hatten, dass ich keineswegs erstaunt war, als Tusker widerstrebend hinzufügte, dieser Brief sei mit einem Begleitschreiben von einem gewissen Alexander Festing bei ihm eingetroffen.

Der Vorschlag, Chadband, ausstaffiert mit einem höheren Titel, auf einen Posten mit geringerer Verantwortung zu befördern, legt die Vermutung nahe, dass Festing von Beruf Verwaltungsangestellter eines verstaatlichten Industriebetriebs sein könnte und somit das Peter-Prinzip oder die Abschiebung nach oben gut kennt.

»Nun«, sagte Ratsherr Tollemache, »ich brauche Sie gar nicht erst zu fragen, ob Sie auch so denken wie ich, denn das kann ich von Ihren Mienen ablesen, und so spreche ich wohl für (fast) alle hier Anwesenden, wenn ich unseren Freund Harpole bitte, diese kleine Episode zu vergessen und die Schule und den Tamplinger Kricketclub auf seine bewährte Weise noch viele Spielzeiten lang zu unterstützen.«

Zustimmungsrufe wurden laut: »Ja, ja!« (Es hörte sich an wie das Gegacker in einem Hühnerstall.)

»Danke«, sagte ich (in würdevollem Ton), »aber meine Antwort lautet Nein. Denn seit mir von einer der Predigten des Herrn Vorsitzenden berichtet wurde, bin ich, entgegen einer weit verbreiteten Annahme, zu dem Schluss gekommen, dass ich nicht ewig leben werde. Daher habe ich beschlossen, das zu tun, wonach mir ist, solange meine fünfzig Pfund reichen. Mit anderen Worten, fürs Erste genügt es mir, mich um meine Wäsche zu kümmern.«

Das machte alle einen Moment lang sprachlos.

»Vielleicht ist das eine gute Entscheidung«, sagte Ratsherr Tollemache. »Ja, vielleicht. Aber sollten Sie je Lust auf eine Rektorenstelle in diesem Land haben, können Sie hundertprozentig auf mich zählen. Das Stichwort lautet ›Rhythmusinstrument‹.«

Dann verließ ich die Versammlung.

25

TAGEBUCH

Und wer wartete zu meiner großen Überraschung und Freude vor dem Schulamt? Emma und Titus Fawcett. Aufmerksam lauschten sie meinem Bericht, und als ich geendet hatte, sagte Emma: »Gut gemacht!«

»Ja, Mr Harpole, gut gemacht«, pflichtete Titus Fawcett ihr bei.

»Du hast eine Lanze für die Freiheit gebrochen«, fuhr sie fort. (»Es lebe die Freiheit«, rief der Junge.) »Du wirst sehen, in ein paar Jahren werden selbst Von-der-alten-Schule-Pintle und die schreckenerregende Mrs Grindle-Jones zu den neuen Kollegen sagen: ›Ah, das war zu Harpoles Zeiten!‹ Es ist wirklich ein glorreicher Sieg – als alle Karten auf dem Tisch lagen, stellten sie fest, dass sie gegen diesen Mann nichts ausrichten konnten.«

»Und mit ›sie‹ meint Miss Foxberrow ›die Tyrannei‹«, erklärte Titus Fawcett.

»Ah«, sagte ich, »für dich ist ja alles schön und gut, du bist heute hier und morgen dort, aber ich hatte Aussichten auf eine echte Karriere, und jetzt? Liegen sie in Schutt und Asche. Ich habe keine Ahnung, was in mich gefahren ist. Früher war ich nicht so. Ich war eine respektable Persönlichkeit.«

»Oh«, erwiderte sie amüsiert, »du weißt also nicht, was mit dir passiert ist? Nun, zerbrich dir darüber nicht länger den

Kopf. Der alte Harpole ist tot, und ein neuer ist auferstanden. Du bist in den glorreichen Zustand der ursprünglichen Gerechtigkeit vor der Sünde zurückgekehrt. Du hast den Kampf fürs Gute gefochten und dir dabei Narben zugezogen, die es beweisen.«

»Ja, das mag ja alles sein«, unterbrach ich sie, »aber wie soll ich jetzt meinen Lebensunterhalt verdienen? Ich bin nicht der geborene Faulenzer. Was soll ich jetzt tun?«

»Anders herum wird ein Schuh draus«, sagte sie. »Gibt es etwas, was du mit dieser neuen Energie, die durch deine Adern strömt, nicht tun kannst? Du kannst alles tun! Aber wenn du meinst, du musst unbedingt Lehrer bleiben, dann musst du den Menschen beibringen, frei zu sein. Den dicken, verhätschelten und unterwürfigen Bürgern dieses einst großen Landes, die einzig und allein damit beschäftigt sind, dessen Bruttonationalprodukt, den Bauch, zu mehren, würde es Gott weiß nicht schaden.«

»Wo gehst *du* als Nächstes hin?«, fragte ich. »Wir könnten uns zusammen einen Job suchen, vielleicht in Barchester.«

»Nein«, sagte sie im Brustton der Überzeugung, »ich habe meine Saat ausgebracht, und unser Titus wird hierbleiben und sie hegen. Aber du wirst dir Scharfsinn und Diskretion zulegen müssen, Titus; in autoritären Staaten wie im englischen Schulwesen bist du, ist ein Kind allgemein, sehr verletzlich, selbst mithilfe deines Vaters, für dessen Überzeugung, wie wertvoll ein zielgerichteter Analphabetismus ist, ich nur Bewunderung übrig habe.«

Dann wandte sie sich wieder mir zu und sagte ein kleines bisschen selbstgefällig: »Die Central Missionary Society hat mich zur Schulleiterin für den Schnellausbildungskurs für Lehrer in Sansambia ernannt.«

»Eine Missionarin!«, rief ich aus. »Aber du bist doch gar nicht gläubig!«

»Das ist nicht wichtig«, erwiderte sie. »Croser ist auch nicht gläubig und wird dennoch zu gegebener Zeit Rektor einer kirchlichen Schule werden. Die Tatsache, dass ich nicht an denselben Gott glaube wie der Erzbischof von Canterbury, hat große Vorteile für mich. Während *er* gezwungen ist, Demut und Andacht zu predigen, werde ich meine afrikanischen Schüler lehren, dass alles Gute aus dem eigenen Handeln erwächst – wie du selbst in Bezug auf Billitt entdeckt hast.« Sie hielt inne und zog die Augenbrauen hoch, ehe sie fortfuhr: »Dein Vater hat mir geschrieben, ich soll dir sagen, du sollst mitkommen und mich unterstützen, ›die Felder sind schon weiß zur Ernte‹ (hat er gesagt) und es gibt nur wenige Arbeiter.«

»Oh!«, rief ich verwirrt aus. »Aber ich dachte, du würdest Edward Muttler heiraten!«

»Ganz bestimmt nicht. Er braucht mich nicht, und ich brauche ihn nicht. Außer seine animalischen Triebe zu befriedigen, könnte ich nichts für ihn tun.«

»Willst du mich heiraten, Miss Foxberrow?«, fragte ich.

»Nein«, antwortete sie (aber in freundlichem Ton). »Nein, jedenfalls noch nicht. Und du kannst mich jetzt ruhig in aller Öffentlichkeit Emma nennen, weil die Scharade vom letzten Schulhalbjahr jetzt vorbei ist. Du kannst hin und wieder mit mir schlafen, und wenn wir zusammenpassen und es mit unserer Arbeit gut läuft, können wir die Beziehung der Kinder wegen legalisieren.«

Titus Fawcett hatte die ganze Zeit aufmerksam zugehört, und ich wies sie leise darauf hin.

»Oh«, sagte sie, »nun fall bloß nicht in deine alten Gewohnheiten zurück: Ich habe großes Vertrauen in diesen Jungen, und er soll besser früher als spät lernen, dass das Konzept von der romantischen Liebe Quatsch ist. Ich hoffe nicht, dass er, wenn er in die Pubertät kommt, sich an ein Mädchen bindet, das ihm nichts weiter bieten kann als häusliche Dienste, ein gesellschaftlich sanktioniertes Doppelbett und eine Schwiegermutter, die sonntags zu Besuch kommt.«

TAGEBUCH

War auf einen Abschiedstrunk mit Shutlanger im »Fusilier«, denn er wird die Grammar School verlassen, um als Novize in ein anglikanisches Kloster einzutreten. Doch seine Ausdrucksweise war genauso deftig wie eh und je, zum Beispiel wiederholte er mehrmals, er ziehe sich »aus der verfluchten Welt« zurück. Dann forderte er mich auf, ich solle unbedingt bei ihm vorbeischauen, wenn ich mal in die Nähe seines neuen Wohnorts käme, und meinte, er würde »ein warmes Bett« für mich bereithalten, für den Fall, dass ich ebenfalls irgendwann die Nase voll davon hätte, »als Lehrer eine Witzfigur zu sein«.

Ich fragte ihn, ob er nun angesichts seiner neu entdeckten Berufung seiner Frau und dem großen Kerl aus der Abgangsklasse verziehen habe, doch der heftige Ausbruch, der darauf folgte, zeigte mir, dass dies nicht der Fall war.

Und noch eine Überraschung hielt dieser Abend parat. Als wir um circa zehn Uhr eine Karte von Sansambia studierten, klopfte es an die Tür meines Wohnzimmers, und als ich sie öffnete, stand niemand anders als Tusker davor. Ich sah ihn feindselig an, denn nun hatte ich ja nichts mehr zu verlieren, aber er wirkte verlegen und kleinlaut und fragte, ob er hereinkommen könne. Ich rief: »Hier ist ein Schulbeamter, Liebes. Was meinst du, soll ich ihn hereinlassen, oder kommt er ungelegen?« Zu meiner Verwunderung rief Emma laut: »Nein, aber warte kurz, bis ich meinen Rock angezogen habe.« Dann forderte ich Tusker widerstrebend auf hereinzukommen und bot ihm einen Stuhl an. Kurz darauf tauchte Emma aus dem Schlafzimmer auf und strich sich demonstrativ das Haar zurück, während Tusker sie mit einer Mischung aus Verwunderung und Neid ansah. »Schauen Sie, Harpole«, sagte er.

»*Mr* Harpole«, korrigierte Emma ihn grimmig.

»Ähm, ja, *Mr* Harpole. Die Sache heute tut mir furchtbar leid. Was passiert ist, meine ich. Einiges davon war definitiv nicht in Ordnung. Ich werde gleich morgen früh einen detaillierten Bericht an das Grafschaftsschulamt schicken. Und wenn Sie sich bereit erklären, Ihre Kündigung zurückzuziehen, haben Sie meine volle Unterstützung. Es war absolut nicht in Ordnung, was da passiert ist.«

»Oh!«, rief ich aus. Das von Tusker zu hören, der schließlich nach Mrs Blossom mein Erzfeind Nr. 2 ist, nahm mir den Wind aus den Segeln.

»Ja«, fuhr er fort, »im Übrigen war ich sehr beeindruckt davon, wie Sie Ihre Aufgaben als Interimsrektor der Tampling St. Nicholas gemeistert haben, und habe Sie beim Schulausschuss mit Nachdruck für die nächste frei werdende Rektorenstelle empfohlen.«

»Nun«, sagte ich, nachdem mir Emma heftig und aufmunternd zugenickt hatte, »wenn das so ist, dann haben Sie sich aber große Mühe gegeben, Ihre hohe Meinung von mir zu verbergen.«

»Sie haben ja recht. Und es tut mir auch leid, aber Sie machen sich ja keine Vorstellung davon, wie schwer ich es in meiner Position habe, Mr Harpole. Einige meiner Kollegen glauben offenbar, es sei meine einzige Aufgabe, nach ihrer Pfeife zu tanzen. Und auch unter den Eltern gibt es einige, die sich entrüsten, wenn ich nicht sofort tue, was in *ihren* Augen für das Wohl ihres Kindes getan werden muss. Und dann ist da noch mein Vorgesetzter, der immer das letzte Wort haben will und sich nicht zu schade ist, mir ständig in alles hineinzureden. Glauben Sie mir, ich habe es in meiner Position auch nicht einfach. Es gibt Zeiten, da wünsche ich mich in ein Klassenzimmer zurück …«

Gewiss hätte er dieses herzzerreißende Thema noch weiter ausgebreitet, hätte Emma ihn nicht brüsk unterbrochen und ihm unseren Plan mitgeteilt, der ihn sichtlich überraschte. Und als er einsah, dass es keinen Sinn hatte, mich umzustimmen zu versuchen, wünschte er uns viel Erfolg und fügte hinzu, er hoffe, ich werde ihn als Freund in Erinnerung behalten. Es fiel mir schwer zu glauben, dass er diesen Wunsch aufrichtig meinte, doch ich schüttelte ihm zum Abschied die Hand, auch wenn Emma die Augenbrauen hochzog und ein erstauntes Pfeifen von sich gab.

Tja, was soll man dazu sagen? Nach dieser Vorstellung kann man sich wohl sicher sein, dass, wenn es hart auf hart gekommen wäre, Tusker, der professionell agierende lokale Schulbeamte, den anderen Tusker, den nörglerischen Plantagenaufseher, verdrängt und (wenngleich zähneknirschend) Harpoles Entlassung verhindert hätte. Ihm wäre klar gewesen, dass sich die Lehrergewerkschaft, nachdem sie erst vor Kurzem aus ihrem hundertjährigen Schlaf erwacht war, schwerfällig zu einem Kampf gerüstet hätte, aus dem er, Tusker, nicht ohne Blessuren hervorgegangen wäre. Außerdem hätte Reverend Micheldever nicht zugelassen, dass man ihn in diese Schlammschlacht hineinzieht.

Und schließlich ist da dieser wachsende Trupp von Eltern, aus langer Chadband'scher Nacht befreite Seelen, die allzeit bereit gewesen wären, unzählige Leserbriefe an den Sentinel *zu schicken und den Lokalpolitikern zuzusetzen, die in regelmäßigen Abständen an ihrer Haustür erscheinen und um ihre Stimmen betteln.*

Doch Harpole hat aus freien Stücken gekündigt und muss nun, so gut er kann, die Scherben seines zerborstenen Traums von einer großen Karriere auflesen. Und offen gesagt, wird seine Entscheidung wohl bei niemandem auf Bedauern stoßen. Dies ist nicht mehr der Harpole, der vor drei Monaten so zaghaft seinen Posten als Schlagmann bezogen hat, um das Wicket des Schulwesens zu verteidigen. Dies ist ein neuer, ein wiederauferstandener Harpole, erprobt wie Gold im Schmelzofen (könnte man sogar sagen). Ja, ein Harpole, der (wie Miss Foxberrow einige Wochen zuvor intuitiv beim Blick durch die Trauerweiden erkannt hatte) endlich bereit dafür ist, dem Schicksal zu trotzen. In welche Höhen, fragt man sich, wird er sich mit einer Miss Foxberrow an der Seite, die ihn unermüdlich beraten, inspirieren und abhärten wird, noch emporschwingen?

TAGEBUCH
Für meine letzte Morgenandacht suchte ich folgendes Lied aus:

»Voll von Zweifeln und von Sorgen
ziehen die Pilger durch die Nacht
und singen erwartungsvolle Lieder
dem gelobten Land zur Wacht.«

Als wir die letzte Zeile sangen, sah mich Emma bedeutungsvoll an. Den Fuß fest auf dem rechten Pedal, geleitete uns Mrs Grindle-Jones dann mit dem »Hyazinthen-Walzer« hinaus.

Ehe ich die alte Schule zum letzten Mal verließ, leerte ich meine Schubladen, damit Mr Chadband bei seiner Rückkehr alles tadellos vorfinden würde. Nach kurzem Nachdenken beschloss ich, Sir H. Newbolts Gedicht dem Papierkorb zu überantworten, da es, wie mir inzwischen aufgegangen ist, auf oberflächliche Weise eine Art hündische Treue preist. Außerdem kann ich der im Gedicht gezeichneten Stimmung nichts mehr abgewinnen. An meinem künftigen Posten werde ich die Karte aufhängen, die Emma mir gestern Abend gegeben hat, mit einem Auszug aus John Bunyans *Pilgerreise*, einigen sehr schönen Zeilen …

»… und wiewohl ich unter großen Beschwerden
hierhergelangt bin, reuen mich meine Mühen nicht,
die ich dafür auf mich nehmen musste. Mein
Schwert gebe ich dem, der mir auf meiner Pilgerschaft
nachfolgt, und meinen Mut und mein Geschick dem,
der sie erlangen kann. Meine Narben und Zeichen
nehme ich mit mir, damit sie bezeugen, dass ich
den Kampf eines Mannes gekämpft habe, der es mir
jetzt vergelten wird.‹
Als seine Stunde gekommen war, begleiteten ihn
viele zum Fluss … und alle Posaunen erschallten ihm
entgegen auf der anderen Seite.«
PS (in Emmas Handschrift): Stell dir vor, da würde
statt »Kampf eines Mannes« »Kampf einer Frau«
stehen. Dann wirst du deine Vergeltung bekommen.
E. F.

SCHULPROTOKOLLBUCH

Heute trete ich von meinem Posten als Interimsrektor der Tampling St. Nicholas Primary School ab.

HARPOLE AN SHUTLANGER (SEHR VIEL SPÄTER)

... ich habe mich sehr gefreut, als ich Ihre Nachricht las, dass Sie sich mit Ihrer Frau versöhnt haben und das Leben in einem Dorfpfarrhaus genießen.

Wir sind immer noch in Sinji, einem früheren Flugbootstützpunkt der Royal Airforce, der mit jedem Tag ein bisschen mehr im Busch versinkt. Abends spiele ich mit einem Strandguträuber, der nach dem Krieg hierher zurückgekommen ist, bei seiner Strandbar Kricket, zusammen mit seiner Frau, die für das Fielding zuständig ist. Emma ist die Rektorin am hiesigen College, und dort gelingt es uns tatsächlich, in einem dreimonatigen Schnellkurs effiziente Lehrer hervorzubringen. Leider fürchte ich, dass es nicht mehr lange am Leben erhalten wird. Tatsächlich wird es wohl schon geschlossen sein, wenn Sie meinen Brief erhalten. Denn letzte Woche ließ sich ein Mitglied der sansambischen Regierung bei unserer letzten Abschlussfeier blicken, und der Mann wurde ganz rot im Gesicht, als Emma unsere hundert Studenten dazu aufrief, stets die Freiheit hochzuhalten und gegen die Unterdrückung zu kämpfen – notfalls auch auf den Barrikaden.

Die Studenten verehren Emma, man wird sich in Afrika bestimmt lange an sie erinnern. Ich bin noch unverheiratet.

Bishop Wilton Lane,
The Yorkshire Wolds, 1971

Anmerkungen der Übersetzerin

Im Folgenden finden sich kurze Erläuterungen zu den unterschiedlichen Schultypen, diversen literarischen Anspielungen und Personen der britischen (Zeit-)Geschichte.

10 | *St. Nicholas Primary School*
Eine von der Church of England betriebene, staatlich geförderte Grundschule.

14 | *»Der Wüstensand …«*
Aus *»Vitai Lampada«* (»Die Fackel des Lebens«), dem bekanntesten Gedicht von Henry John Newbolt (1862–1938), einem britischen Schriftsteller und Berater der Regierung in Erziehungsfragen: Es handelt von einem Schuljungen, einem künftigen Soldaten, der auf dem berühmten Kricketplatz am Clifton College Selbstlosigkeit und Aufopferungsbereitschaft lernt. In einer blutigen Schlacht feuert der Offizier die Soldaten mit den gleichen Worten an wie seinerzeit am College seine Kricketmannschaft *(»Play up! Play up! and play the game!«)*. Das Gedicht war lange sehr populär, wurde aber von Veteranen des Ersten Weltkriegs auch immer wieder persifliert.

27 | *Grammar School*
Weiterführende staatliche Schule, vergleichbar mit einem Gymnasium. Dieser Schultyp wurde inzwischen weitestgehend durch Gesamtschulen ersetzt. Eine Schulreform der Labour-Regierung im Jahr 1998 verbietet es den Schulbehörden, weitere Grammar Schools zu gründen.

Melchester Grammar
Jungengymnasium

Melchester High School
Oberschule (in diesem Fall nur für Mädchen)

Melchester Secondary Modern School
Hauptschule (die die Mehrheit der Kinder besuchen sollte)

28 | *Mount Pleasant Prep. School*
Grundschule, die die Schüler gezielt auf den Übertritt in eine Oberschule vorbereitet.

33 | *James Ramsay MacDonald*
Britischer Staatsmann, der aus einfachen Verhältnissen stammte und 1924 zum ersten Labour-Premierminister gewählt wurde.

65 | *»Scheint, als wäre Harpole ...«*
Bei Jesu Erscheinen wird Satan für tausend Jahre in Ketten gelegt (Offenbarung 20, 1–3).

86 | »… *obwohl selbst die Etrusker* …«

Aus dem Heldengedicht »*Horatius at the Bridge*« von Lord Thomas Babington Macaulay (1800–1859): »*And even the ranks of Tuscany/Could scarce forbear to cheer.*« (»Da konnten selbst die toskanischen Truppen kaum anders, als ihn zu bejubeln.«) Das Gedicht handelt von dem Volkshelden Horatius Cocles, der 507 v. Chr. allein eine nach Rom führende Brücke über den Tiber gegen die Etrusker verteidigt haben soll.

90 | »*Heilung in seinen Flügeln*«
Bibelzitat, Maleachi 4:2

173 | »*Wenn ich je, um mit Shakespeare zu sprechen* …«
Ein Zitat aus William Shakespeares *Macbeth:* »*the primrose way to the everlasting bonfire*« (II,3) ist der breite, bequeme Weg in den Untergang, der sich leichter beschreiten lässt als der steinige Weg der Tugendhaftigkeit.

193 | »*Die Wahrheit ist Schönheit* …«
»*Beauty is truth, truth beauty, that is all/Ye know on earth, and all ye need to know*«, aus: »*Ode on a Grecian Urn*« von John Keats.

208 | »*Die Kinder kommen als freie Seelen* …«
»*But trailing clouds of glory do we come*«, aus der Ode »*Intimations of Immortality from Recollections of Early Childhood*« von William Wordsworth.

226 | *John Ball*

Der Priester John Ball (1335–1381) war eine zentrale Figur im Bauernaufstand von 1381.

243 | *»Mir scheint, dass du ein Osterkind …«*

»I hope thou art some easterling born / The Holy Ghost is with thee«, aus der Kinderballade *»The Lord of Lorn and the False Steward«*.